兵販子

抗戰三部曲之二

林家品——著

獻給——
在抗日戰場上
捨命殺敵
而曾為人們不齒的
兵販子們

守衡陽的戰士們是英勇的。

——毛澤東

此次敵寇進犯我衡陽，歷時四十七日之久，戰鬥之猛烈，為抗戰以來所未有。我官兵堅強抵禦，以寡敵眾，在敵人步炮空聯合猛攻並施放毒氣下，浴血搏鬥，壯烈無前。

——蔣介石

我第十軍於第三次長沙會戰之役，及衡陽之戰，這類大而硬的陣仗中，不知戰死了多少兵販子，而彼等所殺之敵，為數更多。

——守衛衡陽的第十軍主力——預十師師長葛先才

衡陽之戰……可稱之為「華南的旅順之戰」（指日俄之戰），此種比喻雖稍嫌誇張，但稱之為「中日八年作戰中，唯一苦難而值得紀念的攻城之戰」則絕對正確。

——日軍作戰史

第十軍預十師成立於浙江，浙江是蔣介石的老家；預十師的士兵浙籍、湘籍參半。第十軍全軍士兵則以湖南籍者為多，「湘勇」曾名聞天下。

——本書作者

目次

第一章／011
第二章／015
第三章／019
第四章／027
第五章／038
第六章／047
第七章／050
第八章／062
第九章／067
第十章／071
第十一章／077
第十二章／107
第十三章／132
第十四章／145

第十五章／152
第十六章／164
第十七章／170
第十八章／176
第十九章／191
第二十章／194
第二十一章／211
第二十二章／217
第二十三章／221
第二十四章／224
第二十五章／229
第二十六章／231
第二十七章／252
第二十八章／262

目次 content

第二十九章／274
第三十章／295
第三十一章／303
第三十二章／319
第三十三章／329
第三十四章／344
第三十五章／352
第三十六章／358
後記／363
附錄／368

第一章

在開往衡陽的一支隊伍裡，有著我叔爺那瘦小的身軀。
我叔爺走在這支隊伍裡，是去參加衡陽會戰。
我叔爺去參加衡陽會戰那年，是民國三十三年夏。

民國三十三年，是我們老家人俗稱「走日本」那年。那年的夏天，格外熱，熱得女人們吃了夜飯聚在街口歇涼時，盡往月光或星星撒不著一丁點兒光輝的黑暗裡鑽，鑽進黑暗裡悄悄地將上衣解開，以一把蒲扇使勁搧著堵滿汗水的乳壕。

我們老家人俗稱的「走日本」，其意思到底是躲日本人呢還是過日本兵，實在不太清楚，也許是兩者的意思皆有。反正是在這一年，來了日本人；而來了日本人，他們就遭了劫。他們不可能知道的是，這個偏僻山區在這一年之所以「走日本」，竟是日本陸軍大本營的戰略計畫所致。竟然是和我叔爺所去的衡陽有關。

民國三十三年夏，侵華日軍集結了十七個步兵師團、六個旅團、一個戰車師團，以湖南岳陽為出發點，由湘江東西兩岸，發動鉗形攻勢南犯，務必要佔領衡陽，將通往西南諸省大門封鎖，並繼續向廣西南寧推進，以切斷黔桂鐵路及黔桂公路，將通往川、滇、黔諸省通道封鎖。這一「繼續向廣西南寧推進」，地處湖南、廣西交界的我的老家，就是日軍必經之地。

國軍方面，蔣介石則命令不惜任何犧牲，固守衡陽。要求在守備戰中，務須儘量消耗敵軍之兵力，促使其蒙受嚴重傷亡之打擊，再配合週邊友軍，內外夾擊，殲敵主力於衡陽近郊地區。

日軍務必要佔領衡陽；蔣介石命令要不惜任何犧牲固守衡陽，足見衡陽戰略地理位置之重要！

衡陽的戰略地理位置之重要，可以毛澤東的一段話來概括，那是衡陽失守後的第四天，毛澤東在延安於是年八月十二日《解放日報》社論裡說的：

衡陽的重要超過長沙，它是粵漢、湘桂兩條鐵路的聯結點，又是西南公路網的中心，它的失守就意味著東南與西南的隔斷，和西南大後方受到直接的軍事威脅。衡陽的飛機場，是我國東南空軍基地西南空軍基地之間的中間聯絡站，它的失守就使辛苦經營的東南空軍基地歸於無用：從福建建甌空襲日本的門司，航空線為一千四百二十五公里，從桂林去空襲則航空線要延長到二千二百二十公里。衡陽位於湘江和耒水合流處，依靠這兩條河可以集中湘省每年輸出稻穀三千萬石，還有極其豐富的礦產，於此集中，這些對大後方的軍食民食和軍事工業是極端重要的，它的失守會加深大後方的經濟危機，反過來卻給了敵人以「以戰養戰」的可能性……

無論是日軍的戰略意圖，還是國軍的保衛重任，無論是蔣介石下達的死守命令，還是毛澤東後來所做的論述，這些，我們老家人當然是不知道。倘若衡陽會戰勝利，阻止了日軍向廣西推進，那麼地處湖南、廣西交界的我的老家，我們老家人，便不會有「走日本」這麼一劫。而從我們老家這個角度來說，諸如我叔爺他們這些去參加衡陽會戰的人，則不但是為了保衛至關重要的戰略要地、保衛西南大後方，更是直接保衛自己世代居住的家園。遺憾的是，我叔爺他們當時也是全然不知。別說他（們）當時是全然不知（他以後也不知），就連我這個讀過大學文科，專門學過大學老師寫的含有抗日戰爭歷史講義的人（我現仍保存著的大學老師寫的歷史講義中，連衡陽會戰或衡陽保衛戰或衡陽血戰這個詞都沒有），也是在聽我叔爺多次講到他吃糧吃到衡陽的經歷，而決心寫這本書時，通過找到的有關資料才知道的。這有關資料，又有不少是來自侵華日軍的戰史，他們的戰史中有記載。如《日本帝國陸軍最後決戰篇〈衡陽戰役之部〉》。

這段戰史中有如下記載：

打通大陸作戰，簡稱為「一號作戰」，自昭和十九年四月二十日起，至十一月止，共持續了半年多時間，參戰兵力達十七個師團、六個旅團、一個戰車師團，及當時所有殘留的騎兵部隊，確係太平洋戰爭爆發後規模最大的一次一連串的大軍作戰。打通大陸作戰之構想，係以黃河南岸之「霸王城」為基點，先征服平漢鐵路之南半段，進而攻佔長沙、衡陽、桂林、柳州、南寧，打通湘桂兩線及粵漢兩線，全程共一千四百公里。大本營參謀總長杉山元大將上奏曰：一，為阻止美在華空軍向我本土襲擊，擬徹底毀滅其位於桂林、柳州等處之基地。二，緬甸地區，今後擬實施彈性作戰方針。……

這個什麼「一號作戰」，我叔爺到死都不知道。當時，我那前往衡陽的叔爺所知道的一切是：他又成了「糧子」，又吃糧了。

第二章

「糧子」就是兵。當兵就是吃糧。這是我家鄉的父老鄉親對「兵」和「當兵」的釋義。其實說「釋義」也並不確切，因為他們基本上沒說過「兵」和「當兵」這個詞，大凡街坊上一過兵，他們說的就是糧子來了；大凡誰當了兵，那就是誰去吃糧了。而我叔爺之所以是又成了糧子，又吃糧了，是因為他已經不止一次當過兵。

當時，我叔爺還知道的是：衡陽是個大地方，好玩。

我叔爺之所以知道衡陽是個大地方，好玩，與他不止一次當過兵有關，也就是說，他在以往吃糧時，來過衡陽。

我叔爺曾經一說起衡陽就口沫飛濺，那是顯示他到過大地方的自豪，他說衡陽那個大呀……哎呀呀……嘖嘖……

我叔爺說的衡陽那個大，大到什麼程度呢？那就是將十個白沙老街（新寧白沙老街是我叔爺的家鄉，當然也就是我的家鄉）加起來，也沒有衡陽的一條街長，更別說衡陽的火車站和衡陽的那條大江了。

「火車，你們見過火車麼？」我叔爺說起火車，似乎有點恨自己的口才不足，他簡直形容不出那火車的樣式，只能學著火車的鳴叫，和那火車輪子滾動的聲音，再做出嚇人的樣子，說，你們把全白沙街的人都喊去，看能推得那火車動麼？嘿嘿，牛皮不是吹的，火車不是推的，你們只有見到了火車，才知道什麼是不能推的。有火車就必有火車站，就好比犁田的牛得有個牛欄，拉車的馬得有個馬廄，那火車站就是火車睏覺、歇息的地方，衡陽那火車睏覺、歇息的地方啊，全天下第一！

說到衡陽的那條大江，我叔爺的話則簡直就有為之折服、唏噓不已而又捨我其誰（除了他，還有誰知道呢）的味道了。我叔爺說衡陽的那條江那個長啊，那個寬啊，那個氣勢啊，那個熱鬧啊，（你們）老街人有誰見過？沒有吧，只有我吧！我叔爺說那條江能一口氣說上半個時辰，因為新寧白沙老街門前也有一條江，名喚扶夷江，一漲大水時，那寬度，也夠得上寬的了，因此我叔爺非得以衡陽的那條江來壓倒扶夷江不可。而他講江水，講江裡的船，原本就是有口才的。

「……輪船、輪船，你們又沒見過的吧！這扶夷江裡從來都沒有過輪船吧！那能開輪船的江，你們說，該是個什麼樣？那江面，該有多寬呢？全天下第一！」我叔爺又說了個全天下第一。

「衡陽那輪渡碼頭，是兩艘輪船對開啊！這一艘開過來，那一艘開過去，你們說，一天得過多少人？又哪裡有那麼多人過江、他們過江去幹什麼呢？那是做生意的老闆和上班的工人哪！工人，你們知道嗎？不要種地，不用自己划船，他們靠的是工廠……那江兩岸，嘿，全是商鋪、工廠，一眼望不到頭哇！你們說該有多少人過江，不用輪船行嗎？……帆船，帆船當然是有的啦，可人家江裡的帆船有多大？都是豎的三張桅杆掛的是三張帆，咱這扶夷江裡有嗎？沒有，連掛兩張帆的都沒有。那三桅帆船，你們知道能裝多重？幾千石哪！哎，你說木排，人家那江裡，當然也有木排啦，只是那木排有多寬，連起來又有多長呢？咱這白沙老街，也就和它差不多吧……人家那木排往下放去時，一排連著一排，就等於是咱這一條一條的老街在江面移動哪！……」

我叔爺雖然沒有說出壯哉雄哉！但他說著說著就來了哎呀呀……嘖嘖，只是他說到那哎呀呀時，往往便不往下面說了，暫且打住，如同說書一樣的得賣個關子，因為他接著要說的是衡陽的妓院和戲院了。哎呀呀，衡陽的妓院那才叫妓院呢！哎呀呀，衡陽的戲院那才叫戲院呢！白沙老街的人，你們見過麼？進去過麼？而我叔爺一回味起那妓院戲院，便會不由自主地嘖嘖起來。

我曾問過我叔爺。我說叔爺你到底進過衡陽的妓院沒有？我是想要我叔爺在我面前老實交待。因為在我會喊叔爺時，他就是個瞎子，不但街坊鄰居在背後喊他瞎子，就連我父母親，也在背後喊他瞎子，以致於我在學會喊叔爺的同時，也學會了在背後喊他瞎子。他這個瞎子其實只是右眼全瞎，左眼還有那麼一點點光。但瞎了的那隻眼睛完全乾癟了進去，還有一點點光的那隻眼睛也是往裡瞘著，讓人擔心那一點點光也會很快就被瞘得不見了。在我問他到底進過妓院沒有時，我當然已經到了有性意識的年齡，已經懂得男女之間的事了。我是不太相信像他那個樣子的人也能進妓院。

我叔爺沒有立即回答，只是嘿嘿地笑。大概是要在我這個晚輩面前保持點尊嚴。他既不承讓，也不否認，嘿嘿地笑了一氣後迸出一句：「你小小年紀，懂得什麼？你叔爺我沒瞎眼睛時，也是個英俊後生呢！那衡陽，原本是好玩哪！」

到得我再大些時，我才知道我叔爺原來是當國民黨的兵去的衡陽，這讓我有點害怕。我不是害怕他這個曾是國民黨的兵會對我實施什麼階級報復，而是怕他會受到無產階級專政。可他在我們白沙老街，即算是在無產階級文化大革命那樣的運動中，也沒有被抓去遊街示眾，就連他的崽女，亦沒有受到任何牽連，因為他沒有崽女！他一直是人一個，卵一條，連茅草屋子都沒有一間。「河裡洗澡廟裡歇」，正是對他生活的寫照。他住的是白沙上街的一個破廟。而且街坊人都知道，他當國民黨的兵是專替別人頂壯丁，雖然成了國民黨的兵，但每次都是不到一年，或半年，甚或幾個月，就逃了回來。他是國民黨兵的逃兵！這逃兵就說明他還是具有無產階級立場的。更何況他無論在解放前，還是解放後，都是窮得連叮噹都不響的真正的無產階級。為什麼說窮得連叮噹都不響呢？因為他沒有敲得叮噹響的鼎鍋，他煮飯的那個鍋子，是借了人家的（人家當然也沒打算要回）。

後來，我終於知道他參加過衡陽血戰。他那眼睛，就是在衡陽血戰中被打瞎的。我想，他怎麼光說衡陽好玩，不跟我說那血戰呢？原來他那時是不敢講。他怕講出自己參加過血戰的事，那就是幫國民黨打過仗。

而在他又一次成為糧子、又一次吃糧去衡陽時，他的確是不知道要去打仗的。

第三章

我叔爺當時雖然只知道衡陽是個大地方，好玩，不知道他這一去是要和衡陽共存亡（如果知道，他也許早就和前幾次吃糧一樣，在半路上就撒腳丫子開溜了；他是一心想就著這次吃糧的機會，再去衡陽好好地看一看，好好地玩一玩，抽空子再去那妓院戲院風光風光，然後再尋機開溜……），因而依然如同往常一樣無所顧忌、甚至興致勃勃地去吃糧，但奉命守衛衡陽的這支部隊的高級長官們卻憂心忡忡。

這支部隊的最高長官是軍長方先覺中將。其下轄三個師：第三師師長周慶祥少將，第十預備師師長葛先才少將，第一九〇師師長容有略少將。方先覺是黃埔軍校第三期畢業生，周慶祥和葛先才同為軍校第四期畢業生，容有略則是軍校第一期畢業生。

這是國軍陸軍第十軍。

第十軍的前身為黃埔教導團，北伐時擴編為國民革命軍第三師。第三師又被稱為老三師，老三師的將領有錢大鈞、李玉堂、蔣超雄、方先覺、葛先才、周慶祥等。歷屆第十軍的軍師長也多是老三師的舊部將領。民國二十九年，預十師編入第十軍建制。

預十師成立於浙江，浙江是蔣介石的老家；預十師的士兵浙籍、湘籍參半。名聞天下的「湘勇」，正是毛澤東的老鄉。第十軍士兵則以湖南籍者為多。換句話說，血戰衡陽的士兵，就是以蔣介石和毛澤東的老鄉為主。

陸軍第十軍的軍長、師長們在接到最高統帥部令他們務必固守衡陽的命令時，心中就有不祥之兆：此次守衛衡陽，凶多吉少！極有可能便是全軍覆沒，因為他們最清楚自己的兵力和裝備。

於是，當我叔爺坐上裝新兵的悶罐子車，往被他稱為好玩的大地方衡陽開來時，軍長方先覺正在蹙眉愁思。

第十軍在幾個月前剛參加過常德會戰。作為援軍，方先覺率領的第十軍最先抵達常德附近，但立即遭到早就作好準備的數倍日軍的攔擊，雖說他的第三師終於接出了死守常德的余程萬師長，但全軍傷亡慘重，元氣已經大傷。

方先覺清楚，自己這個在第三次長沙會戰中因戰功卓巨、獲得「飛虎旗」最高榮譽、並被命名為「泰山軍」的部隊，經過常德會戰後，所剩人員已不到編制數的一半，而能直接投入一線的戰鬥兵員更為匱乏。他將非戰鬥兵員計算在內，自他這位軍長以下，共計尚有一萬七千六百餘人。這一萬七千六百餘人中，還包括了軍直屬輜重兵團、通信營、衛生隊、野戰醫院等等；這一萬七千六百餘人中，真正能戰鬥的官兵，包括軍直屬部隊在內，其實不過一萬四千餘人。在非戰鬥部隊中，雖然可挑選出一部分可戰官兵，但無武器裝備。

「常德之仗，慘啊！」方先覺不由地歎了口氣。

他這聲歎息，不僅是歎息守衛常德的第五十七師八千餘人，最後只救得師長余程萬和兩位團長及官兵八十餘人，更是歎息他的第十軍。當時他屬下的三個師，預十師師長孫明瑾和參謀主任陳飛龍陣亡，副師長葛先才、團長陳希堯、李綬光重傷，團長李長和生死不明……第三師在攻佔德山接出余程萬時，傷亡亦不小，而一九〇師到此時的官兵總額，才一千二百人。

一千二百人的一個師，能稱之為師嗎？

日軍用以攻衡陽的兵力，則最少是兩個師團。日軍一個師團可是相當於國軍的六個師呵！以殘缺不全的一個軍，以武器、彈藥、裝備、給養統統都成問題的部隊，去抵擋日寇兩個完整的精銳師團，方先覺能不憂心忡忡嗎？

為了解決他這第十軍兵員不足的問題，最高統帥部在大戰即將來臨之際，已下達了一道命令。這個命令是：一九〇師後調，將該師現有兵卒全部分撥至第三師及預備第十師，僅留下班長以上各級軍事幹部及業務人員，到指定地點接收新兵，加以訓練，期滿歸建。

方先覺雖然不敢明說最高統帥部荒唐，但最高統帥部的這道命令卻讓他覺得實在是荒唐之至。大戰一觸即發，敵人能容許你從容地接收新兵，加以訓練，期滿歸建嗎？倘若真的將一九〇師後調，現有兵卒全部分撥，班長以上各級軍事幹部及業務人員又全接收新兵去了，那麼大戰一經打響，一九〇師不但不可能歸建，就連有戰鬥經驗的骨幹，也全沒了。

不知是不是最高統帥部發覺了這道命令的欠妥之處，很快，最高統帥部的命令就變了，不要一九〇師後調了，而是派桂籍新十九師歸方先覺指揮，參加衡陽之戰。

終於來了一個師！方先覺總算噓了一口氣。只是他這口氣還剛噓完，最高統帥部的命令又變了：新十九師另有任務調回廣西，改派第五十四師配屬第十軍。而五十四師其實只有師部及一個步兵團在衡陽，擔任飛機場的警衛勤務。另外兩個步兵團在其他地區值勤，根本就沒來衡陽報到。

沒來報到的這兩個團意味著什麼呢？是否意味著五十四師在保留這兩個團的實力呢？方先覺雖然不願意這麼去想，但事實就是如此，配屬他指揮的五十四師只有一個師部在他手下，這個師部直屬部隊，能戰之兵，僅有特務連和工兵連兩個連而已，五十四師在城內等於是一個光桿師部。至於那個守飛機場的步兵團，他恐怕也不能寄予太大的希望。這個「也不能寄予太大的希望」，就是不一定會執行他要求死守的命令……

大戰即臨，最高統帥部就是如此為必須死守衡陽的第十軍補充、調派兵力。命令亂下，朝令夕改，瞎忙亂動……動來動去，第十軍還是原來的第十軍，兵力補充成為一句空話……

方先覺憂慮地在房間裡踱來踱去。

驀地，電話鈴急驟地響了。

「軍長，委員長電話！」

一聽說是最高統帥的電話，方先覺頓時為之一振。

在這個時候，還有什麼比委員長親自打來電話更令人振奮的呢？他所期待的，不就是委員長給他解決所有問題的良方麼？

方先覺疾步跑去，抓過電話，全身筆挺。

「報告委員長，我是方先覺！」

方先覺，字鳴玉，這位委員長的學生，在戰場上自連長幹起，爾後營長、團長、副師長、師長、直至軍長。在委員長——校長的眼裡，他這個學生自然是沒有辜負期望，而在他的心目中，委員長——校長則是對他信任有加，否則，衡陽這麼重要的戰略要地，也就不會單單交給他來守衛了。至於在大戰即臨時胡亂下達的命令，則應是最高統帥部那些幕僚們所為!?這不，正當他為此憂慮時，委員長親自打電話來了。

委員長的電話，正是眼下炎夏盛暑時的及時雨啊！委員長所交辦、部署、安排、指揮的一切，是毋容質疑的啊！

其實不唯是方先覺，幾乎所有從黃埔軍校畢業的國軍將領，對委員長——校長，是從不，或很少質疑的。無論戰事發展得如何不可收拾，他們的領袖、委員長總是英明的，壞事就壞在委員長身邊的人。因為中國從古至今，無論哪朝哪代，皇帝總是英明偉大的，身邊總是潛伏著奸臣，圍滿了庸臣的。反過來說，如果連這些黃埔軍校出來的將領們都對委員長質疑的話，委員長指揮的抗戰也就根本無法抗了。

蔣委員長是從陪都重慶親自給方先覺打來的電話。蔣委員長在電話中的話語顯得是那樣的親切而又摯誠，既撫慰了方先覺和第十軍，又勉勵了守衛衡陽的眾將士；還給了方先覺一個能立解危難的「二字密碼」……

蔣委員長說：

「鳴玉啊，你第十軍常德之役，傷亡過半，裝備兵員迄未補充，現又賦予衡陽核心守備戰之重任。我知道你有難處啊！」

方先覺立即答道：

「感謝委員長對第十軍的關愛……」

「此戰，關係我抗戰大局至鉅，盼你第十軍全軍官兵，在此國難當前，人人發奮自勉，各個肩此重任，不負我對第十軍之殷。我希望你第十軍能固守衡陽兩星期，但守期愈長愈好，儘量消耗敵人。」

「是！是！」

「我規定密碼二字，你若戰至力不從心時，將密碼二字發出，我四十八小時解你衡陽之圍，你是否有此信心啊？」

方先覺突然接到委員長親自打來的電話，本來就激動不已，委員長的電話又不但是關愛、激勵交加，而且給了他二字密碼。有了這二字密碼，到得實在無法支撐時，只須將它發出，委員長在四十八小時內就能解圍，這不又等於是吃了定心丸麼？第十軍還有什麼可擔心的呢？

方先覺聽了委員長的這句話後，立即昂然而答：

「報告委員長，本軍不惜任何犧牲，惟精忠報國，死而後已。堪以告慰委員長者，據近日來的觀察，全軍官兵無一人有怯敵之色，人人嘻笑顏開，努力構築工事備戰，鬥志極為高昂，現在厲兵秣馬，準備與敵決一死戰！誓死捍衛委員長所授『泰山軍』之威名。」

方先覺儘管用「人人嘻笑顏開」來形容全軍官兵的士氣，並表示了死戰決心，但對於衡陽到底能守多久，仍然不敢拍胸膛打包票，因為他現在最需要的是兵力，是裝備，是最具殺傷力的火炮，是有切實保障的後勤供給。

方先覺想著委員長既然親自打來了電話，那麼緊接著他就可以直接向委員長要兵、要槍、要炮、要彈藥、要糧草、要供給了。

「很好、很好、很好。」蔣委員長在聽了方先覺表示與敵決一死戰的話後，一連說了三個很好。

委員長的這三個很好，無疑讓方先覺不能不有點受寵若驚。委員長接著說

「我已要第五集團軍總司令杜聿明，從他的整四十八師，抽調一個摩托化戰防炮營，配屬你指揮。」

方先覺一聽委員長親自給他增派兵力，始是大為振奮，但一聽只有一個營，又不免有些失望，他正要趁此再提到兵員槍炮彈藥糧草時，電話那頭，蔣委員長說了一句：「你好自為之，祝你一戰成功。」

電話，掛了。

立即掛了的電話，使得方先覺軍長那有點受寵若驚的神態也立即消逝，餘下的便依然是憂心如焚：這點兵力，能抵擋得住日軍的精銳部隊嗎？雖說委員長親自給他增派了兵力，但僅僅只是一個摩托化戰防炮營而已；雖說他已有了委員長的二字密碼，但至少也得在固守兩星期後，才能將這密碼發出的呀！（後來的實際情況是，當第十軍死守衡陽，與日寇血戰至第二十六日，也就是固守了近四個星期後，方先覺每晚將委員長所授予的二字密碼發出，盼望著能在四十八小時內解衡陽之圍，但發出的二字密碼，如同石沉大海，無任何一支援軍趕來真正予以支援。）

至少兩星期，兩星期……這兩星期可是不能有任何閃失的呵！如果衡陽在兩星期內失守，委員長的嚴厲，方先覺和他的師長們也是知道的。就算委員長網開一面，若失守衡陽，影響整個戰局，面對國人，第十軍，也是罪無可逭。

方先覺和他的師長們，只能勉勵將士，下定必死決心，與進犯日軍死拼，以保證至少兩個星期的固守。同時，又命令他們自己設法補充的一些新兵，迅即趕來衡陽報到。

我叔爺他們這批新兵，就是去補充第十軍的。

我叔爺對於第十軍的這些情況，當然亦是照樣不知道，就連軍長是誰，師長是誰，他當時也不知道。

可他後來竟不但認識了預十師師長，而且和師長有過對話，這于他是莫大的榮耀。這比之他在老街人面前誇耀自己去過衡陽那麼大的地方來，不知要榮耀多少。不過他和師長的那次「對話」，是乞求師長不要槍斃他。

第四章

我叔爺他們這批新兵，坐上了開往衡陽的火車。

從縣城新兵訓練營步行去兩百多里外的鐵路這段行程，本來是我叔爺最好逃跑的路程，可他想著那衡陽，想著往衡陽開的火車，想著有火車坐的滋味，他不但自己走得格外起勁，還鼓勵著同行的快點加勁。

一坐進火車的悶罐子車廂，我叔爺興奮了。呵呵，老子又坐上火車了，老子又能去衡陽了……

在火車車輪輾著鐵軌發出的「咣東咣西」中，我叔爺想著那令他嘖嘖不已的衡陽就在前面時，心裡的話兒終於憋不住了。

「老涂，你去過衡陽沒有？」他扯了扯坐在旁邊的老涂。

我叔爺明明知道老涂不可能去過衡陽，但正是因為老涂沒去過衡陽，他才想把自己不但去過衡陽，而且對衡陽熟悉得不得了的話對老涂說一說，才能使老涂成為聽他訴說衡陽的知音。或者說，令老涂更加崇拜他，成為對他早就去過衡陽的又一個崇拜者。

老涂卻勾著個腦殼，不吭聲。

「喂，老涂，你到底去過衡陽沒有?!」他加大聲音，且嚴厲了口氣。

老涂依然勾著個腦殼，依然不吭聲。

「老涂，你他媽的啞啦?!」

從我叔爺那瘦小的身軀裡，立即惡狠狠地迸出來這麼一句。

我叔爺儘管已經去過衡陽，也就是說他已經不止一次吃過糧，但在這批前往衡陽的新兵隊伍裡，他仍然是個「新兵」。或者說是個不得不冒牌的新兵。

我這個不得不冒牌的新兵叔爺，怎麼敢對老涂這麼凶呢？大凡像我叔爺這樣不得不冒牌的新兵，從又一次吃糧開始，就得處處裝出是第一次吃糧的樣子來，處處得小心謹慎，以防自己那曾經吃過糧的身份暴露出來。倘若那曾經吃過糧的身份被長官知曉，不惟是再也休想逃脫，其後果更是不堪設想——輕者坐牢，重者槍斃！

我叔爺之所以敢對老涂這麼凶，因為他自認為老涂是他的「老鄉徒弟」。

其實，這老涂只是我叔爺在縣城新兵訓練營認識的一個真正的新兵而已。

這新兵訓練營，用我叔爺的話來說，那就是換衣吃飯的地方。只要一到了新兵訓練營，身上那身髒得如同叫化般的單薄衣衫就能被剝下（像我叔爺這種吃糧的人，是絕不會穿件哪怕稍微齊整一點的衣裳去吃糧的，臨到快走時，他必將身上的衣裳全部脫下，與人去換件爛衣裳，當然，好一點的衣裳換破爛衣裳是有條件的，那就是得給差價，而這差價於對方來說，又是划得來的，於是一筆以物易物的生意完成，我叔爺能得那麼一丁點兒利潤，對方也得了一身自認為滿意的行頭），換上一身黃衣服，腰間還能繫上一根皮帶（這根皮帶，我叔爺以後又能去以物易物，賺取差價）；換了那身黃衣服後，便是吃飯。不要錢的大鍋飯，到哪裡去找？到哪裡去尋？不過這吃大鍋飯也有技巧，或曰竅門。

我叔爺的技巧或竅門是：當大鍋飯一開，他立即衝上前去，第一件要緊的當然就是裝飯裝菜，他那第一碗卻不是做死的裝，而是平平即可；三兩下扒完第一碗，忙裝第二碗；第二碗亦如是，三兩下扒完，便是第三碗，這第三碗可就得用飯鏟壘緊再壘緊，堆滿再堆滿了，而後便是不慌不忙地吃，因為那飯桶裡，已不可能再有多少。

我叔爺這吃大鍋飯的技巧或竅門，其實有點像孫臏的賽馬之法，以下者對其上者，以中者對其下者，以上者對其中者，三局兩勝，肚子總比人家吃得飽。只不過他這吃大鍋飯之法，也是經過磨練才得出來的。他第一次吃糧時，別說這大鍋飯搶人家不贏，受過的煎熬更是數不勝數。但我叔爺說，這就如同兒媳婦要想成婆婆，那就得熬。所以他認為長官打罵下屬、老兵欺負新兵，那是再正常不過的。他覺得當兵配上「吃糧」這二字，那硬是絕了。因為沒打仗時，餐餐有大鍋飯吃，至於那飯是哪裡來的，他才懶得去想也用不著他去想呢！倘若是打了個勝仗，那就更有好的吃，吃繳獲敵人的哪、上司犒勞的哪、地方上慰問的哪；若是打了敗仗成了潰兵沒有吃的時，也能強問百姓要，捎帶著摸點搶點哪，總之不會虧了自己的肚子。只是有一條，他把握得鐵緊，那就是任何時候都不能丟了自己的命。倘若命一丟了，那還有什麼呢？那就什麼都沒有了。所以說我叔爺每一次當兵的目的都非常明確，第一是有飯吃，用不著自己操心；第二是保住吃飯的傢伙，千萬不能掉了。

我叔爺之所以認下老涂這個「老鄉」，就是見老涂在新兵訓練營吃大鍋飯不行，太犯傻，還是像在家裡吃紅薯飯一樣，等到老婆將紅薯飯、鹽菜湯擺上了桌，才正式擺開吃飯的架勢。我叔爺見他吃了糧還是如此這般，竟然有點於心不忍，因為老涂是真正被徵丁給徵來的，他的老家離我叔爺的白沙老街相距有好幾百里，且是在一個山旮旯裡。那幾百里外山旮旯裡的人能知道些什麼呢？我叔爺以老涂這個弱者不能不有他這個強者庇護的心理，就認了他這個其實不是老鄉的老鄉（像我叔爺這種人，是決不輕易認老鄉的，因為他隨時準備開溜，他開溜時，若有認識的老鄉，一則怕老鄉走漏風聲，向長官告密；二則也怕連累了老鄉。而老涂這個不是老鄉的老鄉，我叔爺則認為對他構不成威脅）。我叔爺將吃大鍋飯的訣竅悄悄告訴了老涂，就自認為他已是老涂的師傅。

那天晚上，我叔爺在新兵訓練營的宿營地，也就是縣立中學禮堂那三合泥地板上攤開地鋪睡覺時，見老涂竟然穿著新發的黃軍衣往地鋪上躺，便又於心不忍了。

我叔爺說，老涂，脫掉，脫掉，這麼好的衣服你穿著睡，也不怕糟蹋了衣服?!我叔爺一邊說一邊將自己剝得精光，將黃軍衣折墊得熨熨帖帖，而後附著老涂的耳朵說，你將這好衣服糟蹋了，以後就難得換個好價。

老涂壓根兒就沒聽懂我叔爺話裡的意思，只是嘀咕著說，還怕糟蹋衣服呢，這條命只怕都會被糟蹋得沒了。

「你說什麼，什麼?既然出來吃糧就不要怕死，怕死就別來吃糧啊!」我叔爺笑起來，「你以為吃糧是這麼好吃的啊?」

不待老涂吭聲，我叔爺又說：「吃糧不要自己種糧，連煮都不要自己煮，餐餐有現成的吃，隔三差五還有頓肥肉，你到哪裡去吃這現成的飯和肉呵?!人心不足，人心不足。再說，吃糧就一定會死麼?嘿嘿，嘿嘿……」

「你倒是人一個卵一條，一個人吃了全家飽，可我呢，我家裡還有個女人哪!」老涂依然小聲地嘀嘀咕咕。

一聽老涂說到女人，我叔爺來了興趣。

「喂，老涂，你家那個女人漂亮麼？」

我叔爺一問老涂的女人是否漂亮，周圍的新兵們都來了興趣。

「老涂，你那女人一定漂亮得跟天仙一樣吧？」

「老涂，漂亮女人那味道，硬是不一樣吧？」

……

吃糧的到一起講女人，本是天經地義的惟一消遣和宣洩。可當這些吃糧的都以為從老涂的女人這個話題能得到許多興奮的時候，老涂又像死狗一般，一聲不吭了。

一個新兵見老涂如死狗一般一聲不吭，便故意說道：

「老涂，我見過你那女人，你那女人硬是長得漂亮，漂亮得就跟豬婆娘一樣。不是有句俗話，當兵三年，見了豬婆娘喊貂嬋麼。等到你再回家啊，你那女人就是貂嬋了……」

所有的人都沒想到，就連我叔爺也沒有想到，這個新兵的話還沒講完，如死狗一般躺著的老涂竟一下跳了起來，發瘋般朝這個新兵撲去。

老涂一邊撲一邊嚷，你罵我女人，我要掐死你這個王八蛋！

老涂那一撲，令我叔爺都傻了眼。老涂那是有板路的一撲，就好像獵狗撲獵物的招數，撲得凶，撲得準，一雙青筋暴露的手照準那個新兵的喉嚨猛掐過去。我叔爺在心裡喊聲不好，那新兵若被老涂撲住、掐住，不死都得被戳出幾個血窟窿出來。我叔爺看得清楚，老涂那張開而又微屈的十個手指，此時簡直就像挖土的十齒釘耙。

就在老涂要準確無誤地撲住那個新兵，並掐住他的喉嚨時，那個新兵竟毫不慌張，眼睛直直地盯著撲過來的老涂，連眨都不眨一下，待到老涂就要撲住他的那一瞬間，他只是略微動了動身子，便令老涂撲了個空。

我叔爺已經看出，這個新兵也決不會是頭一次吃糧的，這個新兵和他一樣，是經常做吃糧這勾當的，而且，此人受過專門訓練，不是一般扛「漢陽造」的兵，因為他在略微動一動身子，便令老涂撲了空的當兒，有一隻手，在令人難以察覺之際，其實已經將老涂帶了一把，只是沒有發力，倘若他真的發力，那老涂，會被他甩出幾丈遠。

撲了個空的老涂一爬起來，又要向那「獵物」撲去，這當兒，我叔爺一個箭步插上，擋住了老涂。

我叔爺雖然身子瘦小，但不是羸弱，他是屬於那種瘦筋瘦骨有內勁且爆發力大的人。鄉人常言，像我叔爺這類瘦筋瘦骨的人，床上功夫了得！比之那些身高體大臃胖之人，不知要強到哪裡去。我叔爺的床上功夫究竟怎樣，不得而知，因為他一輩子都是打單身，沒有正式娶過女人。相好當然是有的，但沒有子女，而鄉人又有床上功夫真正厲害與否，得看崽女是否生得多少之言。

且不論我那瘦筋瘦骨的叔爺床上功夫到底如何，僅他經過數次吃糧的摔打磨練，打架的本事是絕對有的，否則他也不敢去扯架，更何況扯的是如同獵狗般的老涂和受過專門訓練的「新兵」。

我叔爺是不願意看著老涂吃虧。老涂若再鬧下去，真惹得那個「新兵」上了火，他不死也得落個殘疾，第二天的大鍋飯，老涂就肯定吃不上。

我叔爺將老涂一擋，老涂不能再撲過去了，只是鼓著兩隻充滿血絲的大眼，恨恨地四處巡掃。

那個「新兵」見老涂這模樣，不緊不慢地說：

「怎麼，想找槍啊？你他媽的會不會玩槍呵？剛穿了兩天黃皮子，就要來跟老子較真……」

剛說到這兒，這個「新兵」不說了，顯見得他是怕說漏了嘴，將自己吃過糧的身份暴露出來。

「睡覺睡覺。」他躺下了。

躺下的這位還真說準了，老涂就是想找槍，可槍還沒發。於是老涂咬牙切齒地說，他就是要拿槍把講他女人壞話的人打死。

於是新兵們都知道了，原來老涂是個裝了火藥的悶罐子，惹不得，特別是說不得他的女人。

新兵們不知道的是，老涂在未吃糧前是個獵戶，他打獵物打得多，見獵物見得更多，所以他從地鋪上向講他女人壞話的人撲去時，那架勢就如同獵狗撲獵物。而如果身邊真有槍，他也的確是會玩的。

我叔爺當時也不知道老涂曾是獵戶，他只是一廂情願地將老涂看做是他的徒弟，遂連拉帶拽，使老涂返回了他的地鋪。

老涂老涂，我們都不說你的女人了，好不好，你他媽的還是穿著黃皮子睡你的覺吧。當我叔爺一邊這麼說著，一邊按著老涂的雙肩，要將他按到地鋪上時，老涂卻猛地一掙，又跳了起來。不過他這回一跳落下來時，竟雙手捂臉，嚶嚶地、如同孩兒一般地哭了起來。

老涂這麼嚶嚶地一哭，我叔爺想起早先吃糧時聽北方老兵說過的一句話，那就是「姥姥死了獨生子——沒有舅（救）了」。像老涂這麼一個窩囊廢，也來吃糧，唉！

我叔爺為老涂的窩囊歎氣時，那位壓根兒已瞧不起老涂的「新兵」又迸出一句：

「你他媽的哭喪！這還沒上前線呢，你想要我們都背時啊?!」

我叔爺怕他倆的「戰火」又起，便走到那個躺下的「新兵」身旁，坐下，說道：「兄弟，抽根紙煙不？」

我叔爺剛掏出紙煙盒，這位「新兵」便一把將紙煙盒抓過去，抓住紙煙盒的手指順勢在紙煙盒底部一彈，便彈出了一根紙煙，叼在嘴上。

我叔爺又掏出洋火，這位「新兵」將紙煙盒丟給我叔爺，仍舊是一隻手抓過洋火盒，根本不用另一隻手幫忙，「嚓」的便劃燃一根，將煙點著，狠狠地一口，那煙就被他吸去了一大截。

這掏煙、劃火、點煙的動作，都是在戰場上一隻手受傷後不能動彈的所為。這位「新兵」，可非等閒之輩。我叔爺心裡，更有數了。

「兄弟貴姓大名啊？」我叔爺問道。

「宮得富。」

「兄弟貴庚啊？」

「二十又二。」

「長小弟一歲，一歲。」我叔爺說，「宮兄專抽這老牌子紙煙，果然是好身手、好身手！」

我叔爺說的是他們這一行中的隱語，意即是老吃糧的了。

「沒錢時只好抽抽這老牌子。老弟你也不在哥哥我之下。」宮得富眯縫著眼，噴吐著煙霧。

「嘿嘿，嘿嘿。」我叔爺笑了笑，對宮得富說出的隱語表示默認。他又摸出紙煙盒，這回是自己先叼上一支，點燃，然後再遞支給宮得富，並替他點燃。

「宮兄，老弟我求你一件事。」

「既然是兄弟了，求什麼求，有事只管講。」宮得富吸著紙煙，話說得很氣概。

「老涂那廝冒犯了你，宮兄別和他一般見識，有什麼事嘛，咱倆好說。」我叔爺輕聲地說。

「知道！」宮得富反問道，「你老弟貴姓大名？」

「林滿群，鄉人都稱我群滿爺。咱倆以後相互照看著點……」

「好說，好說。」宮得富答道，「那我以後也喊你群滿爺。」

於是我叔爺和宮得富都狡黠地一笑，兩人皆心照不宣，達成了默契。那就是你也別點破我這個「新兵」，我也不點破你那個「新兵」，咱倆彼此彼此，到時候就都腳底板抹油，開溜吧！

我叔爺儘管多次吃過糧，是個地地道道的老兵販子了，其實還是個糍粑心腸，他怕宮得富依然記恨老涂，便又說道：

「那個老涂，宮兄你看在我的份上……」

我叔爺還沒說完，宮得富就說：

「嘿，我知道，他是你的徒弟，你就多顧著點他吧。在外也不容易、不容易。」

是個痛快人。我叔爺放了心。

我叔爺又走到老涂面前，輕聲地暗示老涂說，吃糧不可怕，到時候，到時候你就跟著我吧，我保你順利回家見到婆娘……

這話，我叔爺實在是不應該跟老涂講的，因為吃糧開溜這種事，得做得絕密又絕密，穩當再穩當，是出不得半點差錯的，這是拿著腦袋在耍把戲的勾當。可我叔爺一則把老涂當成個不曉事理的鄉里哈寶，二則總以師傅自居，好讓老涂覺得他高明，以此獲得些自以為是的滿足。後來，他果然為此險些掉了腦袋。

我叔爺真把老涂當成了他的徒弟而多方照顧，老涂卻似乎並不領情，從新兵訓練營直到上了開往衡陽的火車，他就沒和我叔爺說過幾句順暢的話。

這不，當我叔爺懷著對衡陽的「戀情」，希望他能回答幾句讓我叔爺高興而又得意的話時，他迸出了這麼一句：

「去過怎樣？沒去過又怎樣？」

老涂這話雖然火衝，雖然全不是對「師傅」應有的回話，但他終於回話了，這令我叔爺感到興奮。

於是我叔爺又說起了去過衡陽的那種感覺，又開始來了哎呀呀……嘖嘖……正當我叔爺說得起勁時，傳來長官嚴厲的話語。

長官那嚴厲話語的意思是，少說點他媽的不著邊際的耍話，留著些精神，準備應付那不可知的一切吧！

我叔爺覺得有點奇怪了，這次去衡陽，跟往常硬是不一樣，硬是像真的要和日本人打大仗。倘若是真的和日本人打大仗，那該怎麼辦呢？

這也不能全怪我叔爺，因為實在沒有人跟他說過保家衛國的重要意義，也沒人跟他說過打仗和當兵的重要意義。他還是只知道，他又是照著那徵丁佈告上的話，來吃糧了。他吃糧的動機是絕對的不純。他的吃糧，可不是為了打仗。

但如果有人以為像他這樣的人一上戰場，一見到日本人就會害怕，是典型的怕死鬼，那就大錯特錯了。他這種人只是嚴格地按照他（們）吃糧的規矩辦，吃糧就是吃糧，不要操心便能混個肚子飽。既然只是為了混個肚子飽，別的家國大事就與他無關了。

偏老涂傻乎乎的不懂味，在我叔爺聽從了長官的話而噤聲不語後，他嘀咕了一句：「要去送死了還不准人說話……」

老涂嘀咕的這一句，聲音實在不大，可帶隊的長官偏偏就聽見了，長官趕過來了。

長官那雙如鷹眼一般銳利的眼睛裡冒出了火：

「你是說去送死吧，你他媽的這是擾亂軍心！你再這麼說些出師不利的話，小心老子槍斃你！」

長官的這句訓斥，使得老涂渾身一顫。

我叔爺也才彷彿覺得，這一次的吃糧的確不同於往常的吃糧，這一次，只怕是真的要有血光之災呢！

我叔爺開始有點懊悔，懊悔自己不該老想著衡陽的樂趣，以至於進入了去送死的行列。早知如此，從縣城一出來就該開溜……

第五章

當我叔爺他們這批被徵來的壯丁，也就是新兵、吃糧的，在火車悶罐廂裡又是害怕，又是想著如何開溜時，衡陽的守軍已經開始了緊張的工事構築。

不知讀者對戰爭中守軍的工事構築是否感興趣，當我在有關資料中看到衡陽守軍的工事構築時，我是不但如獲至寶而且是嘖嘖不已。因為我從未見過（讀過）真正的防禦工事。這裡僅舉擔負守衛日軍主攻點，即衡陽之南的預十師工事構築：

預十師守衛的陣地上，所有的輕重機槍皆有掩蔽、全部佈置為側擊，構成嚴密的交叉火網。凡屬於面敵的陣地，全部削成斷崖；其上緣設有手榴彈投擲壕；兩高地之間鞍部前面，亦構成密集交叉火網，火網之前，佈置有堅固的障礙物，障礙物外挖有既深又寬的外壕，壕底有掩蓋的地堡；陣地上則挖有一米五深的電光式交通壕，交通壕連接全陣地；在交通壕背後或前面，挖有一米五深的散兵坑，各個散兵坑又與交通壕相通，坑口有遮陽避雨的設備，其上覆以偽裝。預備隊官兵在陣地後面山腳下，每人挖有一曲尺型單人掩蔽部。陣地前的地堡及反射堡，均有掩蓋的交通壕通至主陣地。陣地上火力，又能掩護各地堡的安全……

這樣的防禦工事，如果以圖標識，光看圖就令我等非軍事人員眼花撩亂。我曾就此問過軍事專家，軍事專家云，在那個年代，這樣的防禦工事的確令人讚歎。

這種令今日的軍事專家都讚歎的防禦工事，是在該師師長葛先才的親自指導下構築完成的。葛先才選擇構築這種防禦工事所在的主陣地，正面小，樹木多，遮蔽良好，適合於兵力集結，火力更能集中。而且在陣地背後運動兵力，敵人完全看不見，部隊調動、增援、彈藥輸送、傷兵後運、炊事兵三餐往返等等，皆不易受敵人火力威脅。

在我所看過的有關述寫戰場上指揮員的運籌決斷中，從未見過說指揮員將炊事兵送三餐飯也在其考慮之中的。而戰場上的實際情況是，炊事兵送的那三餐飯實在是太重要了。如果炊事兵一往陣地送飯，就被敵人的火力斃傷，陣地上的官兵們沒有飯吃，那會是個什麼情形？人是鐵，飯是鋼，一餐不吃餓得慌。這個定律是適用於每個生靈的。

據資料介紹，當時在衡陽防禦主陣地上構築工事的官兵根本未把即將到來的血戰放在心上。彷彿他們面臨的，不是強敵壓境，不是生死繫於瞬間。無怪乎方先覺軍長向委員長報告說：「全軍官兵無一人有怯敵之色，人人嘻笑顏開，努力構築工事備戰，鬥志極為高昂，現在厲兵秣馬，準備與敵決一死戰！」

這「人人嘻笑顏開」也許是方軍長用詞不當，因為官兵們畢竟面臨的是惡戰，是死亡，而不是什麼喜事。但構築工事的官兵們精神抖擻，甚至相互開著玩笑，倒是實在的不假。試想，第十軍以一萬七千多人，在超過十萬日軍的圍攻下，孤軍血戰，最後堅守了四十七天，倘若沒有高昂的士氣，能做得到嗎？

如果不是親身參加過國軍對日作戰的人，對國軍這種要麼是視死如歸、氣壯山河，要麼是一觸即潰、惟恐逃之不及的兩種截然不同的狀態無法理解。守衛衡陽的士兵那種絲毫也不畏懼強敵的場面，是我叔爺親眼所見。我叔爺後來說，陣地上這種高亢的士氣，和他們這些「新兵」相比，真是一個如高山，一個是平地上的凹坑。

正是基於此，我為我叔爺、宮得富他們在開往衡陽途中的表現，不能不感到有點兒羞恥。一方面是同仇敵愾，視死如歸，不把要和日寇的血戰放在眼裡，那該是何等的民族氣概！一方面是以當兵為白吃糧，尋空子便開溜，溜走後又去白吃糧，那該是何等的齷齪，何等的損我民族之大義，何等的為我熱血之輩所不恥！我叔爺、宮得富他們當時就是些齷齪之輩。然而，我叔爺說起他們的行徑，卻有千條萬條理由。我叔爺曾說，你們是不養崽不曉得屄痛呢！你們也生到那個時候囉，也變成那個時候的我們囉，你們只怕連我都不如！

我叔爺就是如此這般的一個人，誰能奈何？

我這位誰也奈何不得的叔爺，就只怕、且服了他的師長。

守衛衡陽的第十軍預十師師長，也就是親自指導構築防禦工事的這位葛先才，對諸如我叔爺之類的兵販子，早就有過深切的感性認識。

一九三九年春，日軍攻佔江西省城南昌後，繼續向臨川南下。

駐紮在撫河東岸李家渡的陸軍第十預備師接到戰區司令長官部命令，派一個團立即開赴西涼山區最南高地構築預備陣地。

時任第十預備師二十八團團長的葛先才奉命執行這項任務。

葛先才率領全團渡過撫河，迅疾向目的地進發。

當這個團快趕到目的地時，情況突變：在前線抵禦日軍的部隊已經潰退下來。出現在葛先才眼前的潰兵，竟如洪水漫野，蜂擁往南而去。

日軍正在向西涼山運動。

二十八團前去西涼山區最南高地構築預備陣地的目的，當然是為了接應友軍，可此時友軍已經全線潰退，那麼，部隊是繼續前進，還是撤回李家渡呢？

按照常規，在這種情況下，葛先才應當立即電告師長：友軍已南潰而去，本團前面無友軍，預築工事地帶情況不明，請師長定奪。師長在接到他的報告後，肯定會要他儘快回師。因為既然友軍已經潰退，難道還要他孤軍深入，難道還不以保存實力為重麼？

然而，葛先才這位團長卻沒有急於向師長報告。

葛先才看著那漫野的潰兵，眉頭越蹙越緊。勝負本兵家之常事，友軍沒能抵擋住日軍的攻勢，這不足為怪也不足為奇。然而，兵敗不應當成為兵潰，後撤應當仍然是有組織、成建制，有序而行。像這樣一旦失利，便自亂如潰堤的洪水一般胡亂奔竄的景象，正是國軍長期形成的痼疾。

難道自己見了敵人，也要撒手而走麼？

眉頭越蹙越緊的葛先才，終於下定了決心。

他將營長們召集攏來。

葛先才對營長們說，軍人以殺敵為天職，本團雖然沒有戰鬥任務，但是遇上敵人不戰而退，乃軍人之恥，因此他主張與敵人決一死戰，上司如果追究下來，所有的責任由他團長一人承擔。

葛先才為什麼要徵集營長們的意見呢？在這個團裡，是戰是撤，是繼續前進還是後退，難道不是由他一人說了算嗎？原來這個團所接受的命令，只是在西涼山構築預備工事，並沒有戰鬥任務。在沒有戰鬥任務的前提下，團長也是不能硬性命令，強迫部屬冒生命危險的。

倘若營長們不同意，倘若營長們認為應當後撤，倘若營長們堅持必須先向師長報告，他這個團長如果仍然堅持要與日寇決一死戰的話，他也就只能振臂高呼，願意和我一同死戰的留下，不願意的請隨便，然後率領願意留下的去進攻，去冒敵人的槍彈和自己上軍事法庭的危險。

國軍有一條「連坐法」，即諸如此類情況，在上級沒有命令他們投入戰鬥的情況下，擅自行動，了得?!而團長的這一擅自行動，勢必連累到營長們「連坐」。故而葛先才說所有的責任由他團長一人承擔。

葛先才主張和敵人決一死戰的話剛一落音，營長們便爭先表態，均云遇上敵人不戰而退，乃軍人之恥，堅決跟隨團長和日寇決一死戰！若有不良後果，願和團長一同承擔！

營長們的呼應其實在葛先才的預料之中。作為一個部隊的指揮長，如果對自己的部屬都不瞭解，他還配做這個指揮長嗎？這些營長們已跟隨他多年，是生死與共的戰友，焉有不和他一同行動之理！然而，在這完全可以不必要獨當一面，完全可以避開敵人、安全撤回之際，營長們仍然願意隨他和日軍決一死戰的呼應，還是令葛先才激動不已。

葛先才立即命令，搶佔高崗。

葛先才的團佔據西涼山最南高地後，日軍在距離他們一千三百米處的高地上紮下了營寨。

兩軍對峙，各自忙碌著構築工事。

葛先才思謀著破敵之策。

根據兩軍對峙的形勢，應當有三種方案。第一種方案是，自己據高崗而取守勢，等待日軍來攻。然以自己一個團的兵力，欲以守勢勝敵，幾乎是不可能的。況且他葛先才從來就是個不願意等著挨打的人，他的一貫戰法是進攻！因此，這第一種方案立即被他否定。第二種方案是，次日清晨出擊。但這種出擊勢必在日軍的火力籠罩中。一千多米距離的攻擊前進，自己的部隊必有相當大的傷亡才能接近敵人，待到接近敵人時，官兵的體力已經消耗殆盡，士氣已是在三鼓之後，再要發動有效的攻擊，難矣！故不擬採用。餘下的第三種方案是，敵我在次日清晨皆採取攻勢，那麼將是一場遭遇戰！倘若一成遭遇戰，自己已失去先機。失去先機的戰，葛先才也是不願意打的。

如果說上述三種方案為上、中、下三策，則這三策都已為他否定。

葛先才要採取第四策，決定在即日晚上，夜襲敵軍，打日寇一個措手不及。

葛先才要採取的這第四策，是分析了日軍的心理的，因為驕橫的日軍絕想不到國軍敢夜襲。因為在日軍和國軍的所有戰鬥中，國軍很少取攻勢，特別是夜襲。正因為日軍絕想不到，所以才能攻其不備！

葛先才將夜襲戰鬥準備全部做好後，才電話告知師長。

葛先才的夜襲，果然一舉成功，全殲日軍警戒部隊，攻毀日軍前進陣地，一直攻抵其主陣地之前。

驕橫的日軍實在沒想到國軍也敢發動夜襲，在遭到驟然的猛烈打擊後，緊縮陣地，全採守勢。

雙方進入了近距離攻防戰中。

驀地，葛先才團部的電話鈴聲急驟地響了。

「團長，師參謀長電話。」

葛先才接過電話。

「葛團長，天已放亮，敵機即將臨空，你團立即停止攻擊，迅速將部隊後撤，脫離敵人！」

葛先才答曰，我軍士氣正旺，攻勢正猛，怎能突然後撤？

「不行，你必須立即撤退！」

「參謀長，兩軍正在激戰，我能安全撤退嗎？」

「至於你如何後撤，那是你的事。我只告訴你葛先才，第二十八團如有重大損失，你團長應負全部責任！」

一聽此言，葛先才的火氣上來了，他厲聲答道：

「本團任何損失，尚不至於要你參謀長負責。如果你參謀長命令要本團敵前撤退，那麼本團因此而遭受的嚴重傷亡，甚至於敗下陣來以至全團潰散，應由你參謀長負全部責任！近距離的激戰，寧可全部戰死，也不可輕易有所變動，動則亂，亂則潰，你知道嗎？戰場不是像你在陸軍大學戰術作業，可以隨便更改！戰場上一旦與敵接觸開火，不是敵死，就是我亡；誰沒有穩定性，誰就會失敗。就是有錯誤，也必須錯到底，與敵拼個同歸於盡，絕對不可後撤。何況本團官兵現正鬥志旺盛，為什麼要撤退？我都不怕，你怕什麼？戰場上你不懂的事多著呢！最好少出主張，沒人說你無能！」

「啪」地一聲，葛先才將電話掛了。

就是這位視師參謀長為無能的團長，拒不執行撤退的命令，繼續指揮部隊猛攻，結果很快就攻破敵陣，迫使敵軍全線後撤。

在日軍全線後撤，第二十八團乘勝追擊時，這位團長卻發出了對敵人的讚歎，因為日軍的後撤秩序井然。這位團長歎道：「此乃國軍望塵莫及之處也，值得我國軍借鑒。」

葛先才之所以敢於抗命，或者說他不得不抗命，是因為他深知當時若在敵前撤退，絕對危險。自己的官兵跑得再快，也跑不過日軍的炮彈槍子，官兵會成為日軍的活動靶，這就是「火力追擊」之說。如果萬一必須撤退，也只能在夜間進行，此為其一。其二，只要撤退命令一下，士兵必爭先恐後亂跑，連排長不易掌握控制，準會自亂，一亂則不可收拾。最可怕者，官兵戰鬥意志一落千丈，爾後就不能作戰了。士無鬥志，戰亦必敗。故寧可與敵偕亡，也不能撤退。其三，怕敵機來襲，就不要打仗了嗎？何況敵我近在咫尺，敵機亦不敢投彈掃射，惟恐誤傷他自己人。這其實正是對空最安全地帶。短兵相接，鬥志，乃勝負之要素；攻防酣戰之時，敵我機會均等，敵能殺我，我亦能殺敵，只看誰能挺得住，堅持到最後五分鐘。

葛先才堅持到了最後五分鐘。

首戰告捷，全團士氣更為振奮。第二天淩晨三時，葛先才又發動猛烈攻擊，這又出乎日軍意料之外。有道是一計不可二用，日軍碰上的這個對手，卻一而再地實行夜襲，簡直是像瘋子一樣不顧一切！這「瘋子」一般的猛攻是：全團十八挺重機槍、八十一挺輕機槍同時開火；三十門大小口徑迫擊炮集中猛轟……震天撼地的喊聲、殺聲中，還夾雜著「還我兄弟命來」的哭叫聲……就是在這如同瘋子一般的猛烈攻擊下，日軍防線霎時間便被衝破，再一次棄屍遺械，被迫大幅度後撤。

兩戰皆捷！葛先才以戰場抗命贏得的勝利聲震江西。

然而，葛先才的二十八團亦損傷嚴重。戰後，預十師得到一千名新兵補充，葛先才的團分派五百。這補充的一千名新兵中，竟有多數都是如同我叔爺那樣的兵販子！

自此後，這位西涼山之戰的抗命團長，率領有著諸多兵販子組成的部隊，參加了第三次長沙會戰，參加了救援常德之戰……從團長到副師長、少將師長，他所帶領的士兵，死在戰場上的，重新補充進來的，究竟有多少像我叔爺那樣的兵販子，誰也說不清。只是像我叔爺那樣的兵販子，他是一眼便能看穿的！因此，我叔爺該會碰到什麼樣的命運，著實是難以預料的了。按照軍律，對兵販子可隨時就地正法！

第六章

隨著蒸汽機頭如憋足了勁的嘶鳴，掛有裝載我叔爺這批新兵悶罐子車廂的火車開進了衡陽站。我叔爺他們一下得車來，就被眼前的景象驚呆了。

偌大的衡陽站，人山人海，扶老攜幼的，肩挑手提的，擠得不可開交。大人喊，小孩哭，一片混亂淒慘景象。車站軌道上，七八列載滿人群的列車，在等待開出。那些列車上，不但車廂內擠得水泄不通，車廂頂上也擠滿了人。若從遠而望，如一條條死蚯蚓爬滿了蠕動著的螞蟻。

原來衡陽守軍在晝夜加緊構築工事進入備戰的同時，軍長方先覺決定「衡陽空城」——所有民眾一律撤退疏散，不留下一人。「戰爭是軍人的事！」方先覺這些從正規軍校畢業出來的職業軍人認為如是。

儘管方先覺命令：出動全軍各級政工（其中當然包括宣傳）人員，會同衡陽縣政府，除文字宣傳外，並口頭勸導百姓，避免不必要之流血，迅即疏散，但他們的文字宣傳，就是到處張貼一張同樣的佈告，大意是要打大仗了，城內百姓不得留住，限在幾日內悉數離開。這本是為百姓著想的事，反而宣傳得變了味，反而使得百姓只顧競相逃離；因而儘管粵漢、湘桂兩鐵路局，將所有能調集的車輛開往衡陽東西兩站，免費疏散戰地群眾：南行者乘粵漢路車，西行者乘湘桂路車；儘管軍部派出參謀人員，協助各站辦理疏散事宜，各站並派武裝兵一排，維持秩序；輜重團派兵一連，照顧老幼，幫助百姓搬運物品上車。但逃難的混亂淒慘，仍然超出了想像。

秩序，於戰亂百姓來說，只能是一個虛幻的名詞。

對於衡陽保衛戰的宣傳，本可以是從戰略地位、對全局的戰略影響、大後方的安全、物資供應、交通樞紐，乃至對盟軍的重大支持，等等等等，大做文章，大書標語口號，以喚起民眾，取得全國、甚至世界各方面的支持。可惜這種宣傳口號、宣傳文章，他們是全然沒有。每逢大戰，國軍統帥部似乎都只有那麼一句：此戰關係重大，關係到什麼什麼存亡。除此以外，便好像再也想不出別的話來了。由是不能不讓人疑問：他們那各級政工人員、特別是宣傳人員，到底在幹些什麼?!以我叔爺他們這些「新兵」上戰場來說，他們別的都不知道，就知道他們（又）被徵了丁，（又）吃糧來了。

好多年後，當我叔爺知道了一些新名詞時，曾感歎地說，那什麼宣傳工作，他們實在是太差勁了。如果他們早有些宣傳，老子也不會差點被崩了。

……終於有列車喘息著、嘶吼著，掙扎著開動了起來。那些沒能擠上車的，則坐在路軌旁，抱著孩子，摟著包袱，守著行李物品，頂著炎炎烈日，等待著下一列空車到來。他們那企盼著空車快點到來、希望自己能擠上下一趟車，害怕日本人就會打來的神色，讓人真正領會到「寧為太平犬，不做亂世人」的涵義。

看著這混亂的逃難景象，我叔爺和宮得富交換了一下狡黠的眼色。

他倆是想趁著這混亂逃跑麼？否也。他倆沒有這麼傻，在這兒想逃跑，那是白日做夢。他倆那狡黠的眼色，是互相通知對方，老兄（老弟），看樣子真的有大仗打，咱倆就看運氣和機會了，誰能逃脱，那就看誰的本事！老兄（老弟），你放心，如果你有逃的機會，而我沒有的話，我決不會出賣你……

這兩個多次吃過糧的老兵販子沒想到的是，出賣他們的，是那個跟在他倆後面一聲不吭的老涂。

第七章

我叔爺和宮得富、老涂被編入同一個排。

他們立即加入了構築工事的行列。

對於構築工事，我叔爺和宮得富也稱得上行家，要如何挖坑才能既省勁又快捷，要如何壘砌才能使自己的掩體舒服一些，他倆都會。可他倆才不願意把些力氣使在這上面呢。他倆各自琢磨著的，就是如何選擇有利時機，趁著槍炮兒還沒打著自己時，溜之大吉。

新兵們的到來，使老兵們多了許多快活。因為他們既可以在新兵面前擺老資格的譜，又能拿新兵取笑。

「喂，兄弟，有紙煙嗎？」一個老兵走到老涂面前。

老涂是不抽紙煙也抽不起紙煙的，他在家裡抽的是水煙筒，煙葉是自家種的旱煙。被徵丁吃糧後，捨不得帶那水煙筒出來，怕丟了那銅製的好煙筒，改抽了喇叭筒。

老涂搖了搖頭。

老涂搖了頭後，就連那自個兒抽的用紙捲的旱煙都沒拿出來請這位老兵抽。這位老兵並沒發火，只是圍著老涂轉圈兒，如看一個怪物：

「呵，穿上了二尺五，連盒紙煙都捨不得買，兄弟啊，你也太小氣了一點，現時還不抽紙煙，只怕你以後就再抽不上嘍！」

我叔爺知道這老兵不是專為一根紙煙而衝老涂去的，這老兵是在沒事找茬兒。這老兵也沒有什麼惡意，只是要顯擺顯擺自己而已。接下來，他該在軍事技術上教訓老涂、出老涂的洋相了。

「怎麼樣，兄弟，給老哥露一手，敢把手榴彈的蓋兒揭開麼？」

我叔爺怕老涂吃虧，誰叫自己把他認做是徒弟了呢。我叔爺忙掏出自己的紙煙：

「長官，我這裡有紙煙，你抽，你請抽。」

我叔爺故意喊他長官。

這位老兵眯縫起眼睛，看了看我叔爺手裡的煙盒牌子，朝宮得富走去。

宮得富一見他走來，臉上立即堆滿笑：

「長官，我這有好牌子的，你來一根！」

老兵接過宮得富的紙煙，夾到耳朵根上，又從紙煙盒裡抽出一支，叼到嘴上。

宮得富忙替他將火點上。

「你們這三位，一起來的？」

宮得富聽著這位老兵故意打起的官腔，心裡不禁暗暗好笑，因為這種官腔，他也曾多次打過，目的無非就是嚇唬嚇唬新兵，從新兵那裡得些「孝敬」，讓新兵為自己效點勞，像長官使喚勤務兵一樣地使喚使喚。

「嘿，是的，是的。我們三人是一起來的。」宮得富故意點頭哈腰。

「你們兩個，」老兵指了指宮得富和我叔爺，「還蠻靈泛的，不錯不錯。那位老兄，怎麼的就不會說些人話呀？光會搖頭，啞巴啦?!」

老兵轉過身，看著老涂，伸出右手中指，朝左手拇指和食指彎成的圓圈中穿過去，做了個猥褻的動作。

我叔爺明白那猥褻動作的意思，那是說，啞巴幹老婆，直捅，沒有別的話說。因為他不會說。

「啞巴也能來我們第十軍？真他媽的晦氣。」老兵又對著宮得富和我叔爺說，「我們這第十軍，你倆知道麼？大名鼎鼎的泰山軍！蔣委員長親自命名的！泰山，誰能撼動？老子當年戰長沙，就是跟著我們團長，咱現在的師長，與小日本那個鬥啊！天上是小日本的飛機，『呼』地來一群，『呼』地又來一群，他媽的飛得真低，就從你頭上飛過，扔下的炸彈，就在你身旁爆了，那掃來的機槍子彈，『啾——啾』，你還沒明白過來，完了，去閻王那兒報到了。兄弟，怕不？子彈雖說是不長眼的，可它偏認得你們這些新來的呢！」

老兵突然打住，故意地然後雙眼死死地瞅著宮得富。宮得富忙裝著害怕不已的樣，說，那怎麼辦，怎麼辦？

老兵瞧著宮得富那害怕的樣，哈哈大笑起來。

「兄弟你是個老實人，我就不嚇唬你了。怎麼辦？有什麼可怕的。他扔他的炸彈，他掃他的機槍，咱不睬！咱就等著他小日本的步兵衝上來，咱和小日本貼得越近，那飛機的炸彈就不敢扔，機槍就不敢掃，他那飛機成了×鳥！那小日本的兇勁啊，別說，咱還真佩服，衝到咱陣地前的死光了，第二波又衝了上來，踩著他皇軍的屍體，硬是只往前衝不往後退。他媽的還真越打越多，多得咱還真地頂不住了。這當兒，咱老團長，咱現在的師長，吹起了衝鋒號……」

這位老兵說的「當年戰長沙」，是指第三次長沙保衛戰。當時奉令固守長沙的是第十軍，軍長李玉堂；陸軍第十預備師則已編入第十軍建制，方先覺任師長。時已為預十師副師長的葛先才又領銜團長，與原三十團團長對調，獨當一面。

是日，天剛放亮，日軍的炮彈即如暴雨般向三十團南面陣地傾瀉，與此同時，日空軍每次出動十二架飛機，低空集中於南區，川流不息地輪番轟炸掃射。

所有陣地附近的民房，均被轟炸、起火燃燒；炸彈、炮彈、手榴彈、爆炸後的火藥煙，激起的沙土灰塵，與燒房屋之濃煙火焰，混成一片，遮蔽空間，十米外看不清物體。

日軍指揮官已下了鐵的命令，不惜任何代價，務必在該日攻破南門。

敵步兵如海潮一般向三十團猛撲，一股潮水退去，另一股又迅猛撲來……

從清晨戰至中午，攻守雙方皆傷亡慘重。

三十團陣地雖仍然屹立，但日軍兵力愈打愈多，三十團兵力愈戰愈少，已無法支持到黃昏。

在這形勢極端危急之際，葛先才孤注一擲，毅然決定棄守為攻，以衝鋒號音令全團出擊。

他命令各營營長，但聽團部衝鋒號音，立即開始向日軍猛攻，不惜任何犧牲，有進無退，違令者殺！又令團迫擊炮連，聞衝鋒號音響起，迫擊炮加速發射，把所有的炮彈都給我向日寇轟去！然後他才打電話告訴師長方先覺，決計出擊，以攻代守。

葛先才從衛士手中接過一支德國造二十響連發駁殼槍，又將一個裝滿子彈的預備彈夾放入軍衣左邊口袋裡，另數十發子彈放進右邊口袋裡。

他命令司號長吹響衝鋒號。

硝煙彌漫的古城長沙，被日軍炮火壓抑得喘不過氣來的戰場上，驀地，衝鋒號角劃破長空，其聲已不惟嘹亮，更是雄壯淒涼。

團部的衝鋒號一響，各營連號兵，十幾隻軍號，各帶其部隊番號，同時吹響衝鋒號音。

霎時間，全團一聲吶喊，官兵們躍出掩體，奮不顧身，向敵衝去，殺聲、號聲、密集的槍炮聲，其威之赫赫，勢不可擋。

葛先才揮動駁殼槍，率領團部警衛兵、傳令兵、勤雜人員，狂吼著直往敵陣而衝，就連送飯的炊事兵，也手執扁擔，加入了衝鋒行列。

日軍被這突如其來的攻擊打了個暈頭轉向，他們弄不清到底來了多少反攻部隊，但聞衝鋒號聲連綿不斷，但見密集的迫擊炮彈傾瀉而下，迎面而來的俱是些敢死隊員……皇軍的氣焰，在這一刻如遭暴雨淋頂，他們也不能不驚慌失措了。

忽然間，敵陣槍聲全部停止，日軍掉頭狂奔，跑在後面者被衝鋒隊員悉數擊斃。葛先才率隊衝出一里多路，直至水稻田邊緣，才以號音停止衝刺。而敵人則全部後撤約二千五百米才停止。

戰區司令長官薛岳上將，在湘江西岸嶽麓山指揮所見此情景，大喜過望，立即命令嶽麓山炮兵陣地，以十五公分重炮向敵狠狠轟擊。

「給我轟、轟，狠狠地轟！」

數日來，重炮正因為敵我距離太接近，不敢發射，惟恐誤傷自己人。此時大好機會已到，憋足了勁的炮兵聽得一聲令下，立時重炮齊發，直落敵群。

剛剛喘過一口氣來的日軍，頓遭天降之轟，群炮覆蓋下，抱頭鼠竄都無路可走。

「給我接通第十軍軍部，要李玉堂接電話！」薛岳高興地喊道。

「李軍長，南門外出擊者，是哪一個部隊？」薛岳問道。

「報告司令長官，南門外出擊者，是預十師葛先才全團。」

「攻得好，攻得好啊，葛團長了不起，了不起！我要為他請功、請功！」薛岳說完，感覺贊猶未盡，又叮囑道，「你把我的話告訴他，告訴他！」

就連葛先才自己也沒想到，他此次破釜沉舟、棄守為攻、毅然出擊之行動，奠定了第三次長沙會戰勝利的基礎。當日下午，日軍未能再組織起攻擊；第二天，對長沙的攻擊亦大為減弱，而在黃昏後，國軍援軍趕到，外圍第四軍首先攻抵長沙黃土嶺，形成對日寇的反包圍之勢……

葛先才以衝鋒號音命令全團棄守為攻、主動出擊這一天，是一九四二年元月一日。

當晚，蔣介石發來電令，晉升葛先才為少將；第十軍軍長李玉堂獲青天白日勳章一枚，不數日，李玉堂晉升任第二十七兵團副司令官；預十師師長方先覺少將升任第十軍中將軍長。

湖南媒體紛紛在頭版頭條刊載大幅文章，稱葛先才為趙子龍第二。

「你們還不知道我們師長的大名吧？」老兵突然問。

宮得富和我叔爺的確還不知道師長的大名。

「師長貴姓葛，大名先才！他身邊有個衛士，名叫韓在友，那才叫膽大包天呢！殺人如殺雞，什麼樣的鬼子在他眼裡，都是瘟雞一隻。他手中一支駁殼槍，三十米開外射麻雀，百發百中！戰長沙那會，小日本飛機在頭頂轟炸，他老兄倒好，躺在地上睡著了。一顆炸彈落在團部附近，炸平了三四間房，把他給震醒了。這老兄坐起來，揉揉眼睛，指著小日本的飛機直罵娘。團長正在考慮衝鋒出擊的事，嫌他罵得煩人，喝道，你罵它它也聽不見，滾遠點，不要在這裡打擾我。他提起駁殼槍就走了。你們說他到哪裡去了？這老兄，上了火線。他上火線幹嗎？來唬我們的連長排長，說是團長要他來看看，看看你們這些傢伙有沒有偷懶。這老兄把打仗看成是幹活了。當時我就在那陣地上，我們都知道他是假傳「聖旨」，我就對他說，韓在友，都說你槍法很準，前面不遠處土堆後面，藏有鬼子，不時伸出槍來向我射擊，你準備好，等他冒出頭來，給他一槍，如果打倒了，我請你的客。韓在友這名字本來是只有長官才能喊的，可我是什麼人，打西涼山就跟著團長的。你們聽好了，老兵見官大一級。只有我才能喊他韓在友。你們若見了，得畢恭畢敬地喊韓衛士長。知道嗎？他老兄聽我這麼一說，回答道，說話算數，看我的。他將駁殼槍抓在手裡，轉了兩轉，猛地抬手就是一槍，那個冒出頭來打冷槍的鬼子，被他報銷了。他兩槍擊斃兩個鬼子後，說是怕團長找他有事，提著駁殼槍，走了。這老兄回到團部，得意地對團長說，他剛才到第六連陣地去轉了轉，兩槍打死兩個鬼子。團長說他吹牛，他說有我作證，還要請他的客。這位老兄說出了我的名字，團長才相信，團長也就更加記得我了。團長見他那得意的樣子，說要替他去請射擊獎。他說在獎章中從未聽說有射擊獎。團長說，那就要軍政部特意為你製作一枚啦。他知道那是團長在逗他的，把雙眼一閉兩手一攤，做個他是無法得獎的怪相，走開數步，一屁股坐到地上，又躺下了……」

「要說我服誰，我就服了這韓在友。」老兵說。

這位老兵說的故事，還真讓宮得富和我叔爺聽入了神，也從此記住了韓在友這個名字。而在第二天，他倆還真見識了師長的這個衛士。

宮得富和我叔爺竟催促著老兵繼續說那長沙之仗。宮得富又敬過去一支紙煙。

「開始我說到哪了？」老兵抽著宮得富敬的紙煙，問。

「說到師長親自吹衝鋒號。」

「那時還是團長。」老兵說，「不過稱師長也沒錯，咱團長那時本已是副師長，自願來帶咱團的。你老兄說什麼，師長親自吹衝鋒號？師長哪能親自吹呢，是命令司號長吹。這衝鋒號一吹，就是說，咱不守了，咱也攻他娘的，大不了同歸於盡……」

老兵又打住，這回是雙眼死死地瞅著我叔爺。

我叔爺裝那害怕的樣子裝得不太像，這位老兵覺得不過癮，便說：

「這位兄弟，你沒讀過書吧，不懂同歸於盡的意思吧，那就是和日本人死到一堆。咱那死在長沙的弟兄們，就都是和日本人抱在一起，滾在一起的。」

老兵這麼一說，我叔爺不知是真的有點害怕，還是那裝相進入了角色，渾身顫抖了一下。

我叔爺一顫抖，老兵開心了。

「呵呵，兄弟你害怕了，害怕了。兄弟你還沒有老婆吧？」

我叔爺點了點頭。

「兄弟，沒有老婆就好，反正是人一個，卵一條，死就死吧，過十八年又是一條好漢。」

這時宮得富說，我也沒有老婆，但那個「啞巴」有老婆。「啞巴」的老婆漂亮得像天仙。

一聽說啞巴有老婆，而且漂亮得像天仙，老兵對老涂重新來了興趣。

「那啞巴叫什麼啊？」

宮得富說，他叫老涂，涂什麼我也不知道。我只知道他有個誰都說不得的老婆，你說他老婆不好看嘛，他要跟你拼命；你說他老婆長得好看嘛，他也要跟你拼命……

宮得富要挑唆這老兵去治一治老涂。

「宮得富！」我叔爺喊了一聲，「你少說人家老涂！」

「呵，呵，看來這位兄弟和那啞巴關係不一般。」老兵走到我叔爺和老涂的中間，眯縫著眼睛，看看我叔爺，又看著老涂，「啞巴，你那老婆是給這位兄弟睡過吧，他這麼顧著你。」

老兵這麼一說，老涂的牙齒咬得格格響，抓在手裡的一塊乾泥坨被他捏得粉碎。

「呵，呵，啞巴，手勁還不小嘛。怎麼？想跟老子過過招。」

我叔爺忙掏出紙煙，霸蠻塞到老兵手裡，說：

「長官，長官，別跟他一般見識，他是個啞巴、啞巴，啞巴的老婆怎麼能跟我睡呢？他是我的『老鄉、老鄉』。」

「什麼長官長官的，告訴你，老子不是長官，但長官見了老子，也得讓我三分。有一個老婆怎麼哪？有一個老婆就不能讓人說啊？老婆不就是一個女人?!老子睡女人睡得多呢！老子當年，長得不比這啞巴強得多，村裡的大姑娘、小女子，圍著老子轉呢，可老子扛上了槍桿子，打小日本來了，把娶老婆的事給耽擱了。他媽的，沒有老子們跟小日本拼命，你啞巴能在家裡安穩地睡女人?!你啞巴的女人還就讓人說不得呢……」

憋著勁兒不讓自己笑出來的宮得富又插上一句：

「長官，那啞巴不光是這位弟兄的老鄉，還是他的徒弟。徒弟能不孝敬師傅?!那什麼東西都得孝敬師傅一份哪。」

我叔爺知道宮得富是在故意攪水，忙又對老兵說：

「長官，我們這不也和你一樣，扛上槍桿子打小日本來了。以後，長官你就多看顧著我們點，我們有了好處，就多孝敬你老人家。」

我叔爺這話讓老兵高興了。

「兄弟我不是長官，你們不要再叫我長官，真讓長官聽見了不好。兄弟我叫別金有，和韓在友共一個有（友）字。兄弟我就是佩服韓在友，所以樂意和他共這個有（友）字，可弟兄們說我這個姓格外特別，說是我自己胡編亂造出來的姓，其實是他們不懂，我這個別姓是上了百家姓的！不信？不信你們可以去查，那百家姓上標得明明白白的。可弟兄們硬要叫我老癟，我知道這個「癟」字是長沙人的痞話，是指女人的那個玩意。是那個玩意就那個玩意唄，沒有那個玩意能生出咱們男子漢來？所以我老別也樂意被喊作老癟，喊我老癟的人就等於全是我生出來的。弟兄們還不願叫我別金有，弟兄們是怕我和韓在友共了個有（友）字，那在戰場上就更不得了。其實這也沒有什麼不得了的，各人有各人的絕招，韓在友那槍法，是他的絕招，我老癟的絕招呢，是拼刺刀、躲槍炮。咱先躲過敵人的槍炮，然後跟他肉搏拼刺刀，咱老癟的刺刀——刀刀見紅！以後你倆也只管喊我老癟，喊老癟我願意哩。跟著我老癟，打仗吃不了虧。什麼炮該躲，什麼槍聲最要命，跟我學。你們新兵哪，就是怕炮，其實那炮有什麼可怕的，你就當他是放鞭炮……」老癟說完，抓過我叔爺手裡的那包紙煙，塞進口袋，走開了。

老瘸邊走邊說，這紙煙雖然是差了點，但不收兄弟你的，老瘸我過意不去。宮得富喊道，哎，哎，老瘸，我這還有包好的哪！

老瘸答道，你那包好的我不要，你沒有人孝敬。那位兄弟有徒弟，我收了他的，他那啞巴徒弟自然會孝敬。

宮得富笑得哈哈的。

我叔爺也跟著嘿嘿笑，雖然他的一包紙煙沒了。

宮得富突然又悄悄地對我叔爺說：

「哎，滿群老弟，你說，這個老瘸，原來是不是也和我們『一路』的？」

我叔爺明白他的意思，宮得富是懷疑老瘸也可能是個老兵販子。我叔爺想了想，回答說：

「要說他是我們『一路』的嗎，有可能；要說他不是我們『一路』的嗎，也有可能。」

宮得富說，你這不是等於沒說?!

我叔爺說，我的話還沒完呢！我說他有可能是，那是指以前；現在肯定不是！

宮得富說，又是廢話。我是問他原來哪？

我叔爺說，就是他原來是不是也難以確定哪！不過，管他原來是也好，不是也好，總之我倆得提防著點，別讓他看出什麼來。那是個頂頂厲害的角色。

宮得富說：

「你放心，我會將他的底細掏出來的。」

……

宮得富和我叔爺悄悄地嘀咕著老癟時，老涂卻臉朝南方，望著他的家鄉，在呆呆地發怔。

老涂到底有什麼心事兒呢？難道真是上了戰場怕死，怕自己回不去了，再也見不著他那不能讓人議論好看或是不好看的老婆？

第八章

我叔爺萬萬沒有想到的是，正是這個一聲不吭，被當作啞巴的老涂，將他和宮得富告了。

第二天上午，我叔爺他們正在構築最後一塊工事，排長突然喊全排集合。

「立正，稍息！」

排長的臉色格外嚴峻。

全排站好隊後，「喀嚓」、「喀嚓」，從右前方跑過來幾個全副武裝的士兵，面對著他們站立。

連長到他們排來了。

排長跑過去向連長敬禮時，站在宮得富身邊的老癟輕聲說：

「兄弟，今天怕是有人要挨刀。」

「誰犯了軍規呢？」

「八成是啞巴，他小子情緒不穩，影響士氣。」

宮得富還想問時，排長已敬禮完畢，又跑過來了。

排長將隊列從左到右掃視了一遍後，突然點了我叔爺的名。

「林滿群！」

我叔爺忙答：

「到。」

「宮得富！」

宮得富也忙答：

「到。」

宮得富答應時，心裡已擂開了鼓。

「出列！」排長威嚴地喊道。

我叔爺和宮得富走出隊列。宮得富的臉色已經變青，他知道可能是自己的身份已被長官識破，這回只怕是難逃一劫；我叔爺則還沒想到那上面去，因為他沒聽到老癟的話。

「報告連長，就是這兩個混蛋！」

連長聽了排長的報告後，將我叔爺和宮得富從上到下看了一遍，又繞著圈子打量了一番，然後厲聲喝道：

「給我捆了！」

四個全副武裝的士兵立即上來，兩人捆一個，將我叔爺和宮得富捆了個扎扎實實。

宮得富被捆時一聲不吭，我叔爺卻大叫了起來：

「長官，為什麼捆我？我犯了哪一條？」

連長怒衝衝地喝道：

「兵販子！今天終於落到了我的手中！上次被你逃了，這次又來冒名頂替，擾亂我兵役制度，感染我在役兒男，動搖我軍心，煽動我士兵……」

我叔爺又大叫：

「長官，我不是兵販子，我是來投軍殺敵的，我是來打小日本的啊！長官，你認錯人了，我第一次來吃糧，我可不知道什麼是兵販子啊……」

「你是來投軍殺敵的？你是來打小日本的？本連長我認錯人了？你不知道什麼是兵販子？」連長嘿嘿冷笑了幾聲，突然喊道：

「林滿權！」

連長喊出這一聲林滿權，我叔爺頓時像被霜打萎的菜藤，軟塌了下去。

林滿權就是我父親的名字。我叔爺曾頂替我父親進了軍營，進的就是這位連長的隊伍，不過那時連長並不在第十軍。

我叔爺懵了，呆了。

「林滿權，你再好好看看我，你不記得本連長了，可本連長記得你！」

我叔爺抬起頭，木然地看著連長。他記起來了，他的確是在這位連長手下幹過。連長之所以仍然記得他，是因為他假裝表現積極，討連長的歡心，弄得連長將他調到身邊，當上了傳令兵。當上了傳令兵，他就更加好逃，果然就被他順利地逃掉了。只把個連長不但氣得要死，還受了「連坐法」的制裁。

我叔爺知道這回慘了，他猛地往前一撲，跪到地上：

「連長，連長，我林滿群該死，該死，我林滿群上回害了連長，我不該跑，不該逃，連長對我恩重如山，我卻恩將仇報，我只求連長這回饒了我，我替連長當牛做馬……」

我叔爺的這段話完全是胡謅，此刻他是只求保命，所以什麼話都能說出來。可他這胡謅卻說對了一條，那就是這位連長的確被他害得夠嗆。因為他是傳令兵，這個連長連自己的傳令兵是個兵販子都認不出，都看不住，上司對他會是個什麼看法呢？結果是我叔爺逃了，那份要立即傳達的命令被我叔爺帶回老家去了，連長本要升營長的事不但吹了，還被撤職。這位被撤職的連長一氣之下，轉投大名鼎鼎的第十軍，並指名要到葛先才的預十師。這位連長對葛先才說，若是葛師長不肯收留他，就請將他押回原部隊，他甘願自認逃兵，這顆腦袋不要了。葛先才要的就是這號不怕死的猛將，聽了此話，焉有不收之理。不但收留，而且要他仍然當連長。葛先才要收留的人，誰又能攔阻得了?!

我叔爺在跪地哀求時，連長冷冷地說：

「你到底是叫林滿群還是林滿群？」

「我叫林滿群，林滿群。林滿權是我老兄。」

我叔爺原本會說些外地方「官話」的，可一著急，說出的是一口家鄉話。我們那家鄉話「兄」與「鄉」不分，連長就把「老兄」聽成了「老鄉」。

「林滿權是你老鄉？」

「是我老鄉（兄），是我老鄉（兄）。」

「你冒名頂替你老鄉，他給了你多少光洋？」

「我頂替我老鄉（兄），一個子兒也沒得。」

「到了這個份上，你還在狡辯，不說實話?!」連長勃然大怒。

「我這回說的全是實話！長官，只求你饒了我這一回，我再給你當傳令兵，跟在你身邊，槍子兒來了我替你擋，炸彈來了我替你攔……」

我叔爺的話還沒說完，連長又嘿嘿冷笑起來。

「好笑好笑，還要給我當傳令兵，你就又好帶著我的命令跑得不見了蹤影，是吧？林滿群啊林滿群，你狡詐至極，可沒想到會在這第十軍又碰上我吧；你滿口胡言，可你胡扯也得扯到個邊兒上哪，傳令兵能老是跟在我身邊嗎？那我還要你傳個什麼令？你還要替我擋槍子兒，還要替我攔炸彈……無賴！可惡！殺你十次都不為過！」

連長說完，立即對捆綁我叔爺和宮得富的士兵喝道：

「把這兩個傢伙關起來，報請團部，槍斃！」

我叔爺和宮得富被押著走時，宮得富仍然一聲不吭，他只是閃動著那雙靈泛的眼睛，往隊列中掃視了一眼，他在心裡琢磨著是誰把他給告了，他想著只要他還能活著，頭一件事就是把告他的人給宰了。

我叔爺卻又嚎了起來：

「長官，我的連長，你不能斃我呀，我家裡還有一個八十歲的老娘啊……」我叔爺這話，自然又是假的。

這當兒，隊列中衝出一個人，「撲通」一聲，跪在了連長面前。他一跪下，便喊，連長，你手下留情，打、打他倆三十軍棍就行了，可不能槍斃啊！

第九章

這個衝出來跪在連長面前的人，是老涂。

老涂在連長面前一跪，不僅把連長給弄得一頭霧水，排長也懵了。

老涂才來幾天，連長自然是不認得。排長之所以發懵，因為老涂就是告發我叔爺和宮得富的人。這告發的人見被告發者給捆走了，要挨槍子兒了，他又來求什麼情呢，再說，他這不是自己把自己給供出來嗎？

連長雖然不認識老涂，但他最看不起膝蓋骨發軟的男人。被捆綁著的我叔爺在他面前的一跪，就已令他覺得晦氣，如果我叔爺不是向他下跪，而是高昂著那顆不大的頭顱，大聲喊著老子犯了律條，要殺就殺，要砍就砍，但如果長官留我一命，我定到戰場上和日本鬼子去拼這顆腦袋之類的話，他也許會放我叔爺一馬。可這會，又跑出來了一個下跪的軟蛋。

補充到他連裡的新兵，怎麼盡是些這號人呢？地方政府給國軍輸送的，怎麼盡是些這號角色呢？

倒是那被綁起來後一聲不吭的宮得富，給他留下了不錯的印象，他想著只要宮得富能悔過自新，便打算饒宮得富一命，讓他戴罪立功，因為大戰在即，自己的連隊多一個人總比少一個人好。而我那下跪胡謅的叔爺，他是非槍斃不可的！

連長看著下跪的老涂，問排長：

「他是什麼人，想幹什麼？」

排長說：

「他就是揭發那兩個兵販子的新兵啊！」

排長剛一說完，跪在地上的老涂立即說：

「排長排長，我向你報告林滿群和宮得富是吃過糧，這次又來吃，其實是吃了糧就想逃的人，可我不知道這一報告會要了他倆的命啊！我只以為報告了排長，排長派人盯著他們，不讓他們逃跑就行。最多，也不過是打那宮得富三十軍棍。我看過大戲，大戲裡邊不就是只打幾十軍棍麼？我還求排長別打林滿群呢，那林滿群和宮得富不是一路人，林滿群他不欺負我。再說，排長你也沒說要槍斃的呀！排長你當時也是點了頭的啊！」

「我點了什麼頭？老涂你不要胡說。」

「排長你是點了頭的哪！昨天晚上，我向你排長報告，說有要事相稟，排長你就要我只管說。我說我把這事講了出來，你可千萬別說是我講出來的呀，排長你就點了點頭。我看著排長你點了頭才說的呀！我開始只說了宮得富一個人，我說排長你得狠狠地打宮得富三十軍棍。排長你說行，宮得富這三十軍棍是跑不了的。可你又說肯定還有和宮得富一樣的人，你非得要我講出來，你說如果我不再講一個出來，你就不打宮得富那三十軍棍。我就只好說出了林滿群……」

排長聽了老涂的話，又好氣又好笑，只是為了保持排長的威嚴，不能氣也不能笑。隊列中的兵們聽了老涂的話，都想笑，但不敢笑，只是都覺得老涂不是老癟說的是個啞巴，而是個哈寶。

排長正要訓斥老涂，連長已經不耐煩了。

連長對老涂說：

「國有國法，軍有軍紀，念你初來剛到，不懂，就不將你和兵販子相提並論了。你快歸隊，不要再無事生非。」

連長本是想嚇唬嚇唬老涂，快點結束，以免浪費時間，可老涂不依了。老涂說：

「連長長官，你這話就不妥當了，我不是兵販子，我難道還怕你將我和兵販子相提並論麼？正是國有國法，軍有軍紀，連長你就不能這麼說我。再說，我哪裡是無事生非呢？我是要和你論理……」

被老癟喊做啞巴，而又被兵們認為是哈寶的老涂，突然間像變了一個人，不但不啞不哈，而且是會抓理的了。

「軍情緊迫，什麼論理不論理的，你快起來，去修工事！」

「連長不聽我把話說完，我就是不起來。」

「把他拉開，全排解散！」連長火了。

排長令人去拉老涂，那去拉的人卻拉不動老涂。老涂一邊使勁穩定著自己的跪勢，一邊不停地說，我報告你排長，只是想要排長你打宮得富三十軍棍，不是要你槍斃他倆，排長你哄了我，哄了我……」

這時老癟說話了。老癟說，報告排長，讓我來把他拉開。排長點了點頭。

老癟走過來，邊走邊說，這啞巴原來不啞呵，這不啞的啞巴還拖不動呵，看我老癟的。

老癟伸出一隻手，在老涂眼前虛晃一下，然後兩手猛地從老涂腋下插過，一起勁，如旱地拔蔥，將老涂拔了起來。

老癟說，排長，怎麼處置？

排長望著連長。

連長一揮手：

「拉走，先關起來！」

連長說完，又叮囑一句，別和那兩個傢伙關到一起。

連長其實心細，他知道，若把老涂和我叔爺、宮得富關到一起，老涂會被活活打死。

排長立即對老癟重複連長的話：把他拉走，先關起來。單獨關。

老癟應一聲，說，這事交給我。夾起老涂就走。

老涂仍在論理。老涂說他真是沒想到會要斃人，他只是想打宮得富三十軍棍，誰叫他太欺負人，誰叫他老是講我的女人，誰叫他還要挑唆老兵長官來戲弄我，所以他報告。如果知道報告後會要斃人，他就不報告了。

老癟對老涂說，你他媽的要真是個啞巴，不就全沒事了。說完，又補一句，啞巴你要是早告訴我，看我怎麼治理那兩個傢伙，我先廢了他們，看他們還能不能逃，他媽的，連老子的眼睛都被他們瞞了過去。老子當年……

老癟說到「當年」，不說了。他只是歎口氣，唉，落得個被槍斃，不值，不值。

第十章

團部的電話鈴響了。

「團長，六連連長有事向你報告。」

正在向前來視察的師長葛先才彙報備戰情況的團長說，什麼事？要他等下再打來。葛先才卻示意立即去接。

團長接過電話。

「報告團長，本連在所接新兵中，抓到兩個兵販子，其中一個是慣犯，上次就是他從我手裡逃走的。我請團長批准，立即將那個慣犯槍斃，以正軍法！」連長在電話裡只申報槍斃我叔爺。顯見得，沒向他求饒、更沒向他下跪的宮得富，已被他留下了。

連長的聲音很大，也很氣憤。

團長捂住話筒，對葛先才說，第六連連長報告，抓到了兵販子，報請槍斃。

葛先才沉吟了一下，說，著第六連連長將兵販子押送過來。

團長即對連長說，師長命令你，將兵販子押送團部。

「沉當」一聲，關押我叔爺和宮得富的房門被打開了。

「林滿群，出來！」連長喊道。

我叔爺一聽是連長親自喊他出來，閃現出了一線生的希望，忙一邊往外走，一邊說：

「連長，連長，你不槍斃我了吧，我是你的老部下，我知道你對老部下是會手下留情的。」

我叔爺這張貧嘴，此時不僅不能獲得連長的好感，反而更加深了連長非斃了他不可的決心。

我叔爺剛一出門，就聽得連長一聲喝：

「捆上！」

「連長，連長，怎麼又捆我呢？」

我叔爺和宮得富被關進來時，身上的繩索是被解了的。

「少囉嗦，本連長奉令，親自將你押送團部，執行槍決！」

我叔爺的腦袋嗡地一下，似乎到此時他才明白，槍斃是真的了。

士兵重新將我叔爺捆綁時，仍呆在屋裡的宮得富說話了。

宮得富說：

「連長，怎麼不喊我出來啊？」

連長說：

「你也想被捆了去？」

宮得富說：

「連長，我和林滿群犯的是同一律令，你只捆他不捆我，這於法不公。」宮得富的聲音不高不低，似無事一般。

這小子，倒是個人物。連長想。

「你願意陪斬，是吧，本連長我成全你。」

「連長，這不是陪斬，這是法當如此。」

連長又來了火：

「宮得富，本連長念你未予求饒，有點骨氣，原本想放你一馬，希望你悔過自新，可你卻如此頑冥不化，行啊，你想死還不容易嗎，本連長現在就可以斃了你。」

「連長，你只管斃，我不怨你。」宮得富說，「反正我也活膩了，今番到了這裡，早晚會是個死。我心裡明白得很。」

連長沒想到宮得富竟然如此回答，他吼道，你想現在就死，可我偏不讓你死，我要留著你到戰場上去死，我非逼著你去和鬼子拼命不可！

我叔爺聽連長這麼一說，忙喊道，連長連長，我願意去拼命，你讓我到戰場上去死。

我叔爺是一心只想著如何躲掉這要被槍斃的一劫，然後再尋脫身之計。此時，你就是要他鑽女人的褲襠，他也保準一哧溜就會鑽過去。他是知道韓信鑽男人褲襠那碼子事的。可在這位連長面前，就算他如鄉人發誓，若不如此如此，願去鑽母牛的那襠兒，被母牛踩死！連長也是不會相信他的。

連長只是恨恨地橫了我叔爺一眼。

宮得富卻說：

「連長，去拼命是一回事，這理應被槍斃又是一回事。連長，我實話跟你說吧，林滿群是因我而起，是我得罪了老涂這個傻屄，所以老涂把我給告了，林滿群是這個傻屄順帶著說出來的。他若不告我，林滿群自然無事，所以要槍斃，應該先槍斃我……」

宮得富還沒說完，連長喝道：

「你以為沒人告發，本連長就識不出你們這些兵販子嗎？林滿群就能逃脫本連長的手心嗎？」

宮得富說：

「連長，我們是命該如此，命該如此。我要是眼瞅著林滿群被槍斃，而我宮得富被連長赦免，我就是撿得了這條命，日後也無顏再見同道的弟兄。」

他一邊說，一邊走出來，自請捆綁。

這小子，講義氣啊！連長在心裡想。

連長剛在心裡想著這個宮得富夠義氣，旋又喝道：

「你們還有哪些同道？」

宮得富說：

「連長，所謂同道，就是幹我們這一行的。幹我們這一行的多著呢，若沒有我們這一行，國軍的兵員哪裡能充得足數。」

宮得富這話一出口，連長對這個不識抬舉的宮得富又憎惡起來。

「快說，在本連，還有多少個幹你們這一行的？」

「這我就實在不知道了。反正我和林滿群，連長你沒抓錯。」

連長狠狠地盯著宮得富：

「宮得富，只要你再交代一個同道出來，我就饒了你。」

宮得富卻說：

「連長，我這次來衡陽，交識的硬是只有林滿群一個。倘若時間久了，我也許就知道別的同道了。只是，如果我那些同道都被你連長知道，都給抓起來斃了，連長你只怕也就沒有多少兵可帶了。我知道就要打惡戰，連長你就別在這方面費心，斃了我們後，嚇一嚇其他的兵販子，還是齊心合力對付鬼子吧！」

宮得富這話，把個連長激怒了。行，行，宮得富，你就和林滿群，和你的同道一塊去死吧。

「將他捆了！」連長大喝一聲。

連長押著我叔爺和宮得富往團部而去。

這一回，我叔爺不叫也不喊了。

快到團部時，我叔爺對宮得富說：

「兄弟，你比我率性，可這率性也得看個時候，何必跟著搭上呢？」

宮得富說：

「昨天，你沒聽那個老癟說麼，咱反正是人一個，卵一條，過十八年又是一條好漢。幹咱們這一行的，本來就是替人頂命、將腦袋提在手裡的生意。腦袋沒掉時，跑了，賺一筆；腦袋若是掉了，沒賺的了，也沒去什麼本錢，不就是一條命麼？」

我叔爺說：

「兄弟，說得好，咱原本也沒想到能做好這麼多趟的生意。我林滿群算上這趟，已是第五筆，賺了賺了，死就死唄。」

我叔爺說完，竟哼起了大戲：

孤王悔不該酒醉桃花宮
錯斬了鄭子明
哎呀
孤的賢弟啊

跟在後面的連長聽著他倆的話，聽著我叔爺那突然哼起的大戲，反覺得納悶，這些可惡的兵販子，到得真要槍斃他們時，倒反而一個個無所謂了。這都是些什麼東西呢？怎麼全進了咱國軍呢？

第十一章

被單獨關著的老涂懊悔不已。

老涂大名涂三寶。但涂三寶這個名字，自他進縣城新兵訓練營，被點卯應到後，就沒人喊過，都只喊他老涂。到了兵營後，他又被老癟喊做啞巴，這啞巴又被老癟到處宣揚，於是他似乎真的成了一個啞巴。而當著全排弟兄的面，他在連長面前那一跪，那一番論理，又使他成了哈寶。啞巴、哈寶代替了老涂也更代替了涂三寶。但從此刻算起，只要再過幾十天，就連啞巴、哈寶也無人喊了，再也無人知道啞巴、哈寶老涂、涂三寶了。

老涂懊悔的是，他不該害得我叔爺和宮得富掉腦袋，但老涂的確恨宮得富——宮得富唆使老癟侮辱了他女人。

老涂那個容不得人家說好、更容不得人家說壞的女人名叫水姐。

水姐來到這個世界之前，她母親說夢見滔天洪水，那滔天洪水一來啊，她就發作了，一發作，就順利地生下了水姐。

水姐母親是大山裡的女人，水姐父親是大山裡的男人，水姐當然也是出生在大山裡。這大山裡哪來的滔天洪水呢？就虧了她母親的這一夢，水姐活了下來。

本來按照山裡人規矩，女人生的這頭一胎，倘若是個和她一樣的，當溺便桶，也就是丟進馬桶裡淹死。這頭一胎便是個女的，那後來的不都會跟著是女的麼？山裡人養女孩，養得起麼？養大了又有什麼用呢？白白地為他人養的！所以山裡人頭胎生下個女的，溺便桶，理所當然。若再生個女的，再溺便桶。直到生下男孩。生下一個男孩後，當然得再生，再生又是個男孩的話，後面的女孩就有被養下去的希望。男孩生得越多，那女孩被養下去的希望便越大。因為這時做父親的便會通情達理了。這時做父親的看著那剛從母親肚子裡鑽出來、通紅通紅、肉坨坨的女孩，會拈著下巴上那稀疏的鬍子，很有大將風度地說，這女子，咱養了，也好讓她的哥哥們有個把好玩的妹仔。

水姐之所以未循慣例進便桶，是她父親聽了她母親訴說的夢。

她父親尋思，自己的女人從沒出過大山，從沒見過江河，怎麼能夢見滔天洪水？這不定是哪路菩薩托夢，這女子，說不定是大富大貴之身哩！她父親雖沒讀過什麼聖賢書，但那野本故事，是聽說過的；大戲臺上的唱詞，是聽過的。天下美女數貂嬋，是知道的。那貂嬋，不就是山旮旯裡出生的麼？

這女子，說不定以後也和貂嬋一樣哩。

這女子若長得和那貂嬋一樣，只須一十六年，便能將她進貢給皇帝，或許配給大將軍，或嫁給個大英雄……這一十六年花費的包穀粒粒、野菜湯湯、全能賺回來不算，那皇上的賞賜、大將軍的聘禮……肯定是少不了的。到那時，將這木壁屋拆了，蓋幾間青磚瓦房，除去工料，必然還有些剩餘錢兒，可給兒子們娶老婆哩……

她父親如此這般一算，就把本該進便桶的女兒給留下了，且當即起了個名字：水姐。夢水而生的姐兒。她父親給她取了這個名字後，就覺得真是大吉，哪有取名字取得如此快捷而又好聽的呢？別人家給孩子取名字，還要走幾十里山路，到山外的鎮上去請有學識的老人；那有學識的老人，還要捧出一本厚厚的書，翻。翻過來翻過去，翻老半天，才能取定的呢。那名字還不是白取的，還得送嫩包穀，送蕨粑粉，送少了人家還不收哩。

水姐母親那夢沒有白做，水姐果然不負父親的期望，見風兒長似的，越長越水靈，越長越漂亮。只是在這水姐之後，水姐母親的肚子再也沒能拱起。水姐父親在牙咬咬地恨她母親不爭氣、沒有用的同時，又暗自慶幸，當初幸虧沒將這水姐丟進便桶。

水姐父親看著這真如貂嬋第二的女兒，把全部希望寄託到了水姐身上，就等著時機一到，有那給皇上進貢美女的榜文貼到這山裡來，或有那大將軍、大英雄到這山裡來。

給皇上進貢美女的榜文尚未見到，大將軍、大英雄也未見來，卻來了許多避難的人兒，說是戰亂，說是日本人打到府城了，說那日本人見人就殺，見東西就搶，見房屋就燒，見了女人那更不得了……

水姐父親知道日本。那日本島國，不就是當年為秦始皇採長生不老之藥的那批人，因為長生不老之藥沒採到，不敢回京城，怕砍腦殼，索性帶了那些童女童男，乘木筏子出海，漂流到一個島上，相互配種，生男育女，建了個日本國麼？

那班畜生，呸！水姐父親恨恨地說道，本就是咱中國人的種，如今倒禍害起中國人來了！

但水姐父親不怕。他料定日本人來不了這大山裡。他說他一輩子都只出過幾回山，那日本人人生地不熟的，能摸進這大山裡來?!

忽一日，避難的人們又驚慌起來，說日本人會到這大山裡來，於是又紛紛爬山越嶺往別的地方逃。

水姐父親不信這個邪。他不逃。他說日本人來咱這大山裡幹什麼呢？搶糧麼，咱只有這麼多糧給他搶；燒屋麼，咱也只有那麼幾間屋給他燒（他們若把這麼幾間屋子全燒光了，他們自己住哪裡呢？）……那日本人總得有個來這大山幹什麼的原由！

原來水姐家所在的這涂家坪，只有一條山路進來，兩旁全是山，山上全是樹，只是在這山路似乎到了盡頭處，豁然閃開一個稍微寬敞的山坡，就如同江水流著流著現出個回水灣。這山坡上住了數戶人家，每戶人家都有一個院落，便組集成了「坪」。過了涂家坪再往上走，便是橫亙的連綿群山，只有涂家坪的人才知道還有一條小路能穿到鄰縣。涂家坪是個兩縣交界之處。

這天夜裡，涂家坪的狗突然像發了瘋似地狂叫，雞也像發了瘋似地亂飛。狗們，首先嗅到了異國禽獸的氣味；雞們，感覺到了那即將逼近的危險。

「嘎——嘣」、「嘎——嘣」，三八大蓋的響聲震醒了涂家坪。

水姐的父親從掛著青麻布蚊帳的床上翻滾而下。他其實也防了一手的，那就是萬一日本人真的來了，他帶著女人和女兒就往山裡跑。

只要鑽進那山林，日本人能尋得到？

水姐的父親帶著女人和女兒跑出屋，卻已經晚了。日本人將涂家坪包圍了。

坡坡上的幾家院落，燃起了熊熊大火。

日本人怎麼能如此熟悉地襲擊涂家坪呢？後來的說法有幾種，一種說法是，這是日軍的一支搜索隊伍，或曰偵察兵，也可以按後來的說法叫特種兵，日本人早就有間諜，將中國的所有地方，包括像涂家坪這樣的，連本縣人尚不十分清楚之處，都描繪有十分詳細的地圖，而且不斷修改，使之最合符現狀，所以他們只要按照地圖，就能找到任何一個地方；另一種說法是抓了本地人帶路。這帶路的本地人不知該不該被稱為漢奸，因為就連本地人也有爭論。一說那帶路的就是漢奸！只有漢奸才會給日本人帶路哩。一說那帶路的也是沒有辦法呢，日本人用刺刀頂著你後背心，你不帶路行嗎？這後一說自然是不同意將帶路的定為漢奸。上述幾說雖有爭論，只有襲擊涂家坪這個「襲擊」，是沒有錯的，涂家坪雖然沒有軍事目標，但日本人是要從涂家坪穿越群山，抄小路進襲一軍事要地。為了抄小路進襲軍事要地，就要找到那條惟一穿越群山的小路。於是涂家坪就成了他們襲擊的第一個目標。

涂家坪的人被趕到了燃燒著熊熊大火的坪上。

日本人要涂家坪的人說出那條小路，並給他們帶路。

日本人並沒有費多少工夫，涂家坪的人就戰戰兢兢地說出了那條能夠穿越群山的小路。但在要給他們帶路這件事上，就沒人願意了，主要是怕，怕給日本人帶完路後，就給殺了，回不來了。涂家坪的人沒見過驢，自然不知道「卸磨殺驢」這一說，但他們聽過「三國」，曉得打仗的在開仗前要殺人祭旗。

日本人在說了幾遍保證帶路人的安全後，不耐煩了。他們舉起上了刺刀的槍，對準涂家坪的人，說再不出來帶路的，就要統統死啦死啦的！

涂家坪的人嚇得哭聲一片。

日本人又說，只要有願意給皇軍帶路的，皇軍不但保證他的安全，而且保證他全家人的安全，就連帶路人的房子，他們也不燒，已經被燒了的，皇軍給大洋補償。

這個時候水姐的父親動了心，他看著自己那還未被燒燃的屋子，想著自己若是給日本人帶路，不但能保全自己的家人，而且能保住房子，再說，日本人既然要人帶路，這帶路人在路上是不會被殺的，只是路帶完了，那就難說。但只要把日本人帶著離開涂家坪，自己的家人、房子，不就保住了麼？自己到得路上，如果看著情況不對，往山林裡一鑽，想必也是跑得脫的……

水姐的父親就站了出來。

水姐的父親一站出來，日本人高興了。日本人說他是良民大大的，那些舉著的槍也放下了。

水姐父親以為自己一站出來，日本人就會跟著他這個帶路的走。可日本人不急著走，日本人說這兒有的是雞和狗，他們要咪西咪西的幹活，吃了雞肉和狗肉再走。

日本人還對水姐父親說，為了保護他的房子和家人，他可以領著他的家人，到他自己的屋裡去。

水姐父親就領著自己的女人和水姐，往自己的屋子走去。

此時的水姐，也曉得怕出事，早已把頭髮扯得蓬鬆，臉上塗滿了灰，衣服也沾滿了灰，好讓自己顯得是髒兮兮的一個女人。可嫩蔥樣的水姐，無論她如何糟踐自己，那天生麗姿，卻掩蓋不住。

水姐跟在父親後面，剛一走出人群，那日本頭兒就朝她迎了過來。

日本頭兒攔住水姐，嘿嘿嘿嘿地笑。

水姐忙低下頭，又羞又氣又害怕。

日本頭兒伸出一隻手，那手上是戴著白手套的。日本頭兒用那戴著白手套的手，端起水姐的下巴，又是嘿嘿嘿嘿地笑。

那笑聲，笑得水姐兩條腿直打顫。

水姐父親趕忙對日本頭兒說這是他的家人。

水姐父親想著只要說了是他的家人，這日本頭兒就會鬆手，因為他的家人是在被保護之列的。

日本頭兒果然就放下了端著水姐下巴的戴著白手套的手，朝著大山一指，說，她的，也去帶路！

水姐父親急了，忙忙地申辯，說已經跟你們日本人講好了的，帶路的是他，而不是他女兒。

日本頭兒說，你一個人帶路不行，得兩個人一起去。

水姐父親更急了，說他女兒不能去，他女兒病了，已經病成這個樣子了。水姐父親指著水姐那滿是灰土的臉。

日本頭兒又笑了，朝一個日本兵揮了揮手，嘰裡咕嚕地說了一句。

日本兵端來了一盆水。

日本頭兒將那盆水朝水姐頭上淋下去。

日本頭兒一邊淋水一邊大笑。

……

餘下的事，老涂不敢想了。水姐被日本兵拖進屋裡，拖進他們答應保護的水姐一家人居住的木壁屋。

水姐母親發瘋般朝女兒撲去，旋被一槍托，狠狠地擊昏在地。

日本頭兒走進木壁屋，門口立即站上兩個持槍的日本兵。

木壁屋裡，傳出了水姐淒厲的叫聲……

日本頭兒出來時，邊走邊往手上戴他那白色的手套，再用戴上白手套的手對著日本兵輕輕地揮了揮。

日本兵嚎叫著往屋裡擠去。

……

日本兵陸續從他們答應保護的屋子裡出來後，用刺刀押著水姐父親，走上了那條穿越群山的小路。

日本兵臨走時，又順手燒燃了幾間房屋。但他們答應保護的——水姐仍躺在裡面的這間屋子，沒有燒。只是很快起了山風，那山風呼嘯著，捲著火舌，將水姐的屋子也燒燃了。

日本兵不見了蹤影，涂家坪的人才如從噩夢中驚醒一般，哭喊著，奔跑著，去撲打各自被火吞噬的房屋。

只有老涂——涂三寶，衝進了水姐的屋裡。

水姐被老涂背了出來。只是他背出來的水姐，已經瘋了。

數日後，水姐父親竟然出現在涂家坪。他是怎麼從日本人手裡活著回來的，無人知曉，也無人去問。各家都在為各家的事而傷心勞累。這個時候，只有老涂在默默地注視著水姐一家。

水姐父親只是一個勁地抽著水煙筒。那水煙筒，是老涂給他的。水姐母親只是一個勁地抽泣。

終於，抽泣著的母親開口了。

水姐母親說的第一句話是，這房子沒了，全被燒了，往後可怎麼過呵?!

水姐父親仍是吧嗒著水煙，不答腔。

水姐父親不答腔。水姐母親便號啕起來。

這一號啕，水姐父親把水煙筒狠狠地往地上一戳，吼道：

「你就知道房子、房子！房子沒了可以建，你就不想想女兒，她現在還能嫁出去嗎？誰要?!」

水姐父親吼完這一句，淚水模糊了雙眼。那原來想依靠女兒改變所有一切的願望，算是徹底完了。那已經瘋癲的女兒，真正成了他的負擔和累贅。

瘋了的水姐，對於她父親的心事，自然是全然不知。她每天只是勾著頭，在被燒毀的木壁屋廢墟裡轉圈兒，轉著轉著，她會驚恐地發出一聲慘叫。

那慘叫，傳得很遠很遠，使得涂家坪四周的山，也發出慘然的回音……

涂家坪在傷心了一段時間後，漸漸地平息下來。人們從山上砍下樹木，伐下楠竹，建起簡陋的木棚，又能安身了後，閒聊的話題，開始由咒罵斷子絕孫的日本人而漸漸地集中到了水姐身上。

有人對水姐母親說，生水姐時，你不是做了個洪水滔天的夢嗎？你那個註定水姐會大富大貴的夢，怎麼全不靈了呢？

水姐母親嘟囔著，我哪裡做了那個夢呵，我哪裡做過那樣的夢哩……

於是聽的人都笑，在令人恐怖的事情過後，在日子又平靜下來後，彷彿終於找到了一點樂趣。

「你家那水姐，該嫁人了吧？」又有人故意說。

「是呀是呀，早就該嫁人了的。早嫁人，也就不會遭這番孽了。」

附和的，大抵是原來給水姐提過親、遭到水姐父母斷然拒絕的人。他們在心裡哼哼著，這一下，看你這做父母的還以水姐來傲囉？還把個女兒當作貂嬋供起囉？哼哼！

這當兒在勾著頭轉圈兒的水姐突然驚恐地一聲慘叫，把逗樂子尋樂子的人都嚇跑了。

復到一塊時，又說起了水姐。

「看那個癲婆，她爺老子原以為是個寶貝、貂嬋轉世，這一下，貂嬋被日本人幹了……」

「日本人怎麼就那麼厲害呢，把個女子活活給幹瘋了……」

「聽說日本人那東西，是方的，帶刺哩。」

……

這些人嚼舌根時，老涂的心在出血。

在老涂——涂三寶的心目中，水姐是天上的仙女。

老涂暗戀著這個水姐，已有好多好多年了。

老涂雖然比水姐大了幾歲，但正是因了這個大幾歲，兒時的他，能像哥哥一樣地帶著水姐玩。他曾帶著水姐滿山野轉，他給水姐摘野李子，摘草莓……水姐啃著酸酸的野李子，往嘴裡塞著一顆一顆的紅草莓……野李子酸得水姐咧開嘴巴吐舌頭，紅草莓使得水姐的小嘴唇更紅豔……他看著水姐笑，水姐也看著他笑……

小小水姐的那種笑，老涂永世忘不了。

老涂的父母親早早去世，他這個孤兒唯一的樂趣，就是和水姐在一起。

小小的水姐打著赤腳，來到他的屋門前；小小的水姐將一隻赤腳踏在門檻上，喊，三寶哥，三寶哥，你曉得我今天要去哪？

小小水姐的聲音又嫩又甜。

不等他回答，小小水姐又喊，三寶哥，三寶哥，我今天要到山上去打柴。

不等小小水姐再喊，老涂已在腰間紮上長汗巾，插上砍柴刀，走出來，說：「我帶你去！我幫你打柴！」

小小水姐說：

「你怎麼知道我要你去呢？」

老涂就只笑一笑，扛起千擔，撩開兩腿。

小小水姐什麼也沒拿，跟在後面走，邊走邊說：

「三寶哥，三寶哥，我要打那棡木柴，我娘說了，棡木柴最經燒，火最旺，燒出來的木燼一塊一塊的，冬天還能頂木炭。」

老涂就說：

「那我專打棡木柴。別的柴都不要。」

小小水姐就抿著小嘴偷偷地笑。

到得山上，老涂揮開柴刀，水姐則撿來一根根的樅樹鬚，自個兒扯勾勾玩。扯著扯著，喊：

「三寶哥，三寶哥，你也來跟我扯勾勾玩嘛。」

老涂就放下柴刀，走攏去，接過小小水姐手裡的樅樹鬚，兩根樅樹鬚勾到一塊，一使勁，自己手裡的這根斷了。

小小水姐樂得呵呵笑。

小小水姐一樂，十多歲的老涂渾身勁直冒，再揮起柴刀來時，那碗口粗的青棡木，被他幾刀就砍斷。

挑著齊嶄嶄的青棡木柴下山，走到溪水邊，跟在後面的小小水姐又會叫：

「三寶哥，三寶哥，歇一歇，歇一歇，我要到溪水裡洗臉。」

小小水姐伏到溪水邊，兩隻小手捧著溪水往臉上澆，澆濕臉，澆濕脖子，也澆濕了頭上的兩隻小羊角辮。

小小水姐伏在溪水邊那樣兒，令十多歲的老涂看得呆了、怔了，忘了將肩上的青棡木柴放下來。

「三寶哥，你傻呀，還不將青棡木柴放下來?!」

小小水姐嬌嗔地喊，老涂才恍然大悟，剛放下青棡木柴，小小水姐已來到他面前，伸出小手，用那打濕的衣袖，往他臉上，輕輕地揩，揩去他臉上的汗，揩去他臉上的灰……

將青棡木挑到水姐的屋前，放下，老涂走了。小小水姐則對著屋裡喊：

「娘，娘，我打回了一擔最好的青棡木柴！」

……

十多歲的老涂和小小水姐度過了最難忘的兒時歲月，那時候，只要水姐使一個眼神，沒有老涂不願意去做的事……可後來，水姐父親和母親都不准許他和水姐到一起了。因為水姐的頭上垂下了長辮子，水姐的長辮子在胸前拱成了弧形……

已是山裡漢子的老涂不能和水姐去山上摘野果子了，也不能和水姐去砍青棡木柴了，老涂的日子一下變得灰暗起來。他再不去摘野果子，也再不去砍青棡木柴，他置辦了一桿鳥銃，專門去打野物。

老涂扛著鳥銃，帶些乾飯團子，常常一進山就是好幾天。

他在山裡就著山泉啃乾飯團子，水姐知道；他在山裡睡在哪座破廟裡，水姐也知道。儘管他和水姐連見面的機會都越來越少，但就連他哪天該從山上下來，水姐也知道。

他從山裡回到自己那悄無人聲的木壁小屋，屋裡總會有一鍋煮熟的糙米飯，或者是包穀棒棒大紅薯；飯鍋裡還蒸著乾鹽菜，或者是臘野味，至少都有碗紅辣醬。

他每次從山裡回來，水姐的屋門口，總會出現一兩件野物，或者是他捉來的石蛙。

吃著水姐悄悄而又準時為他做好的飯菜，將自己的收穫悄悄地送給水姐，老涂的心裡，依然燃燒著憧憬的火焰。

然而很快，這種不見面的來往也不可能了。水姐父親放出話，山裡鑽、廟裡歇的傢伙，若再想打他女兒的主意，他要打斷這傢伙的兩隻腳，叫這傢伙進不了山，出不了門！水姐母親則將他悄悄送去的野物、石蛙，統統扔進他屋裡……

老涂那憧憬的火焰，被撲滅了。

老涂只能在夢裡想著水姐了。夢裡的水姐，又只能讓老涂乾睜著兩隻眼。

老涂也曾想託人去做媒，可看著那些媒人們一個個從水姐家裡尷尬而出，他的勇氣，沒了。

於是老涂拼命去想兒時和水姐在一起的情形，只是越想，那兒時的水姐卻越離越遠。

老涂想著自己這輩子也別想再和水姐像小時候那樣在一起了。

水姐啊水姐，他只能在心裡一遍遍地念。他惟願水姐快點嫁出去，嫁到一個他再也找不到的好地方去，嫁給一個比他好千倍、萬倍的人……然而，他又害怕水姐真的嫁了、走了，再也見不到了。

老涂在愛的折磨中艱難地捱著日子。

老涂做夢也沒有想到，掛在他心尖尖上的水姐，忽然間，被日本人折騰得變成了瘋子。

水姐瘋了，老涂悲憤地對天大喊：老天不公啊，老天！旋又恨恨地朝天大罵：日本人我×你老娘啊，×你老娘！

在老涂從瘋了般的狀況中清醒過來後，當他聽著人們對水姐的種種非議時，他來到了被自己從火裡背出來的水姐面前。

「水姐、水姐！」他對著正在轉圈兒的水姐喊。

水姐不理會他。水姐只知道慢慢地轉圈兒。

「小小水姐、小小水姐！我是你三寶哥，三寶哥啊！」

水姐仍舊只是轉圈。

「……我是你三寶哥，我帶你去摘野果果，我帶你去砍青棡木柴……這是我打回的野物，這是我給你捉的石蛙……」

老涂想用美好的回憶來喚醒水姐，他說了一遍又一遍。他剛朝水姐靠攏，水姐一聲慘叫，飛跑著轉起圈來。

水姐的慘叫，反而讓老涂的勇氣陡然溢滿胸懷。

這天晚上，他站在了水姐的父母面前。

老涂說：

「把水姐嫁給我！」

「你說什麼？」水姐父親懷疑自己的耳朵。

「把水姐嫁給我！」老涂加大聲音說。

水姐父親和母親這回可是都聽得清清楚楚了。正當他倆被這話驚得有點不知所措時，老涂又說：

「我要娶水姐！」

「你要娶她？」水姐父親仍是懷疑。

「是的，我要娶她！」

「你真的要娶？」

「真的！我就是來娶她的！」

「你再說一遍！」

「我要娶她！」老涂吼了起來。

……

水姐父親和母親都沒想到，平時老實得見了他倆就低著頭趕緊走開的這個三寶，竟然直接上門來向他們的瘋子女兒求婚了。他們那瘋子女兒，可不但是瘋了，而且是被日本人那個瘋的呀。他倆知道，別說是自己的女兒瘋了，就是沒瘋，只要是被日本人那個了，也沒人會要了的呵！

水姐母親哭了。她反而覺得對不起這個三寶了。

水姐父親則趕緊拍板，生怕這個三寶有變。

涂三寶要娶瘋子水姐了，這消息立時在涂家坪傳開。

這消息讓涂家坪的人都感到吃驚，他們懷疑涂三寶也是瘋了。

就有那好心人來勸老涂了。

好心人說：

「三寶啊三寶，你年輕力壯的一個漢子，你做事怎麼就不思量思量呢？」

老涂說：

「我做什麼事沒有思量啊？」

好心人說：

「唉，唉，三寶啊，我這可是為了你好啊！」

老涂說：

「好，好，你是為了我好就快說！」

好心人說：

「三寶啊，那我就直說了哪。」

老涂說：

「快說快說，我聽著呢！」

好心人便說：

「水姐是個瘋子，你娶了她幹什麼？」

老涂說：

「我要和她生兒子。」

好心人說：

「她那樣子，兒子也是沒得生的呵！」

好心人這話令老涂不解。老涂說：

「她是女人，怎麼就不能生兒子？就算不能生兒子，生女子也是一樣的。」

好心人見老涂如此不開竅，只得把話挑明。好心人說：

「三寶啊三寶，你沒娶過親，自然是不知，可你總該聽人說過哪！那女子、女子，若被諸多人睡過，就不會有崽女生了哪！那城裡堂板鋪子的女人，有生麼？更何況、何況，這水姐是被那麼多日本人睡了的……」

好心人的話還沒說完，老涂已去摸掛在牆上的鳥銃。嚇得那好心人抱著腦殼便跑，跑出好遠，見老涂沒追了來，方恨恨地罵老涂是個不識好歹的哈卵。

老涂自己擇了個日子，他宣佈自己成親了。

成親那天，老涂挎著鳥銃，將瘋子水姐背進了家。將瘋子水姐背進家後，老涂走到門外，朝天舉起鳥銃，做著扣扳機的動作，嘴裡喊著「嗵！」、「嗵！」他嘴裡「嗵」地一銃，「嗵」地又一銃……

老涂邊用嘴放銃邊喊：「我這是放喜炮呢！我這是趕鬼祛邪呢！」

老涂之所以沒有裝火藥，沒有真放銃，而只是用嘴巴喊著「嗵、嗵」，是因為他沒有火藥，他捨不得拿錢去買火藥。他那桿銃，是做樣子的。他平素扛著銃去打野物，也是做樣子的。他打野物用的是石頭。

水姐父親和母親跟在老涂身後，算是送女兒過門。來看熱鬧的也不少，但都不進老涂的家門，說是怕惹了瘋子。

水姐母親對著水姐邊哭邊說，說女兒啊從今天開始你就算有個家了，你要好好和你三寶哥過啊，女兒啊我也不再盼著你別的什麼了，就盼著你多依順著你三寶哥，女兒啊你別怨娘將你嫁了這麼一個人家，這是命啊，命裡只有三合米，走遍天下也不滿升……

水姐父親聽著聽著，覺得女人這哭說漸漸地離了譜，說來說去竟埋怨起涂三寶的家境不好，似乎虧了女兒似的。便說道：

「行了行了，你再說得多她也聽不懂！三寶賢婿啊，我女兒嫁給你，她這輩子算有依靠了，我們放心。」

水姐父親拉著水姐母親就往回走。路上，有人來賀喜了。

賀喜人對水姐父親說：

「你老人家，把女兒嫁了個好人家。」

水姐父親說：

「是咧，是咧，三寶那後生，忠厚、老實、能幹，人又勤快，還能進山打獵，我那女兒，自小就跟他好著咧。」

賀喜人卻又說：

「你老人家，那三寶沒雇花轎，也沒請鑼鼓手？」

水姐父親說：

「花轎，我那女兒坐得上去嗎？坐不了花轎，要鑼鼓手幹什麼？」

賀喜人說：

「話不能這樣說呢，場面禮性還是不可少的哪！那三寶，是沒錢呢！是捨不得花錢呢！是貪圖個便宜呢！你老人家，別怪我說句直話，你那女兒，嫁給三寶還是太虧了一點……」

這人的話還沒說完，水姐父親說：

「那就嫁到你家去囉，你要不要?!你雇花轎敲鑼打鼓來迎囉，我立馬要三寶讓出來。」

水姐父親說完，哼哼道：

「明知道我女兒瘋了，故意來賣乖，以為我不清白呢，哼哼，老子清白得很哩！」

賀喜人討了個沒趣，悻悻然走開，走開後又和看熱鬧的說，你看囉，看囉，涂三寶娶了個瘋子，被日本人那個的瘋子，他家裡以後有把戲看呢。

……

別怪涂家坪的人如此這般地不明事理呵，幾十年後，當親眼目睹日本人暴行的老人相繼離開人世，有聽說過這種事的年輕人，論及某某地方某某女人被日本人強姦、輪姦過時，那語氣，竟然還有著猥褻的成分呢！就連被日本人抓去強逼充當慰安婦、受盡摧殘、僥倖活下來的女人，還被劃為壞分子，被管制了幾十年呢！……

水姐自瘋了後，就沒有洗過澡。她怕水，一見著水就渾身哆嗦。一見著水，她大概就想起了日本頭兒從她頭上淋下的那盆水。就連喝水，她也怕。她在外面轉圈時，只是到土裡搿些生菜葉，或撿那從樹上掉下的爛果子解渴。可水姐願意有人背她，只要老涂一背上她，她就乖乖地如同小女娃。這又大概與她被蹂躪後，是老涂將她從起火的屋裡背出來有關。

被人嗤為哈卵的老涂其實細心，他發現了水姐的這種異樣。於是只要水姐一慘叫時，他就背上水姐，去摘野李子，去摘草莓……他仍然要用兒時的回憶，來喚醒水姐；他仍然要用兒時的甜蜜，來撫慰水姐備受摧殘的心靈。

水姐怕水，老涂就每天用澡巾給她擦身子。老涂先是只將澡巾打濕，然後擰乾再擰乾，輕輕地擦；再逐漸讓澡巾濕透，濕得滴水，讓水姐知道，這水不可怕，這水是給她擦身子的，是能夠讓她舒服的……終於有一天，老涂打好一澡盆水，先背著水姐轉，慢慢地轉到澡盆邊，他將盆裡的水往自己身上潑，再順勢潑一點點到水姐身上。他一邊潑水一邊對水姐講著小時候兩人在溪邊的故事……

老涂像哄著小孩睡覺一般地說，小小水姐啊小小水姐，每次我倆砍了青棡木柴回來，你不是都要到山腳那條小溪邊玩水嗎？你是水姐，你天生就是喜歡水哪，你是離不開水的哪，咱們這兒的水，潑到身上涼浸浸，喝到嘴裡甜津津……你知道這盆裡的水是哪裡來的嗎，就是我從那溪裡挑回來的哪，是你最喜歡的水哪……

老涂這麼懷著甜蜜的回憶不斷地深情訴說，一次，又一次。

老涂突然發覺，背上的水姐像睡著了，竟然不哆嗦了。

老涂放下水姐，撩起水，給她洗臉，給她洗脖子……水姐閉著眼睛，只是舒服地哼哼……

老涂高興得取下鳥銃，跑到門外，對著天上又連放幾聲「嘴巴銃」。

老涂娶了水姐三個月後，水姐變了，又出落得花一樣了。只是不能受刺激，一受刺激時依然會慘叫。

老涂出外時依然要背水姐，可水姐不要他背，水姐知道怕羞了。水姐朝他手臂狠狠地打一下。水姐這狠狠地一打，老涂樂得咧開嘴巴，呆呆地望著水姐。水姐見他那呆呆的樣兒，反而「噗嗤」一聲笑。

水姐笑完就勾下頭，跟在老涂身後，往外走。

一路上有人跟水姐打招呼了，水姐任人都不答，只是緊緊地拽住老涂的衣裳，那眼神，依然有著恐懼。

老涂便專選那路上人少時帶水姐出去，帶到那山腳的小溪邊，學著兒時的水姐，自己先伏到溪水邊，兩隻手捧著溪水往臉上澆，澆濕臉，澆濕脖子，也澆濕頭髮，再走到水姐面前，用那打濕的衣袖，往水姐臉上，輕輕地揩……水姐又笑了，說不是這樣的，不是這樣的，說三寶哥笨，實在是笨。水姐自己伏到溪水邊，澆濕臉，澆濕脖子，也澆濕頭髮後，再用打濕的衣袖，往老涂臉上揩。

可揩著揩著，水姐說她自己怎麼沒有羊角辮了。

……

水姐在家裡能做家務事了，但是不許老涂走開，得陪著她，守著她燒火，守著她煮飯，守著她炒菜。

老涂不能上山去打獵了，老涂的日子艱難起來了，可老涂什麼時候也沒有這樣快活過。因了水姐又像那麼一個有模有樣的女人，涂家坪人又在背後說開了

「沒想到，硬是沒想到，那個三寶，撿了一個大便宜。」

「那瘋婆，以後只怕就這樣好了哩！」

「好了，已經好了，你沒看見，三寶常悄悄地帶她出去，像城裡人那樣，叫什麼來著？吊膀子！」

「是哩，那瘋婆，好久沒聽見她叫了呢。」

「好了三寶那個背時鬼，那水姐，還是水靈靈的哪！」

「當然水靈哪，人家本就是一根嫩蔥嘛。」

「還嫩蔥哩，被那麼多日本人幹了的。」

「哎呀呀，聽說被日本人幹時，她還動呢！」

……

「那涂三寶，當時在哪裡？為什麼不和日本人拼?!」

「是呀，是呀，那時候，他怎麼當了『褲包腦』，可憐那女子瘋了後，他才出來當英雄。唉，唉。」

「自古美女配英雄。水姐他爹，原本不就是想把自己這寶貝美女許配個英雄麼？這一下，英雄變成了卵打精光的涂三寶，美女先被日本人開的苞。」

……

這些話，自然吹進了老涂的耳朵裡。

待水姐睡了後，老涂舉著鳥銃，如示威般在涂家坪轉，邊轉邊喊，他若聽得有人再數落水姐，可就別怪他手中的鳥銃。

「嗵」的一聲，他用嘴巴朝天放一「鳥銃」。「嗵」的一聲，他又用嘴巴朝天放一「鳥銃」。

黑暗中有人笑，說那水姐不怎麼瘋了，這水姐的男人怕莫又瘋了。

然笑是笑，說是說，背後的嘀咕的確少了。都怕了老涂那桿鳥銃。因為誰也不知道，老涂那桿鳥銃到底裝沒裝火藥。

日子便又開始平靜地過。時間略微一久，人們也就不太關心老涂和水姐的事了。

「自家的事都顧不過來，還去操那麼些瞎心幹甚?!你管她水姐也好旱姐也好，那全是涂三寶的事了……」

在人們不怎麼關心老涂和水姐時，老涂和水姐開始過得像對真正的夫妻了。

就在老涂度著他一生中最幸福的時光時，涂家坪又來了風聲，這回的風聲是：要徵壯丁！

這徵壯丁怎麼會徵到涂家坪來呢？人們開始也不太相信，就如同原來不相信日本人會來一樣。這不太相信的理由仍然是，咱這是兩縣交界互不管的地方，誰來徵呢，他又怎麼來徵?!但緊接著便覺得又不能不防，亦如同原來認為日本人不會來，結果那日本人還是來了一樣。

涂家坪的人從日本人突然來了的教訓中，得出這徵壯丁的人也會突然來的結論。於是開始惶惶。然於惶惶中，他們又細細思量，思量這涂家坪到底誰最有可能第一個成為壯丁。也就是說，誰最符合

第一壯丁的條件。這一思量，老涂排在了最前面。

涂家坪人將老涂排在最前面有這麼幾個「在理」：其一，老涂不但當年而且身強力壯，這壯丁壯丁，不就是得強壯麼？其二，老涂那岳老子、水姐的父親，給日本人帶過路，給日本人帶過路的人，理應受到政府的懲罰，可他那岳老子畢竟年紀大了，去受當壯丁的懲罰還是太過了一些，這個懲罰，能不落到老涂這女婿身上？其三，水姐那女人，是個災星哩，老涂身邊困著個災星，想不將他排第一都不行……

於是，老涂必是第一壯丁的傳言，在涂家坪不脛而走。

這傳言，自然進了水姐父親耳裡。

水姐父親忙忙地走進老涂那間木壁屋，慌慌地喊，徵壯丁的就要來了，就要來了，這可如何是好、如何是好？

正蹲在地上磨著柴刀的老涂其實也聽到了關於他是第一壯丁的傳言，可他只是看了慌慌張張的岳老子一眼，便一邊繼續磨著那把已經被磨得發亮的柴刀，一邊回答說：

「慌什麼呢，你老人家有什麼可慌的呢?!」

水姐父親立時火了，說難怪人家說你也有點像個瘋子了，到了這個緊急關頭，你還跟沒事一樣，還在磨柴刀，我看你上山砍柴也沒有幾天砍了。

老涂不吭聲，仍然磨著柴刀，磨得那柴刀吭哧吭哧響。

水姐父親盯著老涂磨著的柴刀，突然說，你不是要拿柴刀去砍那些嚼舌頭的人吧？

老涂說，我有鳥銃，用不著柴刀。

水姐父親說那你就別磨柴刀了啊，快點想個法子出來啊，如果你被徵了壯丁，我那女兒，又沒有依靠了。水姐父親沒說出來的是，只要老涂一被徵丁，那水姐，只怕又會瘋了的。

老涂這才說：

「法子我倒是想了一個呢。」

水姐父親說：

「什麼法子？」

老涂站起，用手指探著柴刀的鋒口，說：

「將我這右手砍掉。」

老涂說只要我這右手沒了，來徵丁的還徵我什麼呢？徵我個殘廢人去白吃糧啊？

水姐父親沒有被老涂這話嚇著，反而怔了。因為老涂說出將自己右手砍掉的法子，竟如同說砍掉一隻雞爪子那麼平心靜氣。他在怔了一會後，心裡不由地想，別看這個混帳東西平常老實，若真發起混來，只怕殺人聯手都不會顫……

水姐父親趕緊說，使不得，使不得，你的右手若沒了，你怎麼盤活我那女兒……

老涂說：

「這點我也想過了，可如果不砍手，不正被那些人說中了?!我就要讓他們看著我成不了壯丁。」

水姐父親說：

「哎呀呀，你怎麼天生就這麼一個死心眼，你就不會想個別的法子嗎，三十六計走為上，你不曉得躲出去啊？躲壯丁的事你總聽說過吧？」

老涂說：

「我躲了，那水姐怎麼辦？只要我不見了，她那舊病又會復發。」

水姐父親說：

「你不會帶她一起躲，一起逃啊?!」

水姐父親這麼一說，老涂將手裡磨得發亮的柴刀往地上一丟，「撲」地雙腿跪下，對著岳老子磕了一個頭。

老涂其實早就有這個想法，但他這個想法，並不是因為傳來徵丁的消息才萌發，而是在他陷入人們的閒言碎語中時便已產生。他只有帶著水姐離開涂家坪，離開這個使得水姐慘遭摧殘而又飽受非議的地方，讓水姐徹底忘掉這涂家坪，忘掉在涂家坪所發生的一切，她那瘋病，才能根癒。他老涂和水姐過的日子，也才能安穩……可他這個想法歸想法，他不敢付諸實行，他想著水姐的父母親是斷然不會允許的，而沒有岳父岳母的同意，他能私自帶了人家的女兒逃跑嗎？那不就等於拐騙了人家的女兒，和私奔差不多了嗎？老涂沒想到，這回是岳老子親自來了，親口說出要他帶了水姐跑的話，他對這岳老子，真的要感恩零涕了。

水姐父親再三叮囑他趁著夜黑無人便帶著水姐逃走，等到涂家坪無事後再回來。老涂一邊連聲喏喏地應著，一邊不由地想，這世上的事真是說不清，料不到，倘若不是水姐受了蹂躪，變了瘋子，他得不到水姐；倘若不是要被徵丁，他不能和水姐離開這個地方。

老涂覺得，這壞事於他都變成了好事，這是不是他的運氣來了。

但老涂在心裡發誓，離開涂家坪後，就再也不回這個地方來了。除非，除非有一天，他像大戲臺上的公子或秀才，突然能騎上高頭大馬，披紅掛彩，有人敲鑼開道，簇擁著他回來……

老涂連夜帶著水姐，跑了。

老涂帶著水姐到了一個誰也不知道水姐有過什麼事的地方。

老涂替一戶人家打短工，那短工才打了一旬，主人家就提出要老涂幫他家幹長工。主人家說老涂實在是太勤快了，這樣的長工通地方都請不到，可偏偏來到了他家，他若不將老涂留下來，那就是對不起財神菩薩。

主人家問老涂要些什麼條件，未等老涂開口，主人家就說除了包吃包住外，每半年分一次穀子作工錢，過年過節打發的不算。老涂說他沒有什麼條件，就是不願意麻煩主人家的住宿，他得和女人住到外面。老涂是怕在主人家住久了，水姐那傷心的事被打露出來。

主人家忙說他有一間單獨的屋，不要一分錢租金，就給老涂兩口子住。

老涂算是碰上一戶好人家了。他白天在主人家幫工，晚上陪伴著水姐，過上了愜意的日子。可好日子不長，忽然有一天，來了個鄉公所的人。這人先是找著主人家，然後由主人家陪著來到老涂和水姐住的小屋。

一進小屋，主人家對來人和老涂說，你們談，你們談。說完便不無惶惶地走開。

來人先是問了一些今年的年成是否好、老涂在這裡是否也還過得慣之類的閒話，而後一邊抽著老涂的水煙筒，一邊說著些似乎是莫可奈何的話。那話的大概意思是，老涂你雖然是外地人，但既然來到了這裡，就不能不成了鄉公所管轄的人，如今上頭來了命令，你呢，又正好是上頭命令中所劃定的那種人，所以我們也沒有辦法……

來人儘管還沒有說出那個意思，但老涂已經明白，他從涂家坪逃出來算是白逃了。

老涂看一眼水姐，他怕水姐聽出他已被徵丁的意思，忙要來人到外面去說。

來人隨他走到外面，在瓜棚蔭下坐定，又說，你去了後，你這家裡是要發優待穀的，你只管放心，按照律令，我們鄉公所也會照顧你家裡人的。你去個一兩年，完成了應卯的差事，回來後就再也不要應這種差了。當然囉，你那女人一個人在家裡是要吃點苦，只是幸虧你們還沒有孩子，她一個人苦是苦一點，但只要熬個年把兩年也就熬出來了……

來人的話其實說得也在理，因為那「差事」早晚是要被輪到的，可老涂是啞巴有苦說不出，他不敢說出自己的水姐是個還沒痊癒的瘋子，他不敢說自己走了後，水姐的瘋病發作起來怎麼辦……而來人雖然說了很多在理的話，卻就是沒有一句說去吃糧是為了打日本鬼。倘若將這應徵吃糧和打日本鬼結合起來，老涂被徵丁去吃糧就可以變成是為了給水姐報仇，那麼老涂的吃糧之途就會是另一番情景。可當時老涂碰上的徵丁就是如此，老涂只能隱住自己心裡那像被刀割一般的痛。

來人很客氣地走了，老涂卻不能不在第二天便去應卯，因為他這次如果還想躲的話，那是絕對躲不了的。來人在客氣的話中告訴他，根據律令，鄉公所已將他和主人家「連坐」在了一起。來人說，這也是實在沒有辦法，明明知道這是得罪鄉人的事，也只能硬著頭皮來做。

「你老人家，」來人喊老涂喊起你老人家來，「明天鄉公所點卯時，若是沒見你老人家來，鄉丁就會來找這家主人的麻煩。唉、唉，那我就連這家主人也得罪了。得罪多了人是要遭報應的呵，唉、唉……」

鄉公所的人走了後，主人家連忙對老涂賠著不是，說這事全怪他，全怪他，倘若不是他將老涂留下來，老涂也不會被徵丁。老涂說不怪他，是自己該著命裡如此哩！無論在哪裡也逃不脫這一劫。主人家說，話雖然是這樣講，但如果老涂不是在他這裡被徵的丁，他眼不見，心裡總要好過些；偏老涂就是在他這裡被徵了，他那心裡，就總像作了孽。他問老涂還有什麼要他幫忙的事，只管說，他能幫到一點是一點。老涂猶豫了一陣，最後還是說了一句，說請主人家幫他照看照看自己那女人。主人家忙應著要他放心放心，要他權當著是出一趟遠門。

老涂果真對水姐說，他只是出趟遠門，去做一批皮貨生意。

老涂說他這回去做的皮貨生意，一定能賺大錢，他賺了大錢就回來，回來給水姐買好多好多城裡的洋把戲。

水姐似乎知道，知道男人這回出去恐怕就難得回來。水姐只是一個勁地抹眼淚。

老涂強打著笑臉，離開了這個不屬於他的小屋的家。

老涂快走到鄉公所時，突然好像聽到一聲淒厲的呼叫，這種呼叫，他已聽過多次，它是那麼刺耳，又是那麼熟悉，這種呼叫在他內心深處震響，彷彿是一團冰冷刺骨的東西，讓他在大太陽下冷得顫抖，心口作痛。

老涂獨自嚎啕起來。

自此後，老涂沒有了笑臉。老涂牽腸掛肚啊，掛著只怕又會瘋病復發的水姐。

老涂惦著水姐，念著水姐，他一閉上眼睛，就彷彿看見水姐在喊他，在尋他……他常常夢見水姐又被他從著火的木壁屋裡背出來，涂家坪的人在圍著水姐指三道四……他最擔心的，是水姐一個人在那不熟悉的新地方，又陷入在涂家坪的境遇……他現在沒有辦法保護水姐了，但他絕不容許身邊的任何人議論他的水姐。

……

因而，當宮得富一而再地說道了他的水姐，將他的水姐作為戲謔對象後，他能不恨宮得富？儘管他在明裡鬥宮得富不行，但他老涂並不是哈寶，他得讓宮得富在暗裡也吃點苦頭。

老涂的告發，其實還有著另一種原因。他原本以為這被徵了丁，吃了糧，就如同他原來聽說過的那些糧子一樣，穿上黃皮子，扛著槍桿子，嚇唬嚇唬老百姓，確也跟鄉公所人說的應卯當差差不多，可到了衡陽，瞧著這軍營裡的架勢，是真的要跟日本人做死的大幹，他老涂，能不是個明白人麼？他老涂的水姐，不就是被日本人糟踐的麼？既然已經來了，只要是真打日本人，他老涂能不借此為水姐報仇麼？

老涂要報仇！可宮得富和我叔爺是隨時想開溜。他不能讓他們開溜！他得拽住這些人，一起幫他報仇！

老涂確確實實沒想到，他這一告發，宮得富和我叔爺會被槍斃。一方面，他雖然覺得宮得富可恨，但和自己並沒有生死之仇，他認為自己已做得太過分，特別是連累了我叔爺。另一方面，宮得富和我叔爺一被槍斃，他老涂想好的拽住他們一起為水姐報仇的事，不也就落空了麼？

老涂只能懊悔不已。

第十二章

當老涂在懊悔自己不該害得我叔爺和宮得富挨槍子兒時，我叔爺和宮得富被連長押到了團部。師長葛先才正在團部等著。

連長又沒想到的是，他還沒來得及報告兵販子已經押到，我那勾著腦殼的叔爺便先喊起了冤枉。

「我冤枉啊，長官，冤枉啊冤枉！長官，你可不能槍斃我啊！……」

我叔爺一搶先喊冤枉，只把個連長氣得牙咬咬的。

「報告師長，這個兵販子是在狡辯！」

連長一喊報告師長，我叔爺和宮得富一時竟呆了。

「你，你就是師長?!是那個老癟說的葛師長?!」我叔爺和宮得富不由地同時把低著的頭抬起。

我叔爺和宮得富只知道是被押往團部，因為連長說是報請團部槍斃，可沒想到見到的是那位大名鼎鼎的將軍！

我叔爺從沒見過這麼大的官。將軍，這是將軍啊！

我叔爺後來說，人啊，他媽的就是天生的崇拜英雄。我叔爺說他一聽到站在他面前的就是那位大名鼎鼎的葛先才葛師長，他當時不是害怕，而是陡然有一種榮幸的感覺。因為他是和大人物、大英雄站在一起了。儘管他是被繩索綁著，儘管他已經是個囚犯，但他似乎忘記了自己的處境，忘記了自己是個什麼樣的人。我叔爺說，你不信？你不信就自己去試試，也去見一個大名鼎鼎的將軍！你以為什麼人都能見得到的嗎？見不到的哩！

我叔爺很以他見到過大名鼎鼎的將軍而驕傲，儘管在當時，這位將軍極有可能是要他的腦袋搬家。

我叔爺還說他總算明白了許多事理，那關雲長單刀赴會，為什麼魯肅埋伏了那麼多人馬卻不敢動手，是怕呢，是早就被那關雲長的名聲嚇怕了呢！那荊軻刺秦王，為什麼沒得手，也是怕呢，是被秦王那威嚴嚇得心裡哆嗦呢！他說假若當時有人用錢買通他，讓他暗藏一支槍，去刺殺這個將軍，他照樣不敢開槍。可他又說，他當時的確沒有害怕，只是渾身顫抖，那是叫什麼，叫什麼由激動而生敬畏來著。

我叔爺說那個師長的威風，嘿，將軍服、將軍帽、臉又大、眉又濃，身坯又魁梧……怪不得老瘸一提到戰長沙，一提到這位將軍，就牛得不行呢！

我叔爺當時急著想和這位將軍說說話，只要能和將軍說說話，死了也值。死了到閻王爺那兒去，閻王爺問，你是怎麼來的呀？答曰，被英雄槍斃來的。這，總比被無名小卒宣判後、開槍崩掉的要強吧。可連長已經稟報起我叔爺曾從他手裡逃跑的事。

連長還沒說完，葛先才已揮了揮手，示意他不必再講。

葛先才開口了。

葛先才開口的第一句話，是對著我叔爺說的。

葛先才對我叔爺說：

「你不是喊你冤枉嗎？有冤枉你就講，慢慢地講，我今天就來替你斷這個冤案。」

我叔爺沒想到這位師長將軍開口說的第一句話，是對他說的，而且是和顏悅色，他就覺得自己比宮得富占了些風光。可這冤枉該怎麼說呢，他正琢磨，葛先才又開口了。

「你叫什麼名字？」葛先才問。

「報告師長，他是林滿群，我是宮得富。我宮得富有話稟報。」

師長本是問我叔爺的名字，還沒問到宮得富，可宮得富竟搶先回答了。宮得富的回答又是頗有底氣，像個真正的軍人向長官報告一樣，而且報告他有話要講，這讓我叔爺心裡很不舒坦。

然而，葛先才只是看了看搶在喊冤枉人前面回答的宮得富，又把眼光盯著我叔爺。

葛先才盯著我叔爺那眼光，既令我叔爺愈加敬畏，又覺得他自己硬是比宮得富風光，將軍硬是只盯著他呢！硬是叫他宮得富沒法先說話呢！

「林滿群，是你喊的冤枉，你就先說你的冤枉。」

我叔爺原本是想著自己反正逃不了一死，索性來個耍賴皮賴到底。那大戲臺上，不是常有要被砍頭的人喊冤枉麼？那喊冤枉的人，總是能博得人同情，既算被砍了頭，也比不喊冤的死得慘烈，讓人憐惜。自己這一喊冤，說不定也真能在大戲臺上留下名來哩。可這位將軍還真要聽他的冤枉，他哪有什麼冤枉呢?!

我叔爺那張會講各種假話的嘴巴，一時竟張不開了。

我叔爺正為自己懊惱，懊惱自己到了關鍵時刻，怎麼地就如同田裡的二茬子稻穀，癟癟地沒有漿水，腹內全是空的了。他和那連長說話時，隨口胡編的詞兒，可是一套一套地往外噴哪。

我叔爺正為自己懊惱時，這位將軍替他說開了冤枉。

葛先才是在我叔爺面前一邊踱著步子，一邊說的。他說了很多，我叔爺儘管像開蒙的學生要努力記住私塾先生的每一句話那樣去聽，還是沒有完全記住。他只記住了這位將軍說的大致意思。

葛先才說的大致意思是，目前正逢國難當頭，可各地逃避兵役的風氣照樣猖獗，正是由於逃避兵役的風氣猖獗，兵販子才應時而生。本應出丁應役的人家出高價給兵販子，兵販子就替代其子應徵，鄉鎮公所亦不追查張三李四，是人就行，貧苦之安分人家，無錢雇用兵販子，無可奈何，只好送其子弟入營……如此之徵兵法，地方政府如此之對國軍不負責之行為，將置國軍於何種地步，又何以能抗拒日寇之強敵……

將軍每說一句，我叔爺就點一下頭，應著是咧、是咧。可聽著聽著，覺得將軍這話，怎麼地像是在為他和宮得富這類人開脫，莫非說，這位將軍是同情他和宮得富來著？這可真是絕處逢生哪！我叔爺剛這麼一想，葛先才在他面前站住了，不踱步了。

「你說，你們入營後，不論平時戰時，是不是有機會便逃？」葛先才突然向我叔爺問道。

「是咧。」

「你們逃走後，是不是再去做下一次的冒名頂替買賣？」

「是咧。」

「你們每逃一次，是不是就有那原本並非兵販子的跟著逃？」

「是咧。」

「你林滿群到底逃了幾次？做了幾次冒名頂替的買賣？」

「四次。」我叔爺老老實實招供了。

「四次！罪大惡極！按律該槍斃你四次！」

聽得葛先才這一句，我叔爺的腦袋才彷彿突然清醒了。但這一回，他沒跪地，也沒哭喊著求饒。他只是把個本在專注地聽著將軍話的腦袋，耷拉下去了。

一切都審訊清楚了。我叔爺自知必死無疑，就等著將軍那麼一揮手，拉下去，槍斃。

可葛先才並沒做那個拖下去槍斃的手勢，而是又踱起步子來。

「就是因為有了你們這些兵販子的緣故，每打完一次戰，部隊兵額的損失就驚人，而部隊長借此機會，將逃兵統統列入陣亡人數中，開具名單，報請上司補充。他報了這麼多陣亡者，表示他所進行的戰鬥是多麼激烈呵！其實呢，多數是像你們這類的逃兵。他既能得到補給，多要撫恤金，又能得到上司撫慰，一舉兩得。實則是吃空缺！」

「他媽的是吃空缺！」葛先才將手往空中一揮。

葛先才的手往空中一揮，我叔爺著實嚇得心裡一哆嗦。但他那耷拉著的腦袋仍是清醒，將軍這是在罵那些借兵販子吃空缺的長官。

「林滿群你是哪裡人？」葛先才旋又問道。

「湖南省新寧縣白沙鎮林氏。滿字輩。」

我叔爺按照報家譜那樣準確無誤地報告後，立即後悔自己竟然忘了「報告將軍」這四個字。好在葛先才接著問：

「是鄉里？」

「報告將軍，是鄉里，離縣城還有足足二十里。」

這一次，我叔爺趕緊將「報告將軍」四個字補充了進去。一補充完，他心裡舒一口長氣。彷彿即算立馬去死，也是死而無憾了。

「鄉里人只能採取雇用你們這些兵販子的辦法，在都市或縣城中，可就除了雇用你們這些兵販子外，還可設法利用人事關係，只要認識幾個部隊中或軍事機關中的高級軍官，送上金錢票子，這些高級軍官便給送錢人的子弟發給一紙證明書，證明該子弟已在營服役，將這證明書往鄉鎮公所一送，他的子弟就可在應徵名冊中剔除，鄉鎮公所也可將該證明書再往上報銷。至於其子弟是否在營中服役，誰知道，鬼知道！」

葛先才憤憤地說道。

葛先才這位將軍是因為我叔爺和宮得富的被查獲，引發了他對國軍徵兵腐敗的痛恨。這種長期壓在心中的怨憤，又是因為第十軍始終未能得到兵員補充而爆發出來的。試想，他當年在西涼山之戰後，預十師被補充一千新兵，竟有多半是兵販子；他當時率領的那個團被分派五百新兵，其中有三百多是兵販子！他能不對這種現象切齒痛恨嗎？

「我說的這些，是不是實際情況？你們最清楚，你們說對不對？」

「是咧，是咧，是這個理咧。」我叔爺連聲說。

「對，對！師長，是這麼回事！」宮得富回答的聲音壓住了我叔爺。

我叔爺感到有點奇怪，這個原本為連長有意放一馬，卻毫不為自己爭辯、硬要陪著來挨槍子兒的宮得富，到了師長面前，怎麼就彷彿變了一個人，不但搶著要答話，要引起師長對他的注意，而且好像要從師長這裡得出個什麼道道來……他宮得富到底是怎麼了呢？

我叔爺後來才知道，宮得富之所以成為兵販子，就是與那送票子開證明有關。

宮得富原本是個小火輪舵手。他駕著那小火輪，頭天上午從縣城出發，傍晚到達府城，在府城歇一夜，第二天再從府城返縣城。日子本也過得可以，每月有工錢發，家裡又還有幾塊菜地，由父母種著。那新菜上市時，他能將自家的新菜帶上小火輪，順便捎往府城，賣個好價錢；遇上江水枯竭時節，小火輪歇工時，他就在家幫父母種地，屬於亦工亦農人員。那時的宮得富，幹工是個好舵手，務農是個種菜裡手，有技術，有力氣，又是一個標緻的年輕後生，那做媒的，自然盡往他家裡拱。可這人一有了些優越條件，找婆娘的眼光自然就高，特別是他宮得富，在縣城，在府城，不但見的漂亮女子多，還知道不少自由思潮，於是在找婆娘這個問題上，他也要「自由思潮思潮」。

宮得富找婆娘一要「自由思潮」，按照老規矩或曰老傳統上門做媒的，便只能徒勞。

眼瞅著做媒的盡是徒勞，他父母親急了。他父母親不但覺得對不起那些媒人，更激發了非得幫兒子找上一個他滿意的不可。他父親對他說，崽啊，你要選自己滿意的我們沒話說，只是這滿意的還是非媒人做媒不可，若沒有媒人做媒，千百年的規矩豈不壞了?!若沒有媒人做媒，我和你娘，能到一起？我們沒到一起，能有你這個寶崽？

他父親說的這個「寶崽」，在湖南話裡含義很廣，既愛之有加，又憐之至深，還有斥責其不爭氣，不聽話，所以到現在連個婆娘都沒找上……

他父親又說，崽啊，我們也曉得你想自由找婆娘，我們也不阻攔，你就在媒人領來的女子中自由找，你看中哪個是哪個，我和你娘保證沒二話。只是你若連媒人的面都不肯見，那媒人如何好帶女子來？媒人沒帶女子來，你又如何自由地選？……

他父親這話，頗突出了當地當時的特色。當地正是城鄉結合部，當時正是新生活運動被推廣。他父親既保持了給兒子找婆娘的傳統，也就是中國婚姻文化的傳統，又顧及了新形勢下的改革，還符合亦工亦農兒子的實際情況。只是他父親不會上升到理論角度罷。

宮得富沒有回覆父親頗有特色的話，他是懶得和父親囉嗦，你要請媒人你就請，他反正自己有主張。

宮得富挑上一擔新鮮蔬菜，上小火輪去了。

宮得富沒有回覆，他父親就認為這是默許。

他父親放出話，媒人不局限於本村本莊，縣城的、府城的，都可以。只要能帶來好女子，只要能讓他那寶崽滿意。

這一日，宮得富家來了一個穿長衫子的男人。宮得富父親以為又來了個做媒的。因為平常來的都是女人，亦即媒婆，媒婆做媒總是沒做成，這回來了個媒公，宮得富父親想著這地方上媒公極少，而來人穿的是府綢長衫子，府綢長衫子連縣城有身份的人都不大有穿，可見這位媒公是大地方來的有身份人，許是該著給自己的寶崽說合個大地方的女子了，忙樂顛顛地將他迎進屋，泡茶裝煙比對媒婆更殷勤。

長衫子男人卻不抽水煙筒，而是抽他自己身上帶的紙盒子香煙。

長衫子男人抽完一根紙煙，喝完一碗茶，開口了。
長衫子男人說：
「你家是姓宮吧？」
宮得富父親忙說：
「我是姓宮、姓宮。」
長衫子男人說：
「你確實是姓宮？」
宮得富父親說：
「確實是姓宮，通地方誰不知道我這宮家？」
長衫子男人說：
「那就對了，你家那事辦好了。」
宮得富父親一聽，以為長衫子男人是說幫他兒子找婆娘的事辦好了，可兒子還沒回來啊，這媒公也沒帶女子來啊……
宮得富父親正納悶，長衫子男人已從長衫子兜裡摸出一紙文書，說：
「你兒子，沒問題啦！」
長衫子男人說完，將文書往木桌上一放，走了。
宮得富父親忙禮性地喊，吃了飯再走，吃了飯再走。可長衫子男人連禮性話都沒回，只是兀自咕嚕了一句：「還吃飯？還擺酒席哩！這號事還能張揚？鄉里人就是鄉里人，嗤——」

瞅著長衫子男人走後，宮得富父親拿起長衫子男人留在桌子上的文書，卻不知道這是什麼東西，因為他不識字，只是估摸著像張什麼票據。

宮得富父親忙喊宮得富的母親來看這是什麼東西，宮得富母親照樣不識字，她將一雙剛洗完菜的手在圍裙上擦了擦，想拿起來仔細看一看，但不知道是覺得手沒擦乾，怕損壞了文書，還是覺得自己反正看了也是白看，伸出的那雙手又垂在了圍裙上。

宮得富母親揣測著說，這準是媒人帶來的說給寶崽那女子的生辰八字哪！

宮得富父親覺得不太像，說載著生辰八字的文根他見得多，那文根，得用紅紙載哩。

宮得富母親說，許是城裡人不興紅紙不紅紙的，只要寫上就行。宮得富父親說，還是不像不像。

宮得富母親想了想，又說，那就準是女子寫給我們寶崽的信，託人帶了來，寶崽是瞞著我們在「自由」呢。你快將它收藏好了，千萬別損壞了，好讓寶崽回來看。

宮得富父親覺得有理，忙忙地將文根收起，說，對，是生辰八字也好，不是生辰八字也好；是女子的信也好，不是女子的信也好，總之是寶崽的好事。

宮得富父親高興地不住念叨，說老子講過要讓你這寶崽「自由」的，老子是說話算話的，這若是女子的生辰八字呢，老子也非得等你自己回來看了這女子的八字，同意後，再請八字先生來合你的生辰八字；若是女子的信呢，給你看了後，你就得要那女子託媒人來正式說合……

宮得富父親和母親想著兒子的婚姻大事總算有了些眉目，喜滋滋地等著宮得富回來。

第二天，宮得富沒有回來，卻來了個輩份在他父親之上、年紀也在他父親之上的長輩。也就是說，按輩份，宮得富得喊他伯公公。

宮得富的這位伯公公名叫宮長昌，穿的是一身藍長衫。這藍長衫可就是這江邊有身份人的象徵了。

宮長昌端著水煙筒，一進宮得富家，宮得富父親忙按輩份喊大伯，忙著泡茶裝煙。宮長昌卻一揮手，要他免掉這些禮性，直截了當地說出一句話來。

只因了這一句話，大伯和侄子反目，宮得富也和他的伯公公成了對頭冤家。

宮長昌說：

「昨天有個長衫子男人到你家來了吧，他給了你一樣東西吧？」

宮得富父親趕緊回答說：

「是啊，是啊，他給了我一件文根哪。」

宮長昌說：

「你講的那文根，是我的。你快把它拿出來。快點！」

宮得富父親聽宮長昌說是他的，且那口氣衝人，心裡不舒服了。那文根明明是給自己寶崽的生辰八字或是信件，你宮長昌憑什麼說是你的呢？

宮得富父親說：

「他大伯，那文根怎麼突然變成是你的了呢？那長衫子男人，可是將文根親手交給我的……」

宮得富父親還沒說完，宮長昌已把水煙筒往桌上狠狠地一放：

「我說是我的就是我的！你想賴了不成？」

宮長昌之所以如此口氣，一則大概是他以長輩自居，二則是他有百把石穀子的水田，這有水田的主兒，在別人面前便免不了頤指氣使；第三，也許才是最主要的，那文根於他來說，太重要了，他不能不急。可宮長昌沒想到的是，宮得富父親雖說是個種菜的，但兒子在外面走縣跑府，也算得上是個人物，有了兒子這個人物，他並不像只會老實種菜的人那樣見了地方上的角色便畏懼，而宮長昌這個所謂長輩，僅僅只是同了一個宮姓，按輩份排排而已，兩家平時也沒有什麼往來。正是你有你的田，我種我的菜，我不用求你，你奈得我條卵何?!

宮得富父親當即回道：

「你講那文根是你的，你有什麼憑據？」

宮得富父親也會抓理，而且這次，他連大伯也沒喊了。

「憑據？我有什麼憑據？」宮長昌被他這句話噎住，過了一會才說，「那長衫子男人，本是來找我的，他問錯了人家，才走到你家來的，所以就把那文根錯給了你。」

原來這江邊，只有兩家姓宮的，那長衫子男人過了渡，下了船，問岸邊的人，姓宮的住在什麼地方？被問的人隨手一指，指著了宮得富家……

宮得富父親可不會這麼輕信，他立即說：

「你講他問錯了人家也好，走錯了人家也罷，我只要你說出來，那文根上寫的是什麼？你若說準了是寫給你家的，我就讓你拿去。」

宮長昌這下就如啞巴吃黃連，他能說嗎？他敢說嗎？

宮長昌只能支支唔唔。

宮得富父親見他說不出，更是有理不讓人了，他說，這世上的事，本清白得很，就算是有人在路上撿了一個包袱，那包袱裡有銀元，有票子，這撿包袱的人要將包袱還給那掉包袱的人，那掉包袱的人也得能說出包袱裡究竟有多少塊大洋，有多少張票子，總數加起來對不對，才能要回他的包袱。否則，豈不是人人都可冒領冒認，這清白世界不就亂了套……

宮長昌氣得直撚下頷上稀稀疏疏的鬍鬚，猛地抓起水煙筒，走了。走出門時扔下一句話，老侄啊老侄，你把那文根還給我便罷，若不然，我要你好看！別怪我不認得你是宮家的侄子。

宮得富父親只是哼了一聲，在心裡說，呸，想來詐騙我宮爺的東西，你是挑水尋錯了碼頭！什麼宮家大伯宮家大伯，老子在這江邊成家立業時，你還不知道在哪裡呢？別以為有了百把石谷水田，就打個哈欠也想薰人，凡事都有個理管著呢！

晚上，宮得富回來了。

他父親忙忙地將那文根遞給他，要他快看快看，且憤憤地說起了宮長昌的蠻不講理。

宮得富一看，說：

「這是給他家的啊！」

他父親依然不信，說：

「是給他家的？可來人硬是親手交到了我手裡。」

宮得富說：

「是搞錯了一個宮家。」

他父親說：

「那你說，你說，這上面到底寫的是什麼東西？」

宮得富說：

「是張證明。證明他兒子宮天發已經服了兵役，也就是吃過糧。」

宮得富父親愣然了。弄來弄去，這理竟然還是在宮長昌手裡。還真是他的文根了。這一下，自己不但輸了理，還得罪了宮家大伯。

宮得富父親正兀自懊惱，他母親說了一句。

他母親說，要說這證明，是他家的那就是他家的，得富說了的不會錯。可他那兒子宮天發，什麼時候去吃過糧呢？

宮得富父親立即說，是啊是啊，他家那宮天發，我可是天天看見他的啊！

宮得富說：

「別管他到底吃沒吃過糧，明天，把這證明給他家送過去。管那麼多閒事幹嗎？」

宮得富父親說：

「按理，是得給他家送過去，可要送你去送，我不去！你不曉得他那蠻橫的口氣哩，簡直是要活搶。」

宮得富說：

「不管怎麼講，他也是高輩份。行，明天我正好歇工，我幫他送過去。」

這事，本到這裡可以打止了。可宮得富父親的話又被說準，宮長昌，真的要來活搶。

宮長昌回到家，越想越氣。

他想著自己花了幾十塊白花花的大洋買來的證明，卻落在了宮得富家。落在了宮得富家本不算什麼，原想著自己走去就能拿回來，卻沒想到碰上的是頭橫腦殼水牛，偏要他拿出憑據來，講出證明的內容來，那證明的事卻無法講也不能講，是絕不能讓旁人知道的，畢竟還有個法在管著哩！

那幾十塊白花花的大洋，可是他為了兒子別去吃糧，像割肉一樣割得心裡流血才拿出去的啊！

宮長昌也想過要那長衫子男人去取回證明，可那長衫子男人早就不知道去了何方。那長衫子男人是專做這號「提籃子」、「了難」生意的。他和長衫子男人連面都沒見過，他是在城裡一家酒樓，和長衫子男人臨時委託的一個人談成的生意，這人說「長衫子」有急事，他能做保證人。當時人家就保證，只要你肯出五十塊光洋，你那兒子服了役的證明，包在他身上。人家說話算數，並沒私吞送上的光洋，人家是把證明搞來了哩，你要怪人家還怪不上。人家還再三交待，這事得保密，萬萬不可張揚。倘若張揚了出去，碰上那較真的官兒，你我都脫不了干係……

宮長昌知道這脫不了的干係指的是什麼，雖說出了錢，但出了錢也有風險，一個是出錢行賄，一個是當中間人從行賄的錢中得些好處，那上面開證明的則是收錢受賄。萬一出了事，那中間人不但居無定處，就連那名字，只怕都是假的，你找得他卵到；上面開證明的則有槍有兵，也奈何他不得，只有他這個行賄的，跑不脫！

宮長昌又想到了再去宮得富家說好話，或者給宮得富家幾個錢，讓他家把那文根歸還。可他一想到那混帳老倌問他要憑據，心裡的火又飆了出來。他媽的，他不能在一個種菜的面前低三下四，他得將那種菜的搞得歸依歸附……

宮長昌想來想去，決定來蠻的：派人去搶，將那證明搶回來！鄉里人反正都不識字，就說是他宮得富家偷了自己的一張地契。

宮長昌喊來一個做長工、兩個幫短工的，吩咐一番，說只要將那地契奪回來，每人的工錢漲半斗穀子。

當我叔爺說宮長昌要長工、短工們去幫他將「地契」奪回來時，我覺得我叔爺這話有紕漏。我說宮長昌應該是個大地主，大地主家應該有家丁，家丁們應該還有槍。他要去搶那「證明」，怎麼會派些長工、短工呢？他派的應該是挎槍的家丁。我叔爺嗤了一聲，說，你是讀書讀多了哩，你讀的全是些朦騙人的書哩。大地主、大地主，我們這兩不管的山區，全是些雞窩大的田和土，哪裡有什麼大地主呢?!我曉得的地主都是些一塊黴豆腐吧兩餐飯，從牙齒縫裡省下錢來去買田買地的哈卵，吃捨不得吃，穿捨不得穿，還會養家丁？還有鋼槍？還敢派挎槍的去搶？照樣有個私藏槍支、動用軍火的罪名在等著他呢！宮長昌是被那買證明花去的幾十塊大洋揪得心痛，他若不把那證明要回來，那大洋不就打了水漂？那幾十塊大洋，他積攢得容易嗎？他能讓長工、短工幫他去幹「奪票」的事，就已經了不得了。那時的鄉里人，哪個願意去得罪人？可想著去一下能得半斗穀子哪！這又和有錢能使鬼推磨一樣，哪朝哪代都管用。

宮長昌懸賞半斗穀子要長工短工去幫他搶回「地契」時，一個短工說，宮老爺，你要我們去的那戶人家，有幾個人喲？我們三個人去，能對付得了麼？宮長昌說，就一個老頭、一個老母。宮長昌不知道宮得富已經回家。他若知道，也許就不敢使此強行之招了。

第二天天剛朦朦亮，長工、短工來到了宮得富家門口。既然主人吩咐是要「奪」，那木門就被捶得「砰砰砰砰」山響。

「快開門、開門！」

鄉里人都起得早，宮得富母親已在灶屋裡忙活，父親正在擦拭鋤頭。他聽得門被打得山響，忙將鋤頭撂到地上，一邊喊著：「什麼鬼事這樣打門，打壞了門我宮爺就要你賠啦！」一邊跑去將門打開。

門一打開，三個男人衝進來，將「宮爺」圍住，說：「快將我們宮老爺的地契拿出來！」

宮得富父親始是愣，不知這是怎麼回事，旋慌得大喊：「打搶了，打搶了！哎呀土匪進來打搶了」

尚在床上睡覺的宮得富一聽得父親喊土匪進來打搶，從床上跳下就往外蹦，抓起他父親撂在地上的鋤頭，橫在手裡，就朝一個要打搶的人挖去。

那要「打搶」的一見宮得富要用鋤頭挖，他們可不願為了半斗米的工錢和掄鋤頭的對著幹，倘若被鋤頭挖一下，半斗米連治傷都治不起。

圍住「宮爺」的三人忙往後退，其中一人趕緊喊：

「這位兄弟，這位兄弟，你快將鋤頭放下！我們不是來打搶的呢！」

這人一喊，宮得富父親清醒了。他記起了這人。

「你、你，你不是宮長昌家的長老爺嗎？」

這長老爺就是幫長工的。地方人（不唯是地主）若請了長久幫忙做事的，也就是長工，則統稱長老爺。

長老爺聽得「宮爺」這麼一問，忙說：

「是咧，是咧。宮爺你還記得?!」

宮得富不待父親再開口，又掄著鋤頭衝這個喊「宮爺」的長老爺而來。

「你們要幹什麼？快說！不說我就一鋤頭先挖了你！」

長老爺一邊退一邊說：

「是宮老爺要我們來的，說你老人家拿了他老爺家的地契。」

宮得富又舉著鋤頭對另外兩個人說：

「你們也是來要地契的？」

「是咧，是咧，是宮老爺要我們來拿他的地契。我們本不願來，誰願來得罪地方鄰居呢？可宮老爺答應給我們半斗穀。你老人家把那地契拿出來，讓我們帶給宮老爺，那半斗穀，我們就當是你老人家給的，我們感恩、感恩。」

宮得富被這話說得又好氣又好笑，他正要說明個事理，那匆匆從廚房裡趕出而被驚呆的母親，卻已一屁股坐在地上，號啕起來，大喊冤枉啊冤枉，他宮長昌哪有什麼地契在我家裡……

母親一號啕，宮得富就將那鋤頭一揮，吼道，滾，你們他媽的都給我滾！回去告訴我那本家，地契沒有，他那兒子犯法的證據倒有一件！

長老爺和兩個短工回到主人家，宮長昌問地契拿到了沒有？三人俱搖頭。

宮長昌怒極，說你們三個大男人，難道連一個老頭都對付不了？長老爺說，一個老頭還是對付得了，可人家還有一個蠻子崽，那蠻子崽舞起鋤頭一頓亂挖，我們奈何得了？俗話說，真把式打不過假戲子，假戲子打不過蠻子，我們一不是把式，二不是戲子，碰上那麼個蠻子，我們能不跑嗎？

另一個短工趕緊說，宮老爺，你那半斗穀賞金我們就不要了，也給你老人家省著點。

宮長昌越發氣極，但也沒有辦法。若辭了這長工短工，另外請人也實在是難得請到合適的。

這鄉里人喊老爺，其實只是個一般的稱呼，並不是對被喊的人特別畏懼，也不是喊的人就會自慚形穢，就如同長工也被喊作長老爺一樣。長工、短工們都是靠著自己的力氣和農活技術吃飯，和主人搞得來就搞，搞不來就散夥，其實是非常自由的。而主人一般也絕不會得罪幫工的，因為地方上就這麼些個人，抬頭不見低頭見，張家長、李家短的言語又傳得飛快，倘若那刻薄刁鑽的惡名一傳出去，非但是難以再請到幫工的，就連「吊羊」的土匪，也專愛找上門來。地方上那所謂的土匪，大多就是找不到活幹，一時沒了生路，或者受了天大的憋，要出胸中那口惡氣，被逼出來的。

宮長昌和宮得富兩家結下了冤仇。

我叔爺說，宮得富也是火氣太盛，他若不去告狀，後來的事也不會發生。

宮得富的被徵丁，並不是宮長昌去買通鄉公所，將他強行徵的丁。因為要買通鄉公所，又得花錢。他宮長昌已經為兒子花了那麼多錢，再要他花錢，就等於要了他的命。宮長昌只是在心裡怨，在心裡恨，希望菩薩讓宮得富一家遭報應。

宮得富家則更是恨，恨宮長昌竟說他家偷了地契，竟派人來打搶。

宮得富想，你他媽的宮長昌仗著自己有長工短工，作出這等傷天害理的事來，老子手裡有你犯法的證據，老子要告你！正是你不仁也別怪我不義。

宮得富將宮長昌告到了鄉公所。

鄉公所一見那白紙黑字的證據，大吃一驚。這吃驚倒不是本公所管轄之地，竟然出現敢如此大膽妄為之人，而是他們經辦這種事，早已經不止一回。本來這誰去吃糧，誰不去吃糧，他們歷來是睜一隻眼閉一隻眼，只要能有個交差的理由，能說得過去就行。可如今半路裡殺出個程咬金，弄得不好，原來辦的這號事也會被「拔出蘿蔔帶出泥」……

鄉公所的頭兒要宮得富暫時先回去，該幹什麼還是去幹什麼，說他們一定會秉公處理。宮得富說，我相信你們也會秉公處理，你們若不秉公處理，我就告到縣裡去！縣裡若告不進，我就告到府城，去找行政公署……鄉公所的頭兒忙說你放心、放心，我們會儘快處理的。

宮得富走後，鄉公所的頭兒細細一思量，這事，瞞是瞞不住的，壓也壓不下的，還得立即告知那簽發證明的，由他們軍爺來處理。反正證明是你們開出來的，我鄉公所只認證明不認人。你軍爺如果擺不平這事，上頭追究下來，我這鄉公所充其量是個糊塗的庸所。我這頭兒充其量是個糊塗的頭兒。

軍爺處理這事可就不費多大勁，罵了幾句「他媽的，盡給老子找事」後，立即作出決定：第一，將告狀的宮得富徵丁；第二，將宮長昌那兒子也徵丁。

軍爺說，他媽的我將你告狀的徵了，我看你還到哪裡去告?!他媽的我將你被告的也徵了，你倆到軍營裡再見高低去！

軍爺說，那證明，是假的！造假證明的，降職一級，罰薪三月！老子秉公處理了。

宮得富再一次從小火輪上回到家時，立即就成了糧子。

宮得富倒也無所謂，因為宮長昌的兒子也和他一樣。宮得富認為自己告狀還是沒吃虧。

宮得富一吃糧，跟著隊伍不知開拔到了哪裡。宮得富的父母親在家裡傷心得對哭。哭著哭著，他父親抓起一根扁擔，就往宮長昌家去，他母親則緊隨其後。

宮得富父親還沒到宮長昌家，那在田裡幹活的長老爺就看見了，長老爺連腳上的泥巴都來不及洗，慌慌地跑進主人家，喊，不得了啦，要出人命啦！

宮長昌喝道，哪裡要出人命了？長老爺說，那宮爺打上門來了。宮長昌問哪個宮爺？長老爺說就是那個蠻子崽他爺啦！宮長昌說我還沒找他算帳，他倒送上門來了?! 長老爺說，我看他那樣子是來拼命的啦，弄不好是要出人命的啦！

長老爺沒想到他這話竟被說準。

長老爺要宮老爺到屋裡躲一躲，由他先來應付一下，好讓打上門來的消消氣，人的氣只要稍微消一消，就不會拼命了。可宮長昌正為自己花了那麼多冤枉錢卻沒能保住兒子而將所有的氣都放在來人身上，他會躲？他還正要打上門去呢！

兩個為了兒子而成了對頭的本家，相逢在宮長昌大門裡的院坪。

先動手的其實是宮得富父親。

宮長昌一見宮得富父親進來，正要以長輩的身份大罵宮得富父親是個孽障，宮得富父親的扁擔已經高高舉起，狠狠地朝宮長昌劈下。

那扁擔眼看著就要劈著宮長昌了，宮長昌想躲也躲不及了，在一旁的長老爺即算挺身而出，像大臣救皇帝，或者像警衛救首長那樣，擋到前面來挨這一扁擔也已經遲了時（何況長老爺根本就沒打算挺身而出，他只是哎呀了一聲，把眼睛閉上），宮得富父親手裡那扁擔，卻突然滑了下去，緊接著

「撲通」一響，倒下了一個人。

倒下的不是宮長昌。倒下的是要用扁擔劈宮長昌的宮得富父親。

宮得富父親是因為又氣又急又用力過猛，突發了心臟病或是腦溢血或是其他的什麼舊疾，這一倒下去，就再也沒能起來。

差點被劈著的宮長昌愣了，不知這是怎麼回事。跑過來的長老爺趕忙伸手去拉倒下的宮爺，只拉了一把，便喃喃直念，真出人命了，真出人命了……

這當兒宮得富的母親氣喘吁吁地來了，一見自己的老倌倒在地上，嚎啕大哭起來……

宮得富父親死在宮長昌家裡的消息，不知是怎麼傳到了宮得富耳裡，等到他從吃糧的隊伍裡開小差逃回家時，母親，也追隨他父親去了。

宮得富安葬了母親後的一天夜裡，宮長昌的房子燃起了大火。

宮得富自此離開了這個生他養他的家鄉。

浪跡在外的他，因有命案在身，索性幹起了兵販子這個行當。

……

成了兵販子的宮得富，變得特別冷酷。冷酷的他，又不能不時常回想著自己那個家所發生的一切變故，那所有的變故，都是因一紙服兵役的假證明而起。此刻，他終於聽到有人說出了以錢買假證明的事，而說出這事的人，竟是他的師長！向來冷酷的他，內心也不能不衝動起來。

宮得富對葛先才說：

「報告師長，宮得富有話要說，我宮得富，就是因告那拿錢買服役證明的事而被害得家破人亡的。那逃避兵役的假證明，不但有人造，有人買，還有專門作中間人提籃子的……」

葛先才站到了宮得富面前。

葛先才兩眼盯著他，打量片刻後，說：

「每個當兵販子的，都有他一本難念的經。我葛先才知道。但我是軍人，是帶兵的，我只想問你們幾個問題。」

葛先才又踱起步子來。他踱了幾步，猛然說：

「兵販子是不是擾亂兵役制度？你們說！」

「是不是渙散軍心、嚴重影響部隊戰鬥力？你們說！」

「是不是可惡之極？你們說！」

「到底該不該殺？你們說！」

……

最後這一句，連長代替我叔爺和宮得富應聲而答：

「該殺，該殺！」

連長一回答後，葛先才不吭聲了。只是把他那虎虎生威的眼光，掃射著我叔爺和宮得富。

葛先才沒吭聲，所有的人都不敢吭聲。團部的空氣，在這一刻似乎都不動了，全凝固了。

時間在凝固中一秒一秒地過去。

突然，宮得富帶著哭腔說：

「師長，別這麼折磨我們了，你就快下槍斃令吧。我早已認了，認了，我不會怨長官和弟兄們的。」

葛先才卻吼了起來：

「我要你宮得富和林滿群回答，你倆到底該不該殺?!」

「該殺，該殺，師長，你就快點殺了我們吧！」我叔爺和宮得富同時帶著哭腔叫了起來。

我叔爺和宮得富當然都不明白，葛先才為什麼要連問他們幾個「是不是」，為什麼非得要他倆自己回答「該不該殺」。因為葛先才是不會殺他們的，大戰迫在眉睫，正是用兵之際，他正需要這些老兵！但他得讓宮得富和我叔爺這樣的老兵油子死心塌地地為他效命。同時，讓那些眾多的尚未被揭發出來的兵販子同樣受到感染，同樣在這場大戰中效命。

這時，團部一個參謀報告，說兄弟師也抓到了兩個兵販子，已經就地正法。

我叔爺的腦袋「轟」地一聲，就如同已經炸開。

參謀報告完畢，只聽得葛先才喝道：

「鬆綁！」

我叔爺根本就沒聽清將軍的這句話，只以為將軍說的是「槍斃」二字。我叔爺一下就幾乎癱軟，腦子裡空蕩蕩一片，眼前是灰濛濛一片，他索性將眼睛閉了攏來。

「師長！……」聽著葛先才的的命令，連長不情願地喊了一聲。

「給他倆鬆綁。」葛先才又喝道。

「師長，不能這樣輕饒了他們哪！」

連長看了看團長，希望團長能幫上他幾句。

團長卻只是用眼光示意他執行命令。

連長無奈，只得將我叔爺和宮得富解開。

當我叔爺被解開繩索時，他的第一個反應，竟是看了看宮得富。

宮得富大概早就聽清了師長的那句「鬆綁」，當繩索從他身上一脫落時，他「啪」地一個立正，朝著師長、團長敬了一個軍禮，說道：

「感謝長官不殺之恩，我宮得富這條命，從現在開始，交給長官了，請長官允許我進敢死隊！」

我叔爺這才知道自己真的從鬼門關回來了，他也趕緊學著宮得富的樣，說道：

「長官是我再生父母，我林滿群如若再生二心，天地不容。衡陽這仗，我把這條命豁出去，也絕不給長官丟醜。」

第十三章

我叔爺說的那「如若再生二心，天地不容」的話，其實還是假話。

我叔爺林滿群，準確地說，應該叫群滿爺，因為無論是我父親、母親，還是我們這些侄子，乃至街坊鄰居，都喊他群滿爺。

群滿爺在我父親的兄弟中，年齡最小，按照家規、族規，抑或是街坊上的禮性，我都應該喊他滿爺，那「群」字，是萬萬不可以加上去的。然而我這位滿爺是不太受人尊重也不要人尊重的——之所以不受人尊重，是因為若劃階級，儘管他是個徹頭徹尾的無產者：房無一間，地無一分，就連老婆也從來沒有過，但按我父母親和街坊人的說法，他卻是個遊手好閒懶惰之輩，「這等人，也配稱做滿爺麼？」只是我父母親和街坊人又都是講禮性之人，即便他不配稱做滿爺，那群滿爺，還是該喊的。於是皆以群滿爺稱之。對於群滿爺自己來說，你若喊他滿爺，他反而不習慣。他說我群滿爺就是群滿爺，群滿爺只有我一個，那什麼滿爺，街坊上多的是，多得一撮箕能撮起一籮。

群滿爺之所以當上兵販子，其實緣於我父親。

那一天，當鎮公所的老二來到我家時，我父親和母親便惶惶然不知所措了。

鎮公所的老二是來例行公事。

「四爺四娘，你們聽我說。」鎮公所的老二一邊吸著我父親遞給他的水煙筒，一邊很有禮性地、慢慢吞吞地說，「這一回，我是沒有辦法了，你們自己看，自己看。」

鎮公所的老二吸完我父親小心翼翼地為他裝上的那袋柳絲煙，從懷裡掏出一張折疊得方方正正的紙，展開。

那是一張蓋有大紅印章的佈告。

這張蓋有大紅印章的佈告，在白沙老街的一些鋪門上，其實已經貼了好幾天。我父親和母親之所以一見鎮公所的老二進來便惶惶然不知所措，就是因為早就看過這張佈告。

佈告上寫的是：

一、本年度徵集壯丁，係年滿二十一歲至二十三歲之三個年次，如三個年次不足徵額時，得延至二十五歲為止，其餘概不徵集。二、辦理役政人員，如有不遵法令營私舞弊者，准由人民公開檢具事實向所隸師團管區控告定予嚴懲。三、壯丁入營後，由鄉保就地籌給優待穀，其辦法即將公佈。四、壯丁中簽後，應徵入營時，不得逃避，如敢故違，按逃避兵役罪從重判刑，刑滿後仍須應徵入營服役……

這個徵集壯丁的佈告，為什麼說要年滿二十一歲至二十三歲的呢？男子十八不就已經成年了嗎？「再過十八年又是一條好漢」，說的不就是十八歲已是一條漢子了嗎？答案其實很簡單：十八歲到二十歲的男子已經被徵完了，沒有了。所以只能往後順延，就如同佈告上所說，如果二十一歲到二十三歲的不夠，則延至二十五歲。其實，那十八歲到二十歲的，真就全被徵集完了嗎？否也。因為每次只要那徵集壯丁的消息一來，屬於規定年齡圈裡的人的年齡便迅速改變。如我那叔爺林滿群——群滿爺，其時就在二十歲這個年齡圈內。改變年齡的目的就是一個——躲避徵丁。國軍徵丁這律令，讓人想到的就是吃糧，而那個糧是不好吃也沒人願意去吃的。

當這個徵集壯丁的佈告發佈時，我父親，就是在二十一歲至二十三歲這三個年次之外，卻又在二十五歲的年歲之內。

我父親的這個年齡段，也是隨著躲丁而變化出來的。他已經躲過了好幾次，可這次，他是絕難躲過去了的。因為那時儘管沒有戶口薄，沒有身份證，但有生庚八字，有地方人的眼睛在盯著，有鎮公所管事的在管著。

當我父親在街上剛看到這個佈告時，立即喜滋滋地回到家，告訴我母親，說他這次又能躲過去了，因為那佈告上寫的是只徵集年滿二十一歲到二十三歲的壯丁。

我母親對他的話歷來是只信三分，不可全信，便問他是從哪裡看到的，我父親說就在那街上呢，不信你自己去看，去看。我母親便走到街上去看，回來後便發了脾氣。

我母親說：「他四爺，你是存心自己騙自己吧，你沒見那佈告上，寫得清清楚楚，如三個年次不足徵額時，得延至二十五歲為止……」

我母親的話還沒說完，父親就說：「那三個年次還不能徵滿麼？還會輪到二十五歲麼？你這個婦人，硬是個婦人。」

我母親知道我父親是個從來就報喜不報憂、自欺欺人的人，便說：

「要真是輪到了你，你怎麼辦？」

我母親這麼一說，父親就只能喃喃了：

「那怎麼辦？你說怎麼辦？」

我母親懶得再搭理他，自個兒便往鎮公所走，走進鎮公所去說好話。

鎮公所的人很客氣，不急不躁地聽著我母親說。我母親說了半天，聽的人也不嫌囉嗦，也不打斷她的話，只是不停地吸著水煙筒，噴出一口一口濃濃的煙霧。到得我母親終於覺得自己非打住不可，將好話停下來時，聽的人將水煙筒桿抽出來，在鞋幫上磕了磕，再對著嘴吹了吹，插好，將點火的紙煤也撚熄，然後才開了口。

「你老人家，說完了？」

我母親儘管才二十三歲，可街坊上的人講禮性，凡對成年人，都是稱「你老人家」的。鎮公所的人也不例外。

我母親忙回答：

「講完了，講完了，你老人家，只請你老人家幫忙哩！」

我母親說了半天的大致意思是，我父親是林家滿字輩嫡系的老大（此時我父親三兄弟還未分家），又有了兒子，是家裡的頂樑柱，他如果被徵去吃糧，這家裡可怎麼辦呢？這一家子就會散了啊！所以要懇請大爺照顧，千萬千萬別徵了他去。只要大爺照顧，那以後，定會感謝大恩大德。

我母親原本見這個鎮公所聽她傾訴的人如此客氣，想著事情應該有幾分把握，便急等著他發話。這人放下水煙筒後，說：

「你老人家，我家裡也有個要被徵去吃糧的哩，你老人家給拿個主意。唉，唉！」我母親這才知道燒香許願找錯了菩薩，便趕緊禮性地說，那你老人家好坐、好坐，忙忙地去找那管事的。

終於找著了管事的，管事的也很禮性，抽著紙煙，聽我母親說。還要她慢慢地說，不著急。等我母親說完後，他回答得很客氣。

管事的說：

「你老人家，咱都是鄉里鄉鄰的，誰犯得著硬要你家男人去吃糧呢？犯不著，犯不著。咱這也是沒有辦法，上頭來了任務，不幫辦怎麼能行呢？總得把那個數目湊齊吧，你不湊齊，那腰上勒著皮帶，肩上挎著盒子炮的，他不走啊！你老人家，這樣吧，這次只要能在二十三歲之前湊足，就絕不徵那二十四五的。不徵二十四五的，你家不就沒事了麼？」

管事的這話，其實和我父親說的差不多。但我母親還是將那帶來的、切得細細的柳絲煙，呈送了過去。

管事的一邊接著柳絲煙，一邊講著禮性：

「你老人家，這麼客氣，還送這麼好煙絲來。你老人家留著自己用、自己用。」

我母親送了柳絲煙後，又往鎮公所送了些蕨粑粉、野百合什麼的。她是盡著自己的能力來了，因為家裡實在也沒有別的什麼送。但我母親相信禮輕情意重，送了總比不送好。

我母親為了我父親的事，好話說了，那禮也送了，可鎮公所的老二還是上門來了，我母親就知道大事不好了。

鎮公所的老二又說了些沒有辦法的話，說他也是吃了那碗飯，得幹那號事。所以要我母親自個兒快點想辦法，那辦法若是想晚了，他就只好來帶人了。然後喝完我母親給他泡的那碗茶，走了。

我母親知道鎮公所的人也不願得罪鄉鄰，但人家的話已說得明白，要自個兒快點想辦法，自個兒能有什麼辦法想呢？看來我父親，這次是非被徵去吃糧不可了。

這時，我父親說出了一個辦法。我父親說，他要徵就徵哩，我躲出去，躲到大山裡去，看他怎麼徵？等到徵丁完了，我再回來，不就卵事都沒得了。

我母親說，你想得輕巧哩，這是國法哩，若是人人都能躲得脫，還用得著你想這個法子？你躲了，人家不曉得來封這個家啊?!

我父親又說，那佈告上不是說得是中簽者嗎，這還沒抽籤呢，說不定我運氣好，那抽籤偏就抽不中我。

「哎呀呀，你還以為真的要抽籤啊？人家鎮公所的老二把話都說得再明白不過了，你就聽不出?!指定就是你了哪！」我母親急得雙手直在圍裙上搓。

我父親說，那就沒有辦法，沒有辦法了。你們就等著我去吃糧挨槍炮子囉。

正當我父親和母親一籌莫展時，群滿爺回來了。

身材瘦小的群滿爺，是我父親兄弟三人中最聰明靈泛的一個。也許就是太聰明靈泛，自打他自立於社會那一天起，就沒有打算安安份份過日子的。

群滿爺見我父親和母親唉聲歎氣，知道是為了徵丁的事，但他故意對我母親說：

「大嫂啊，有什麼事讓你這麼煩心哪？」

群滿爺之所以只是故意問我母親，因為在這個包括他兄弟三人在內的大家裡，是我母親當家。我母親本來對這個過於聰明靈泛的群滿爺十分反感，因為他又是一夜未歸，賭寶去了。聰明靈泛的群滿爺賭寶卻是十回九輸，每回輸了錢，就偷偷地將家裡的東西拿出去抵當。他將東西拿出去抵當還理由十足，說是我父母帶兒子有好幾張口吃飯，而他是單身一個，他本就吃盡了虧，把家裡的東西拿些出去，就等於是扯平。我母親為了他賭寶的事，常以當家大嫂的身份訓斥他，可這回，我母親顧不得他賭寶不賭寶、是不是又回來摸東西了，「病急亂投醫」，向群滿爺討教起法子來。

群滿爺仍是故意問：

「到底是什麼事哪？來龍去脈哪？大嫂你不原原本本的講清楚，我就是諸葛孔明再生，也拿不出計謀來哪！」

我母親只得又將徵丁佈告的事、去鎮公所的事、鎮公所老二來了的事，從頭說起。

可沒等我母親將我父親這回肯定逃脫不了吃糧的事講完，群滿爺就說：

「看樣子，這回連大嫂你這麼能幹的人都沒有辦法囉！」

我母親明明知道他為的就是好說出這句話，但還是趕緊就著他這句話往下說：

「就是我急得無法可想了，才要請你滿老爺想個法子哪！」

我母親把群滿爺改成了滿老爺。

「大哥，快去給我滿老爺泡碗茶哪！」

群滿爺拉開了架子。因為他平常在家裡是被看作好吃懶做的人，我父親也是很看他不起的。

這時候群滿爺一說泡茶，我父親忙忙地應好。

待我父親泡出茶，群滿爺坐到家裡唯一的竹篾靠椅上，捧著茶碗，一邊慢慢地喝，一邊對我母親說道：

「大嫂啊，你那柳絲煙，你那蕨粑粉、野百合，為什麼不想著留給我呢？你送到鎮公所去，鎮公所就該不要我大哥去吃糧哪！」

我母親忙忙地說：

「那蕨粑粉、野百合，我還給你留著的呢。」

「那柳絲煙就沒有了麼？」

「滿老爺你不是不抽煙的麼？」

「不抽煙?!誰說我不抽煙，我是在家裡不敢抽，免得你那嘴巴子又像打卦一樣地翻過來翻過去。」

「好，好，柳絲煙還有一些呢，我給你，給你，滿老爺你倒是快點把那法子講出來啊！」

「大嫂啊，這法子可不能輕易講的哪，去，去，先給我做頓好吃的，野百合燉肉，不能太燉爛了。」

我父親瞧著群滿爺那樣兒，聽著群滿爺這話兒，火氣上來了。他知道他這親弟弟是專愛騙吃騙喝的，這不，騙到家裡來了！

我父親吼道：

「群滿爺，你有個什麼法子，你有個鬼法子！你那個鬼法子就是給人做媒！」

群滿爺自己沒娶親，卻愛給人做媒。他做媒的程式大抵如下：先是在街口閒逛，瞅見那鄉里進老街來的人中，有那呆頭呆腦的男子，便迎上前去，很禮性很客氣地問人家是走親戚，還是來買貨？若是走親戚，他便硬說是怕人家找不著，硬要替人家帶路，陪了去。他這一陪了去，人家那親戚家的一餐飯，十有八九能吃成。若是買貨，他便問人家要買什麼貨，忙不迭地介紹哪家鋪子的貨最好，亦是陪了人家去。那賣貨的鋪子見他引了顧客來，一根紙煙，一碗茶，也是少不了的。買貨的鄉人見他如此熱情，自然就拿他當朋友。這一成了朋友，他就問人家娶沒娶親，想不想娶親，他有最漂亮最能幹的女子，想不想請他去做媒人。他成了鄉人認可的媒人後，便要去看鄉人的家境，這一去，鄉人自然是盡家裡所有最好的款待，有雞殺雞，有鴨殺鴨，最沒有的也得去鄰居借塊臘肉，或幾片豆腐。待到吃了、喝了，臨走時再捎帶些什麼，他便要鄉人隔三差五地來街口聽信。鄉人來聽信時，他便說那女子先要見面禮。這見面禮若是能吃的，他就吃了，若是不能吃的，他便去當了。待到鄉人非催著和那女子見面時，他也領了去，沿著山野小路，胡走。走著走著，見那山上有幾個紮著頭巾在挖土幹活的，他隨手一指，說就是那中間正在挖土的。「就是挖土的那一個，對，對。」鄉人遠遠地看了，若覺得十分滿意，下一步就是放定錢。這定錢自然是放在他手裡。若是遠遠地看了不滿意，他又領著隨處走。直到鄉人滿意為止。收了定錢後，他這做媒的事便算完成，反正打這以後，群滿爺不見了，你找他找不著了。

群滿爺是這般的「誠信」，我父親能信他的麼？

我父親一發火，群滿爺竟然也發火了。

群滿爺將手中茶碗往桌子上狠狠一頓：

「大阿哥，你莫看扁了人。如果我這法子還救不了你，你就只有去吃糧了。你這副窩囊相，還能穿得『二尺半』，扛得鐵傢伙?!哼，別怪我講話不吉利……」

「你有什麼法子，你有什麼法子，你說！」

「若是我有法子呢？」

「你若有法子，我這做長兄的給你下跪。」

「那你現在就跪，以為我還承受不起麼？」群滿爺臉色鐵青。

我母親見他兩兄弟吵起來，只得好言撫慰。我母親說，滿老爺滿老爺，怎麼說他也是你親哥哥，你若真有法子，你就告訴我，別說是你要吃野百合燉肉，就是要我這個做嫂子的將陪嫁帶來的東西全給你，我也心甘情願哪。你這法子若救了他，就是救了這全家啊！

群滿爺這才氣呼呼地說：

「這個法子，就是我老滿替他去！他有你這個老婆，還有兒子，他若去了，你這一家子就會散架。我反正人一個卵一條，來來去去無牽掛，保住個吃飯的傢伙就不愁沒飯吃。」

「老滿，你真是這麼想的？」

「大嫂，那徵丁的時限就要到了，我還會說假的麼?你莫非硬要我剁掉手指才相信?!剁掉手指，我想頂替也頂不成了。」

我母親聽得他真要頂替我父親時，眼中的淚水，刷地就流了下來。

我母親一邊抹著不斷流出的眼淚，一邊絮叨著，說她以前有很多對不起老滿的地方，嫌老滿愛打牌哪，愛賭寶哪，不成家，不立業哪，可到了這節骨眼上，還是全靠老滿挺身而出啊，真是打虎還靠親兄弟啊！

我父親卻突然像想起了一件大事，說老滿不是還沒到佈告上寫的二十一歲至二十三歲的年次嗎？群滿爺笑了，群滿爺笑這個大哥實在是太迂腐了，沒讀過什麼書的怎麼也這麼迂腐呢？他說，只要有個人到鎮公所去應卯，充了那個徵丁名額的數，他才不管你二十歲還是三十歲，是林滿群還是林滿權呢！

我叔爺林滿群就這麼頂替我父親林滿權去吃了糧。在他要走時，我母親真的傷心得成了個淚人。

可我叔爺沒點事，說那糧子營房裡的伙食，好著哩！

我叔爺留下了一筆賭債，由我父母去還。

我父親說：

「難怪囉，群滿爺這樣發善心囉，原來是賭寶輸了錢，還不起了。」

我母親立即呵斥他：

「群滿爺輸了錢怎麼啦？輸了錢他就一定要替你去吃糧啊？你別糟踐自己的親兄弟呢！」

我母親天天燒香求菩薩保佑群滿爺平安回來。頂替我父親去吃糧的群滿爺果然平安地回來了。平安回來的群滿爺依然像原來那樣打發著時光，白天四處逛蕩，晚上打牌賭寶……只是他在逛蕩時，和人家閒聊的內容，增添了許多他吃糧的故事，那些故事真真假假、真假難分。有說那打仗是如何兇險的，有說那打仗是如何好玩的……說到那打仗兇險之處時，他會突然伸出右手，以食指頂住人家的心口，「叭」，嚇得人家一跳，他則哈哈地笑著，走了。

群滿爺頂替我父親吃糧回來後不久，他們兄弟三人就分了家，各人過起各人的日子來。單個兒過日子的他，當街上又一次出現徵丁的佈告時，他又頂替別人去吃糧。這次，他不是要人家替他還賭債，而是人家和他商談價錢。結果他又是平安回來。不過吃糧的時間可就比第一次少了許多。

我這位叔爺從不說他在吃糧中受過的苦，彷彿他自穿上一身黃軍衣起，他就沒受過什麼苦。只要有人問起他吃糧的滋味，他就說吃糧還是好呢，飯還是有得吃。這句話，越到他年老時，他就越說得多。他對當兵吃糧的參照就是我們老家難得有頓飽飯吃。在他過了已知天命之年時，他常一個人（他依然是單身一人）在老街前面的扶夷江邊躑躅。於寒風凜凜的臘月裡，連襪子都沒有穿的他光著赤腳趿拉著一雙爛布鞋，雙手縮在單衣袖筒裡，佝僂著瘦小的身子，慢慢地悠晃著，如遇上有人經過，便努力撐起那顆低垂著的頭，竭力睜開一隻尚有一絲餘光的乾癟的眼睛，輕輕地問道：「要甜酒餅藥不？」

他的另一隻早已失明的眼睛，連眼眶也萎縮得只剩下兩張皮。他沒有房子，沒有妻子，沒有兒子，就連棲身的那座破廟，也被燒了、拆了。睡覺的那張床以及安放床鋪的一角之地，也是人家可憐他而給予的施捨。為了不至於餓死，他從別人那裡賒了些做甜酒的餅藥丸子，偷偷地躲到扶夷江邊來賣。因為一旦被公社幹部發現，不但甜酒餅藥會被沒收，人還得抓去遊街。

他賣甜酒餅藥是五分錢一顆。如果一天能賣上四五顆，他高興得連那隻乾癟的眼眶都不住地跳動。

賣甜酒餅藥的叔爺是被凍死在扶夷江邊的，但當時並沒斷氣。仰面朝天倒在江邊的他被人抬回不屬於他的那張土磚稻草鋪上時，他只說了兩句話，第一句是：「要是准許賣甜酒餅藥就好了。」第二句是：「要是還能當兵吃糧也好。」

賣甜酒餅藥的叔爺早已瞎了的那只眼睛，就是在他第五次，也是最後一次替人吃糧時，在衡陽血戰中被日軍的炮火炸瞎的。

第十四章

我叔爺有句為他自己的命運做闡釋的話：是富不是禍，是禍躲不脫。

我叔爺在第二次替人吃糧時，真遇上了打仗。他說那槍炮子兒就在頭上「嗖嗖」地響，眼瞅著弟兄們就一個個地倒下，可後面的長官仍在一個勁地喊往上衝。想往後退麼，那督察隊的機槍正頂著火哩！他說他就冷不丁地往前一撲，而後如同被子彈擊中一般，滾到一個黃土坑裡，不動了。沒過多久，隊伍全線潰退，他趁著混亂，溜了。結果他那頂替的名字被列入了陣亡，他說他屌事都沒得。

第三次吃糧，我叔爺說他學得靈泛了，不要等到打仗時再想辦法，而是在沒打仗之前就得開溜。那要真的碰上打起來時，太兇險。他說他就盼著部隊夜晚行軍，夜晚行軍時又最好是碰上雷雨交加。這雷雨交加的夜晚，掉隊的可就實在是不少。他就不能不掉隊啦！一掉了隊後，又最好是單獨掉在後面，不過這單個人掉在後面，就得要有本事啦！方位、四周的情況、民情、敵情……都得心裡有數，沒數就得想法摸清楚，沒有偵察兵那幾下子，你還不如不掉隊，弄不好，被敵方做個舌頭抓了。若是敵方只抓了你一個舌頭還好，他得將你帶回去；若是抓了幾個，他全帶上難得費事，說不定就正好將你宰了。還有那當地人，若是正好恨了你這支隊伍的，恰恰給逮了個讓他們出氣的，那就至少會被打個半死……還有那地方鄉保，若得知你是逃兵，捆了，給送到隊伍上去，你可慘嘍！……

我叔爺就是因為幾次吃糧開溜都順利，到得第五次吃糧時，便硬想著再去看看衡陽。這下可好，差點被斃了，雖說是師長饒了他，但若再想逃，那就比登天還難了。是禍躲得脫麼？

當我叔爺發誓要在衡陽守衛戰中把這條命豁出去時，他的心裡，其實又在尋思下一步怎麼辦。

他正尋思著，師長葛先才發話了：

「林滿群，你原來都當過什麼兵？」

「報告師長，我當過步兵、偵察兵，還當過炮兵、傳令兵。」

「是個能人嘛！」葛先才說，「有幾個兵能像你這麼全面啊?!」

我叔爺不知道師長這是嘲笑他，還是誇他，但他裝做真受了表揚一樣，回答說：

「感謝師長誇獎！這一次，師長無論叫我幹什麼，保證死守衡陽，決不後退一步！」

我叔爺這話，夠得上氣衝牛斗了。

我叔爺這話一出，和他並排站立的宮得富就有點受不住了，這大名鼎鼎的師長怎麼只問林滿群而不問他呢？

宮得富和我叔爺不同，他從一幹上兵販子這個行當開始，就準備著隨時被抓獲，隨時掉腦袋的。因為他身上有著他「伯公公」的一條（也許是幾條）命案，他反正回不了自己的家鄉。一個回不了自己家鄉的人，他覺得活著與死了也就差不多。而他成為兵販子的原由，又無法對人訴說。他能把自己燒死「伯公公」的事說出來嗎？那燒死「伯公公」的事，其實經常在折磨著他。他在無法述說的痛苦中捱著日子，過一天算一天，不但變得越來越冷酷，也變得對自己越來越無所謂。他能在和別人、包括長官一語不合時拔刀相向，或瞅空子開小差溜他娘的，也能在槍子兒頂到腦門上時，連眼睛都不眨一下。所以在連長有意想饒恕他時，他不願去說出那句求饒的話，他想著和我叔爺一塊被崩掉，在陰間也有個做伴的人。而當葛先才痛斥有錢人拿錢買證明以使自家的兒子逃避兵役時，他算是第一次聽到有人為他的「冤屈」說了話。更何況這位為他的「冤屈」說話的是個將軍！他實實在在的已被這位將軍感動。在他無論如何也沒想到，葛先才竟喝令為他鬆綁的那一瞬間，他就真的決心留下來了。他的決心留下來不光是願意戰死沙場以報效不殺之恩，他還得去找那個告密的老涂算帳。他要在開戰時打老涂一個「冷槍」。

宮得富的「冷槍」絕不是真的要趁著老涂不注意時，從後面給老涂「砰」的一槍。這種從後面開冷槍的事，他宮得富絕不會幹。宮得富的所謂「冷槍」是要讓老涂去送死，讓這個不知道天高地厚的真正的新兵哈寶，一上戰場就白白的死在敵人的槍口下！他宮得富自認為是條直心漢子，從不屑於耍陰謀詭計，只是老涂在背後裡對他捅的這一刀，既然他不想死了，那就無論如何咽不下這口氣！他不報復老涂，也等於他就不是條漢子。他明知道自己要報復老涂的手段也不光明，可說是暗算，但他又不願意將自己和暗算別人聯繫起來。戰場上用得多的是「冷槍」這個字眼，他便把自己要報復的手段也稱為冷槍。至於那冷槍到底該怎麼打，此時他還顧不上。

這個從來就不怕死的宮得富認為師長問林滿群當過些什麼兵，是為了集中一些人的特長，好組織一個特別行動隊之類的隊伍。既然自己已經打算留下，在戰場上就得顯示出自己的功夫，因而他得主動把自己幹過些什麼兵種、有些什麼絕活全說出來，好讓師長也對他另眼相看。

宮得富說：

「報告師長，我不但當過偵察兵，還扛過機槍，在家時練過武術，還當過輪渡老大……」

葛先才打斷了他的話：

「宮得富，你先不要說，把你的手伸出來。」

宮得富伸出雙手，葛先才看了看，突然喊道：

「韓在友，給他一支槍。」

一聽到將軍喊出韓在友這個名字，我叔爺和宮得富又是一怔，老癟最佩服的那個衛士，那個神槍手，在這之前，怎麼沒見他站在將軍身邊？

韓在友的機靈、勇敢、和對葛先才的赤膽忠心，是在他的吊兒郎當中。

韓在友隨著師長來到團部，這團部有什麼值得他警衛的呢？團長是葛先才的老部下，是像他韓在友一樣對師長忠心耿耿的。因此他一到團部，就避開師長，找團部的人聊天。團部的人在這個時候，誰又敢跟他聊天呢？他就拍拍這個人的肩膀，捏捏那個人的手臂，要人家和他比手把子的粗壯，比手臂上腱子肉的隆起狀，冷不丁地撓一下人家的胳肢窩，引得人家叫不敢叫，笑不敢笑，罵不敢罵。這些玩意玩膩了，他找個地方，坐下來眯著眼睛打瞌睡。他打瞌睡時，那耳朵卻是豎著的，隨時在聽取動靜；他那雙閉著的眼睛，會根據聽覺發出的信號，倏地睜開，將犀利的目光射向信號所在之處。若是真有什麼情況，他能立即像條機警的獵犬迅疾撲出。當我叔爺和宮得富被押進來時，坐著打瞌睡的他動都沒動。兩個被捆綁的兵販子，又有什麼值得他注意的呢？因此他根本就不在葛先才的身邊。而正因為他跟隨了葛先才多年，葛先才對他太瞭解，知道這個看起來吊兒郎當的傢伙，其實是無人能替代的最好的衛士，當你需要什麼時，不用交代，他早已替你準備好；一到關鍵時刻，為你捨死拼命的，就是他。

葛先才的喊聲一落，不知呆在什麼地方的韓在友，像從地底下鑽出來一樣，已經出現在他身邊。韓在友應一聲是，從交叉挎在身上的兩隻駁殼槍套中，抽出一支，朝宮得富扔去。

此時的宮得富毫無準備。他還在想著這個韓在友到底是個什麼樣。

那槍丟得急，來得快，直朝宮得富的腦袋砸來。宮得富匆忙之中，忙將腦袋一低，手腕往上一抖。

駁殼槍到了宮得富的手上，且成了握槍待發的姿勢。

「好！」葛先才贊道，「不愧是玩槍的老手。」

「師長英明，我當過三次兵，玩過長槍、短槍、機槍，全是槍。請師長將我編入敢死隊！」

「現在我還用不著敢死隊。」葛先才說，「不過，與日寇作戰，就是要有你這種敢死的精神。他日本鬼子也是些人，他不怕死，咱中國人就怕死嗎？兩軍拼戰勇者勝，誰最不怕死，誰就能贏！」

葛先才趁機勉勵起來。

「張連長，我們險些殺了兩個勇士啊！」他又故意對押送我叔爺和宮得富來的連長說。

張連長只得連連應是。

「宮得富，到得真要用敢死隊時，我會記起你的。」葛先才說，「我現在要看看你的槍法到底如何？」

「請師長明示。」

一隻鳥兒撲閃撲閃著翅膀，從人們的頭上飛過。

「師長是要我打天上的鳥嗎？」

「不，不，現時天上還有鳥飛，就讓它們飛個痛快吧。」葛先才仰頭望天，「戰鬥一打響後，這些鳥可就無枝可棲囉。」

這話一出口，葛先才似乎略覺不妥，大戰在即，怎麼能有傷感之語呢?!他立即對宮得富說：

「你給我打前面那個樹疤。」

一聽師長要宮得富打槍，團長和連長都急了。萬一這個老兵販子突然間玩火呢?!

團長和連長正要勸阻，宮得富已將槍舉起，葛先才卻說了聲且慢。他轉而對韓在友說：

「把你的子彈拿出來，你以為我不曉得你的名堂?!」

韓在友扔給宮得富的是一支空槍。

韓在友說：

「師長，你還讓他玩真的啊？」

葛先才說：

「你以為我是開玩笑？這是命令！」

韓在友不情願地掏出子彈。

宮得富將子彈上膛，舉起槍，說一聲感謝師長還信得過我，「砰砰砰」連發三槍。

三槍有兩槍正中樹疤。

韓在友拔出他身上那支駁殼槍，甩手就是三槍，三槍全都命中。

我叔爺看的直咋舌：好槍法，好槍法！

韓在友將槍插進槍套，驕傲地盯著宮得富。

葛先才卻說，你是經常練著的，宮得富已有一段時間沒使槍了，你得意什麼？

團參謀長來報告，說軍長來電話，知道葛師長在本團，就要葛師長從本團選調些會使炮的，歸軍炮兵營指揮，去外地領取山炮。具體地點，具體任務，軍炮兵營長會向師長報告。

我叔爺一聽得是去領取山炮。這「炮」和「跑」不是音近麼，這可是個絕好的機會。他忙說：

「報告師長，我當過炮兵，會使炮！」

葛先才對團長說：

「這不有個現成的在這裡嗎？林滿群就算上一個。」

我叔爺心裡那個暗暗高興啊，這真是「天不滅曹」啊！

葛先才離開團部時，對團長說：

「兵販子擾亂兵役制度，影響部隊戰鬥力確是可惡至極，但一旦上了戰場，他們無機可逃時，戰鬥期間卻勇猛非常，真能捨命殺敵。在我所經過的大戰硬仗中，不知道戰死了多少兵販子呵。我對兵販子是既恨又愛，他們逃跑時，我真恨不得他們死，可他們勇敢地投入戰鬥時，我又惟願他們別傷亡啊！」

他又說，記住了，沒有不能打仗的兵，只有不能打仗的將。

第十五章

第十軍軍部，氣氛緊張得似乎劃一根火柴就會點然。因為長沙，竟於一日之間失守。

在第十軍緊張備戰之際，蔣介石曾派後勤部長俞飛鵬蒞臨衡陽，處理第十軍補給事宜。雖然是臨時抱佛腳，但俞飛鵬盡其所能，凡第十軍所需，而鄰近兵站有庫存者，統統送至衡陽。只是第十軍最迫切企求的步兵、炮兵、炮彈，俞飛鵬愛莫能助——不在他的權責之內。

長沙失守之快，令各方震驚。第十軍的作戰地圖上，則已標明日軍第六十八師團、第一一六師團已迫近衡陽。

對手是相當於國軍十二個師的兩個完整的師團，第十軍雖有四個師的番號，實際上，綜合能戰兵力，僅有一個半師弱的戰力。

在炮火配置上，日軍除各師團屬炮兵大隊外，另配屬第一二二獨立炮兵聯隊。

面對十倍於己的敵軍和如此強大的炮火，第十軍的軍屬炮兵營呢？炮兵營現在哪裡，在哪裡？

炮兵營營長張作祥中校已率領全營去雲南昆明接收山炮。

然而，迄今沒有回歸。

當第十軍正為炮火發愁時，最高統帥部來了個通知，著第十軍去接收美式山炮。這個通知，讓軍長方先覺的心裡不由地閃過一陣驚喜。

十二門美式山炮！全是七點五口徑的！

有了這十二門美式山炮，這守城之仗就好打多了啊！

方先覺在命令炮兵營出發後，他是日夜掛牽著。

按照日程，炮兵營應該已經回來了。根據炮兵營原已發來的報告，他們已從昆明攜火炮到達桂林。可這一晃又是好幾天過去了，卻沒有他們的任何消息。

桂林、桂林，炮兵營在桂林到底出了什麼事、什麼事？

其時的桂林，還是國軍所在地。按理說，在桂林不應當出任何事。可方先覺命令參謀往桂林駐軍發電報詢問，竟沒有任何回音。

炮兵營和那十二門山炮，難道突然在桂林消失了不成？

日軍第六十八師團、第一一六師團，卻已經離衡陽城越來越近。

我叔爺被補充進炮兵營後，憑著他當過炮兵的經歷和他的能說會道，以及一個勁地給身邊的弟兄們敬紙煙，很快就博得了炮兵們的好感；再憑著他當過偵察兵的經驗，亦很快弄清了接收火炮回來的路程。當他知道回來要經過桂林時，他的逃跑計畫，便已在心裡形成。

桂林離我們老家不算太遠，他的逃跑計畫是，出了桂林便直奔全州，再從全州進新寧，回到白沙老街。

如何從桂林逃跑，如何在桂林至全州的路上不被人發現，到時候編一套什麼假話，他都在心裡想了一遍又一遍。

我叔爺沒有想到的是，這個攜帶著十二門美式山炮的第十軍屬炮兵營，這支火急火燎要趕回衡陽參加保衛戰的隊伍，一進入桂林，就連人帶炮被「扣留」起來了。

「進了桂林後休息一晚，第二天再往衡陽趕。」炮兵營長張作祥在下達了這個口頭通知後，長長地噓了一口氣。

自接受任務率領炮兵營啟程前往昆明，張作祥心裡就沒輕鬆過。在去的路上，他是既興奮又擔心，興奮的是那十二門美式七點五口徑山炮，有了那玩意，他這個炮兵營長可就真正的「抖」起來了，就可以跟鬼子真正的炮對炮幹了；擔心的還是那十二門美式七點五口徑山炮，待他們趕到昆明時，情況會不會有變？這個會不會有變，指的是萬一那炮又不給他們了呢？這種情況不是沒有發生過，而是常有發生，雖說這是最高統帥部撥給他們的，可最高統帥部也有變的時候啊！再說，美式山炮，誰不想要？更何況不是一門、兩門，而是齊嶄嶄十二門！

只有儘快趕到昆明，將炮領到手，心裡才踏實。也只有儘快帶著炮，搶在日軍進攻衡陽之前趕回，才算完成了軍長交代的任務。

日夜兼程趕到昆明，炮兵們雖然疲憊不堪，但看著那到手的十二門山炮，都如打了勝仗般歡呼起來。就連我那一路在籌畫著如何順利逃跑的叔爺，也高興得咧開嘴巴笑個不停。

我叔爺後來說，人他媽的真是奇怪，那時自己確實想逃跑，確實想快點離開戰場，可一見著那威武的山炮，一見著親自接手的美式玩意（接手這玩意還得經過訓練呢），心裡那個說不出的味喲，真有點像見著自己喜歡的女人，實在捨不得將她拋棄，可又要下定決心，非得離女人而去。

我叔爺說他一個勁地摸著那些炮，真想親手對著日本鬼子開幾炮，在他不停地摸著炮時，那逃跑的念頭，差一點就要消失。他甚至想，乾脆回到衡陽，待到開戰時，用這美國佬的大炮，狠命地轟他娘的日本鬼子一陣，轟他個痛快後，再逃不遲。到那時，老子林滿群的名字，不也就和曾經打過鬼子的英雄們列在一起了麼？可他又知道，只要一回到衡陽，想逃是絕不可能的了。

這些美式山炮，這些威武的傢伙，竟一時讓我叔爺陷入了矛盾之中。

我叔爺說，他自己都感到奇怪的是，當時還浮在他腦海裡的逃跑，根本就沒有和怕死連在一起。逃跑這個念頭，似乎已經只是他幹兵販子這個行當的職業反應罷了。因為他不時地想，若是回到衡陽，由他親手向著攻來的日本人開炮，那場面，該是多麼的轟烈，「轟」的一炮，炸死他娘的一片；「轟」的又是一炮，又炸死他娘的一片……然後他要聲嘶力竭地喊：小鬼子，你他娘的來吧，來吧！你們來試試我群滿爺的山炮吧！

我叔爺的這些遐想，後來真的變成了現實。不過在接受訓練完畢，隨著營長下令往回開拔，炮隊離桂林越來越近時，他那逃跑的念頭，又占了上風。

炮兵營長張作祥略微輕鬆的心情，很快就被眼前的情景驚得不知所措。

炮隊一到桂林，迎接他們的是一隊荷槍實彈的士兵。這支隊伍剛出現時，炮兵們還以為是來保護他們的，可只聽得「一營往左，三營往右」的口令後，這支隊伍將他們團團包圍了起來。

「誰是張作祥？」

張作祥走上前去。

「呵呵，張營長，本人是炮兵第一旅第二十九炮兵團的團長，奉旅座之令，前來接收貴營！」

「什麼？你說什麼？」張作祥被弄得一頭霧水，「本人是第十軍炮兵營營長，我營正急著趕回衡陽參加大戰……」

「老弟，你用不著回衡陽囉，你現在是我炮兵第一旅第二十九炮兵團第二營的營長了，咱倆以後就共事囉。」

「這，這，這到底是怎麼回事？」

「請吧，張營長，聽說你是一員戰將，我早就想見識見識你呢！」

「老兄，你這不是開玩笑吧？」張作祥明白，他這是碰上趁火打劫的自家兄弟部隊了。而打劫的目的，則是那十二門山炮。

「開玩笑，誰跟你開玩笑?!你現在已是我的部下，得聽從我的命令。」炮兵團長把手一揮，「將山炮運走！」

第十軍炮兵營的士兵怎能容忍自己的大炮歸他人所有，立即拿起了武器。

一場火併即將發生。

我叔爺說他當時見那陣勢，他心裡的火氣也直衝頭頂，這不是比攔路打搶還過份麼？他說他立時操起了槍，瞄準那個王八團長，只要對方稍有動作，他一槍要先崩了那王八團長。

我叔爺說還是他們的營長張作祥制止了即將發生的火併，張營長說要立即見王八團長的旅長。

在張作祥營長去見第一炮兵旅的旅長時，我叔爺和他的弟兄們都被帶進了第二十九炮兵團。

「那他娘的簡直就是軟禁！」我叔爺說，「那王八團長竟然想要下我們的槍呢，我們都說，不等我們營長回來，沒有我們營長的命令，誰要敢下我們的槍，可就別怪老子們的槍不認得人！」

我叔爺說他在那個場合裡，逃跑的念頭又不見了，他和全營的弟兄們一樣，堅決要守衛住自己接來的山炮。

張作祥在第一炮兵旅長那裡，受到的是熱情的接待。

旅長親自迎出旅部，執著他的手，連聲說：

「哎呀，張營長，辛苦啊辛苦。一路勞頓，我要親自為你接風。這桂林啊，不但是山水甲天下，小吃也是名滿天下啊！當然囉，張營長來了，那小吃嘛，只能留給你以後慢慢去品嚐。今天晚上，我在桂林大酒店設專宴為你洗塵……」

「旅長對我這麼客氣，可你的這位大團長呢，他可是兵戈相見，我的弟兄們現在還不知怎麼樣呢？」未等旅長說完，張作祥已氣衝衝地說。

「豈有此理！」旅長立即對團長斥道，「張營長剛編入你團，你就如此無禮，這以後還怎麼共事？你立即給我回去，好好犒勞新來的官兵。若是再存偏見，這個精銳營，我就不給你了。」

團長應聲「是」，轉身走了。

「張營長，你先請坐，咱們坐下慢慢敘談。」

「旅長，我是第十軍炮兵營營長，隨我而來的，全是第十軍炮兵營的弟兄，我不知道在什麼時候成了貴旅的營長，也不知道第十軍炮兵營在什麼時候成了貴旅的一個營。請旅長還是把話說清楚。」張作祥站立得筆直。

「張營長，你當然不清楚囉，你在路途，上峰的命令未能及時送達給你哪。」

「請旅長出示命令！」

「怎麼，你還信不過我？」

「請旅長出示命令！若是旅長不能出示命令，恕我不能從命！」張作祥仍是堅定地說。

「好，好。不愧是泰山軍出來的，當為我部軍官的楷模、楷模。」

第一炮兵旅長因為那十二門美式山炮到了手中，心情格外舒暢，對於張作祥的態度反而大加讚賞。

旅長親自展開命令：

「著第十軍原炮兵營歸屬炮兵第一旅第二十九炮兵團第二營，進駐廣西全州。」

「怎麼樣，看清楚了嗎？還要我將最高統帥部這幾個字念出來嗎？」旅長得意地說。

張作祥真正的怔了、呆了。稍傾，他幾乎帶著哭腔，向第一炮兵旅長訴說了衡陽的種種危機。他說他所在的第十軍自馳援常德之戰後，損失慘重，根本未來得及休整補充，戰鬥兵員不足、武器彈藥不足、給養不足……他這個炮兵營如果不立即回去，第十軍就幾乎沒有重火炮可言……他說旅長你是久經沙場之人，你知道沒有炮火的部隊將會面臨著什麼……

說著說著，張作祥「噗」地雙腿跪下：

「旅長，求你看在衡陽一萬七千兄弟的性命上，快點放我們走吧……」

「按命令辦！」第一炮兵旅長的回答只有一句話。說完，甩手走了。

命令！那將第十軍屬炮兵營歸屬第一炮兵旅第二十九團第二營的命令，的確是真的。要他們離開第十軍駐守全州也是真的。

第一炮兵旅是通過什麼途徑得到這道命令的呢？很顯然，當第十軍炮兵營一去昆明接收山炮，上面就有人將這一消息告訴了第一炮兵旅。第一炮兵旅立即活動，走上層路線，找上層關係，弄到了這一紙命令。他們是把那十二門美式山炮當做奇貨可居，作為擴充自己勢力的資本。

一籌莫展的張作祥，此時只能無奈地佩服第一炮兵旅神通廣大。

他媽的，最高統帥部怎麼能下達一個這樣的命令？他媽的你個第一旅現在急著要這些炮幹鳥？他媽的要老子到全州去駐守是什麼意思？他媽的既要第十軍死守衡陽，又給第十軍來個釜底抽薪，這不是有意要致第十軍於死地嗎？

大戰在即，對衡陽守軍不但不增援兵力，不增援火力，反而連僅有的一個炮兵營都調開，張作祥實在想不明白，這是耍的什麼把戲。

張作祥不可能知道的是，最高統帥部的有關方面既然要將那十二門山炮給疏通了關係的第一炮兵旅，當然就得有個理由，這個理由就是全州需要火炮駐守。而全州需要火炮駐守，他這個已經得到十二門山炮的炮兵營，當然就得歸屬於第一炮兵旅。於是第一炮兵旅就是連炮帶人一攬子全到手。

張作祥一方面只是恨恨地想，這是半路打劫、半路打劫！他雖然實在不明了最高統帥部將美式山炮調往全州到底有什麼戰略意義，但他知道，倘若衡陽一失，那小小的全州能保得住？你個第一炮兵旅所在的桂林能保得住？另一方面更是牽掛著衡陽的弟兄們。他這個炮兵營，可是和第十軍休戚與共的啊！

其實就連我叔爺這樣的人都知道，奉命死守衡陽的弟兄們倘若連個炮兵營都沒有了，面對著日軍的瘋狂進攻，那會是個什麼樣的場景。

炮兵營的弟兄們，這些曾隨第十軍血戰長沙、馳援常德……以第十軍而感到自豪的漢子們，再也按捺不住了。

「營長，咱們不能就這樣留在這裡啊！」

「營長，衡陽的弟兄們在盼著咱們哪！」

「營長，咱們乾脆衝出去，要幹就和這混帳旅幹一仗，咱們還怕了他不成？」

張作祥手下的三位連長抽出了駁殼槍。

此時，就連我叔爺，也跟著弟兄們一起喊：

「衝出去！衝出去！殺回衡陽去！」

「營長，快做決定吧，咱第十軍不是吃素的，咱們這『泰山軍』是委員長親自授予的！」

「委員長親自授予的」這句話，猛然提醒了張作祥。

是啊，直接向蔣委員長報告！只有直接向蔣委員長報告了，把咱炮兵營的遭遇告訴他，向他請示，由他定奪。

然而，一個小小的炮兵營長，直接向最高統帥報告，能行嗎？

沒有其他的辦法了，只有這個辦法了。將電報發給最高統帥部，直呈委員長。至於最高統帥部會不會將電報送呈給委員長，就不是他張作祥所能知道的了。

「直接電報蔣委員長！」張作祥下了決心。

當他命令電報員發報時，電報員卻苦喪著臉告訴他，隨營電臺，已被第二十九炮兵團收去了。

張作祥怒不可遏，問第二十九炮兵團長憑什麼收繳他的電臺？要他立即將電臺退回。這一次，面對著氣沖沖的張作祥，團長卻一點也不發火。團長說那電臺需要更新了，他第一炮兵旅不能讓屬下用那種過時的電臺，到時候會給他一台新的，美國貨。

張作祥氣得直嚷，說現在是什麼時候了，你知道嗎？現在衡陽已是敵軍大兵壓境、他需要立即回去參戰、參戰！

第二十九炮兵團長說：

「老弟，不要性急，不要心躁，咱炮兵旅以後有的是仗要你打，先養精積銳嘛。」

張作祥無奈，提出要見旅長。團長說旅長有要事出去了，旅長臨走時交代，一定要好好款待張營長。

一天，過去了；又一天，過去了。張作祥憂心如焚。

衡陽。第十軍軍部。

一個參謀報告軍長方先覺，炮兵營還是無法聯絡上，沒有一點消息。

又一個參謀報告，日軍斥候出現在湘桂鐵路湘江大鐵橋附近。

最高統帥部曾有戰略指示，在必要時可將湘江大鐵橋徹底炸毀。長沙棄守後，方先覺已命令軍工兵營長陸伯皋中校策劃炸橋準備工作。

方先覺略作思考，下達了命令：

「炸橋！」

「叮鈴鈴」，工兵營的電話響了。

工兵營長陸伯皋接過電話。

「軍長命令，炸橋！」

「是！」

陸伯皋放下電話，按下電鈕。

「轟隆隆」一聲巨響，早已為工兵營安放好黃色炸藥的湘桂鐵路湘江大鐵橋，火光衝天，濃煙翻滾，橋樑一節一節掉入湘江之中。

「報告軍長，陸伯皋已將鐵橋徹底炸毀！」

「好。要陸伯皋立即返回。」方先覺說完，又立即問道，「炮兵營呢？張作祥現在到底在哪裡？」

軍參謀長孫鳴玉和參謀們只能面面相覷。炮兵營就如同突然蒸發了一樣。

「要想盡一切辦法，找到炮兵營，命令張作祥立即趕回來，趕回來！」方先覺火了。

「軍長，我估計，炮兵營可能是在桂林遇到了麻煩。」參謀長孫鳴玉說。

「麻煩，什麼麻煩？誰還敢阻攔他們回來不成？」

「軍長，不是沒有這個可能啊。張作祥可是帶了十二門美式山炮啊！……」

孫鳴玉這麼一說，方先覺立時感覺到了炮兵營的處境，但他立即說：

「只要張作祥不死，他就會將炮兵營帶回來的，誰也阻攔不了他！」

第十六章

方先覺對部下可謂知根知底。

張作祥果然是豁出去了。他帶著電報員，直接闖入了第一炮兵旅部。

張作祥一到旅部門口，就拔出手槍，抵著自己腦袋右邊的太陽穴，邊走邊嚷，誰他媽的敢阻攔老子，不讓老子見你們旅長，老子就扣響扳機，死給你們看！

第一炮兵旅部的人一時都被驚呆了，旋即舉的舉槍，拔的拔槍，圍著張作祥，但沒人敢靠攏。

「讓開！喊你們旅長出來！」

有人忙去報告了旅長。

「這個張作祥，他是不要命的來闖宮啦！」旅長說了這麼一句，又感歎道，也只有第十軍的人才能如此忠勇哪！可惜可惜，他難能為我所用呵。

旅長走了出去。

「都閃開，讓張營長過來。」

以槍抵著自己腦袋的張作祥站到了旅長面前。

「張作祥，你到底想要幹什麼？」

「報告旅長，我張作祥今日前來，是怕旅長又有要事出去，見不著旅長，所以才出此下策。還請旅長見諒。」

「你是不是又要提那回衡陽的事？如果還是那件事，你就沒有必要再提，軍人以服從命令為天職，你張作祥就是死在我面前，我也得執行命令。」

「旅長，我今天來，不提那事，我只請求旅長當著我的面，發一個電報。」

「你就是為了發一個電報的事？你發一個電報也用著來找我？張作祥啊張作祥，你是不是為回你那第十軍，急暈了腦袋呵？你對第十軍忠勇可嘉，忠勇可嘉哪，但你不要忘記，你已是我第一炮兵旅的軍官，你現在的忠勇，應該是在我這裡。」

「發報一事，本不應來麻煩旅長，可是我沒有電臺。」

「你的電臺呢？你出來難道連電臺都不帶？」旅長故意問道。

「我的電臺，被貴旅第二十九炮兵團收去了。」

「胡鬧，胡鬧！我立即給二十九團打電話，要他退還。」

「旅長不用打電話了，我今天這個電報，是要直接呈送最高統帥部蔣委員長！」

「什麼？你要給委員長發報？張作祥啊張作祥，你的膽子也太大了點吧？」

「我必須向委員長發報，我第十軍炮兵營是留是走，全憑委員長裁決。」

「我如果不讓你發這個電報呢？」

「我早已想過，旅長尚不至於阻撓給委員長的實情報告！」

「給委員長的實情報告」這幾個字，令旅長有點吃不消了。他知道，萬一事後有人將這事捅到了委員長那裡，委員長可是最注重實情的呵！

他媽的，旅長在心裡罵了一聲，這個張作祥，給我來了這麼一手。

「行啊，張作祥，我同意你發這電報，也好讓你從此後切實遵守命令，不得妄為。我也從不做強人所難之事。不過，這電報要發，得由你自己發，統帥部怪罪下來，你得自己兜著。」

「謝謝旅長。我知道這電報得由自己發，有什麼不當之處，決不連累旅長。」張作祥說，「請旅長派人，監督我報務員發報。」

旅長說：

「監督就不必啦，何必說得這麼難聽呢！哎，你還不將槍放下來啊？」

電報，發到了最高統帥部。

電報一發完，張作祥長長地噓了一口氣。

如果委員長要最高統帥部覆電，維持「第十軍炮兵營編入第一炮兵旅第二十九團第二營，進駐全州」的命令，他只有認了，他只有遙祝衡陽的弟兄們好運了，他只有對不起軍長了。他其實明白，自己若回衡陽參加大戰，凶多吉少，而進駐全州，可保全營無恙。然而，作為軍人，作為第十軍的軍官，作為一個有血性的中國漢子，能在日寇兵臨城下時反而待在外面嗎？這不跟臨陣脫逃一樣嗎？同時，他又想，如果連委員長回電都是維持原命令，這可是打的什麼仗呢？這不是明明把第十軍往死路上推嗎？

但是張作祥堅信，只要電報能被送給委員長，只要委員長能親自看到電文，委員長是決不會做糊塗事的。

問題是，那電報究竟會不會送到委員長手上呢？直接電報委員長的事，他張作祥可還是生平第一次啊！而且，也許就是此生的最後一次。

第十軍炮兵營的士兵在無可奈何中等待著，激昂的情緒已經開始低落。由於無所事事，只能在一起閒聊，各種各樣的話語就出來了。

「這打又不能打，走又不能走，到底要如何是好？」

這人所說的「打」，是指和第一炮兵旅第二十九炮兵團打。

「打是肯定不能打的哪，真的打起來，人家一個團，咱們一個營，還不被他活吃了啊?!何況，又是在人家的地盤上。」

原本氣憤地準備打，準備拼的人，此時已消沉下來。

「人家是一個旅呢！還一個團哩？你和他這個團打，他那兩個團不幫忙啊？快別提這事了，當初若真打起來，咱們此刻早就全玩光。」

「咱們這是不是等於被俘虜了？他媽的，國軍俘虜國軍。」

「俘虜倒不是呢。俘虜有這麼好的待遇給你？槍也在咱們自己手裡。」

「是改編。要把咱從第十軍屬炮兵營給編到他這炮兵旅。」

「什麼改編，我看就是吞併。我看過書，那占山為王的綠林好漢，就是這個山寨吞併那個山寨。誰吞得多，誰就是最大的山大王。」

「哎呀，乾脆就讓他吞併算了，那鳥旅長不是說，這是上峰的命令嗎？咱就執行命令。」

「只是那十二門山炮，還得照樣歸咱們營就好。」

「其實不回衡陽，還免掉了一場生死大戰，聽說是要咱們去全州……」

「是啊是啊，憑什麼咱們就非得回衡陽，非得去替人家守城？」

……

原本激昂的士氣，原本抱著領回十二門美式山炮，立即趕回衡陽和日軍決一死戰的第十軍炮兵營的鬥志，經過這麼一番折騰，開始渙散了。

軍心一渙散，他張作祥還會有辦法嗎？

幸好，委員長的覆電終於來了：

著第十軍屬炮兵營即刻歸建，參加衡陽之戰。

張作祥拿著委員長的覆電，大聲地對全營宣佈。一宣佈完委員長的覆電，炮兵們又興奮起來了。

「呵呀呀，是委員長親自來的電報啊?!」

「還是蔣委員長掛著我們！」

「那還用說，我們第十軍，是蔣委員長親自授旗的！」

「回衡陽，回衡陽，聽從委員長的命令，回衡陽參戰。」

「這下可好了，給他狗日的第一旅當頭一鐵棒，委員長的命令，誰敢抗拒?!還想扣留我們呢，呸！」

「我們第十軍，豈是好惹的，直通皇上！」

「收拾傢伙，走！回衡陽和日本鬼子幹去！讓咱們的山炮打出威風給狗日的看看！」

然而，第十軍炮兵營只帶走了六門山炮。

當蔣委員長的覆電終於來時，第一炮兵旅長不能不有些尷尬。

張作祥卻顯得很平靜，他只是說：

「旅長，現在該讓我第十軍炮兵營走了吧？」

「走吧走吧，祝你張營長好運。」

張作祥敬了個軍禮，轉身走出旅部。

「旅長，就這麼讓他走？」旅長身邊的人說道。

「你們有誰能像他這樣？啊，有誰能像他這樣！你們給我舉出一個來！」旅長猛地一拍桌子，將火氣發在了隨從的身上，「張作祥啊張作祥，了不起的傢伙喲，第十軍他媽的有福氣，竟有你這樣赤膽忠心的人。」

旋即，他又吼了起來：

「去，去，給我扣下六門山炮！只給他們一半、一半！」

第十七章

第十軍炮兵營終於帶了六門山炮和二千餘發炮彈，匆匆上了火車。

在火車的況東況西中，我叔爺又覺得掉了一次最好的機會，如果這個炮兵營真的進駐全州，那離自己的家鄉，就不遠了啊！全州，我叔爺實在太熟悉，只要在全州一駐紮下來，那逃跑的機會，多的是。可是，可是，那全州又沒去成了。

那去全州的事怎麼沒了呢？我叔爺似乎有點分辨不太清楚了。起先，自己不也是恨那炮兵第一旅的蠻橫麼？自己不是還想一槍將那個王八團長幹了麼？其實，如果按照炮兵第一旅的安排，此時，自己不就已經在全州了嗎？這麼想著，他覺得自己犯了傻，這簡直就是不識好歹了。可他又想，如果不是這個第一炮兵旅將他們扣押，自己在桂林不是可以實施逃跑計畫了嗎？他媽的，他又怨起炮兵第一旅來。

然而，我叔爺又不得不承認，他跟炮兵營在一起的這些日子裡，的確有些那個什麼、什麼感覺（情）了。他吃了好幾次糧，進過好幾個部隊，還從來沒有過這種感覺。

總之，我叔爺在此時，心裡仍然不忘他的吃糧使命，或者叫不忘他的兵販子角色，直到他親眼目睹了下一件事。

東行的火車在距離衡陽三十餘里的三塘站停下來，不能再往前開了。前方，已隱隱約約地傳來槍炮聲。

張作祥跳下火車，正想去打聽前方的情況，卻發現了第十軍的老軍長、現第二十七集團軍副司令官李玉堂中將。

張作祥疾步跑過去。

「報告副司令，第十軍屬炮兵營營長張作祥從昆明經桂林趕回。」

李玉堂一見是自己原來的老部下，非常高興。當他聽了張作祥接收山炮一路的經過後，眉頭蹙成了一把。

「你現在打算怎麼辦？」他問張作祥。

「帶著火炮，進城。」張作祥回答。

李玉堂想了想，說：

「作祥啊，你是我的老部下，我當然非常希望你全營能平安進入衡陽城，方軍長也正盼著你們哪。更何況你們還不辱使命，總算帶來了六門山炮，這正是衡陽城內急需的啊。可你清楚前方的情況嗎？」

「正要請副司令明示。」

「日軍先頭部隊已在東陽渡，渡過湘江，現已與第十軍西岸警戒部隊發生斥候戰。」

「那我立刻進城。」

「根據目前情況，你營在進城途中，定會與敵遭遇，你營自衛力有限，會有危險哪！」

「卑職回來，就是準備一死。危險於我，有何所懼?!」

「作祥啊，你勇氣可嘉，但此話不妥。你身為炮兵營長，當考慮得更多一點。萬一這火炮被日寇奪去呢？……」

不待張作祥回答，李玉堂又說：

「為保火炮安全，你不如在此地集結待命為宜，一切責任，由我承擔。」

「不，不能啊，副司令，我在桂林，已延誤時間，若還不迅疾進城，只怕就真的進不去了。卑職必須冒險而行，不惜任何犧牲，成功與否，我一人負責！」

「你讓我再想想，再想想。」

作為第十軍的老軍長，李玉堂知道這個炮兵營和這六門美式山炮對該軍的重要性，他當然希望張作祥立即率山炮進城；但作為第二十七集團軍副司令官，他既然已經知道了此事，若同意張作祥冒險進城，萬一炮失人亡，他難辭其咎啊！

李玉堂踱來踱去，猶豫不決。

「副司令，你就別想了，這事與你無關。我張作祥根本就沒有見到過老軍長。但我保證：人在炮在，人亡炮毀，絕對不會落入日寇之手！」

「全營集合！」

車站上，第十軍炮兵營的士兵們排列成隊，一個個臉色嚴峻。

營長張作祥將前方的情況略做介紹，然後把自己要冒險進城的決心說了出來，並特別請各位連長發表意見。

張作祥的話剛一落音，三位連長皆站了出來。

「營長，衝進城去！」

「營長，城裡的兄弟在盼著我們哪！」

「營長，快下命令衝吧！」

三位連長一致主張冒險衝進城去。

緊接著，令我叔爺一世難忘的場面出現了。

三位連長一同跪於地上，喊道：

「營長，我等對天發誓，願與火炮共存亡，人存炮存，人亡炮毀！」

連長們的話剛一落音，全營士兵一齊跪下：

「願與火炮共存亡，人存炮存，人亡炮毀！」

誓言，震撼著三塘車站。

槍炮聲，越來越近。

張作祥將全營編為兩組，一為攻擊組，一為護炮組，向衡陽急進。

張作祥規定，若攻擊組被包圍，護炮組立即將山炮炸毀，而後與敵同歸於盡。

果然如李玉堂將軍所料，炮兵營在進城途中，數度遭遇日軍小部隊。但在攻擊組「敵逢我必死，我亦死」的瘋狂衝擊下，他們殺出了一條血路又一條血路。

在日軍合圍前夕，這個軍屬炮兵營衝進了衡陽。六門美式七點五口徑山炮，二千餘發炮彈，隨著衝進城去的官兵，全被安全帶進城中。

如果這個炮兵營途經桂林時，不被「扣留」那麼多天，不出現「節外生枝」之事，那十二門火炮全部能提早進城，美式山炮彈能大量運進，以強有力的火炮支援步兵，當可更大程度地造成日軍傷亡，減少步兵的損失，延長守城時間。而經過這麼一折騰，使得守城之戰只打到第九天，山炮、野炮炮彈便全部告罄。其後雖然不定期每次空投四五十發，但杯水車薪，無濟於事。山炮、野炮成了啞巴。炮兵無炮彈可打，只能去充當步兵了。

再則，如果這個炮兵營連六門山炮、二千餘發炮彈也未能帶進城來，也就是說，如果第十軍連這個炮兵營都沒有了，其後果更不堪設想。而炮兵營就是抱著「人存炮存，人亡炮毀」，冒死衝進城來的。他們也知道進城後，等待自己的，很可能就是戰死，但他們就是寧願戰死！

我叔爺，當時在攻擊組中。

我叔爺端著槍，跟著弟兄們，只要一遇上敵人，就是「啊啊」地吼叫著往前衝，他的腦海裡，只有「衝」這一個字，飛來的槍子兒也好，爆響的炸彈也好，全不當一回事了。他的全部動作，就是朝著日軍，將自己手裡的子彈掃射出去，打中也好，沒打中也好，也全管不著了；在掃射的同時，兩隻腳反正就是往前踏，不管是踏著敵人的屍體，還是踏著自己弟兄們的……

第十七章

我叔爺從他親眼看著連長們跪在地上，向天發誓，他又不由自主地跟著全營士兵跪下發誓的那一刻起，「逃跑」二字，就再也沒在他心裡出現。而兵販子的生涯，也就從衡陽之戰開始，再也沒有了，永遠消失了。因為他即使再想去幹兵販子，他也不可能了。

第十八章

我叔爺跟隨炮兵營護著六門山炮衝進衡陽城後，衡陽就被日軍包圍了。衡陽被包圍後，成了一座孤城。因為沒有後方補給線，城內得不到任何軍需品的補給，也得不到任何兵員補充，負傷官兵不能送外醫療。外圍各點友軍，都分佈於二百里外。第十軍全憑自身之力與敵浴血奮戰，力竭而覆沒，只能是必然結果。

衡陽保衛戰正式打響這一天，是民國三十三年六月二十五日。

我叔爺記得清清楚楚，他們是在六月二十三日那天衝進衡陽城的。在我所查閱的資料裡，有這麼一段記載：

六月二十三日，衡陽保衛戰的序幕拉開。是日，湘江東岸，日軍和第十軍發生前哨戰。

這段記載，和我叔爺的記憶吻合。

就在炮兵營衝進城的六月二十三日，葛先才守衛的城南主陣地的野戰工事也大致完成。

日軍向衡陽進攻時，其戰場指揮官及橫山軍團司令皆狂妄地認為，以他們的第六十八師團、第一一六師團兩個完整的精銳師團（各師團均配有炮兵大隊）和另配屬的第一二二獨立炮兵聯隊，攻打殘破不整、裝備欠缺、只有一萬七千餘人的第十軍守衛的衡陽城，一天之內便可以拿下。他們無論如何也沒有想到的是，衡陽之戰，竟然整整打了四十七天！

在前十天他們的第一次總攻裡，第六十八師團長和數名聯隊長就被打死，兩個師團的傷亡在一萬五千人以上；兩師團所屬的步兵連，每連平均僅剩下二十人。後來兩次整補，仍然無濟於事，最後不得不另外增援三個師團，另加十多門一五〇重炮和加農炮……前後發動三次總攻……其結局，陣亡達四萬八千人，傷亡超七萬之眾，日本朝野震驚，首相東條英機也在對衡陽的第二次總攻失敗後，於七月十八日下臺。

在日本的戰史中，除了沉痛記述日軍在衡陽所遭遇的慘烈外，就是對他的敵人第十軍高度的讚揚和欽佩，並稱之「至此，中國才有陸軍」。

六月二十五日黃昏後，日軍猛攻衡陽飛機場。

守衛機場的第五十四師之步兵團在日軍的猛烈攻擊下，抵抗了一陣後，根本就未向第十軍報告，便向南撤走了。

「軍長，敵寇已佔領機場。」

「這麼快就丟了？」第十軍軍長方先覺聽了報告後，收回盯著作戰地圖的眼光，似乎自言自語地說。

「第五十四師之步兵團擅自南撤，去向不明。」

「我知道他們是靠不住的，靠不住的。走就走吧，走了也好。咱們還是靠自己。」

方先覺早就因第五十四師只有一個步兵團來到衡陽，知道他們不一定靠得住，故而並不震驚。他又把眼光盯向作戰地圖。

方先覺在地圖上盯視了一陣後，對參謀長孫鳴玉說：

「日軍的下一步，定是猛攻我一九〇師陣地。」

孫鳴玉點了點頭。

方先覺把手一揮：

「命令一九〇師，枕戈待旦，不能有半點疏忽。不管日軍攻勢如何猛烈，給我拼死頂住！不許後退一步！」

預十師師部的電話鈴急驟而響。

「師長，一九〇師潘副師長找你。」

預十師師長葛先才抓起電話。

「葛師長啊，我是潘質，我有十萬火急的事要和你說啊，飛機場棄守、五十四師步兵團擅自南撤後，軍長嚴令我師死守，……你得幫幫我啊！」

潘質副師長所說的十萬火急，就是他實在沒有把握按照軍長的命令，固守住湘江東岸市區。因為一九〇師官兵僅有一千二百人，這一千二百人中，又有三分之一是工兵、擔架兵、運輸兵……以及業務人員。真正有戰鬥力的，不過八百人左右，且裝備較差。如果日軍以火力封鎖江面，東岸市區則立成孤城外的孤點，全師有覆沒危險。但軍長方先覺已下了死命令，一九〇師師長容有略和潘質副師長都不敢將此憂慮向軍長申述。在這種情況下，潘質想到了葛先才，因為葛先才一則膽量過人，敢於向上說話，二則和方先覺的關係非同一般，於是向葛先才訴苦求援。

葛先才在得知飛機場棄守、第五十四師步兵團擅自南撤後，雖然狠狠地罵了句「他媽的膿包！臨陣脫逃！」，但不知怎麼的，他不由地想到了自己尚任二十八團團長時，在江西戰場上的一次「抗命不攻」。

那是葛先才在西涼山抗後撤之命，堅決進攻，連獲大捷後的兩個星期，一紙電令，擺在了他的面前。

電令是戰區司令長官部來的，電令上寫著：著預十師派兵一團，歸第三十九軍指揮，收復南昌。葛先才看著這紙電令，心裡說不出個味道，司令長官部的所謂收復南昌，是看著西涼山打了個勝仗，便以為日軍真的不堪一擊了，竟然派一個軍便想要收復南昌，這不是在胡鬧麼？當然，這種胡鬧，他不敢往司令長官身上想，他只能怨司令長官部那些參謀老爺們，根本就不瞭解用兵之道，因為現在三十九軍在梁家渡，西渡撫水，即進入日軍佔領區，從梁家渡到南昌，有一百多里路程，這是孤軍深入，兵家之大忌啊！

以孤軍而向南昌，不是往虎口裡送羊嗎？

孤軍一入敵境，官兵定然心生畏懼，與敵交戰時若稍有不利，便會自亂，一亂便會自潰，這是國軍多年來無法解決的問題呵！

南昌之仗必敗。葛先才心中已有不祥預感。

然而，這是司令長官部的定案。要想司令長官部重新考慮，只有三十九軍才能提出異議。而很顯然，三十九軍是按這個定案行動的。

三十九軍，很可能走上一條不歸之道。葛先才的心情沉重起來。

葛先才同時明白，電令是師長蔣超雄拿給他看的。那意思，已經不言自明——派他的二十八團去。

懷著對戰區司令長官部收復南昌方案可行性的懷疑，和對三十九軍西渡撫水能否順利進展的擔心，打算要死就死得壯烈、不做無謂犧牲的葛先才，向師長另要了一個運輸排並幾十名擔架兵，率領二十八團，趕到了六十里外的梁家渡。

向三十九軍報到後，葛先才即奉該軍軍長命令，連夜西渡撫水，並掩護三十九軍渡河。

全軍渡過撫水後，軍長命令葛先才率團殲滅劍霞墟之敵，確保三十九軍的左側背安全。

葛先才抵達劍霞墟七里處時，發現通往劍霞墟的道路已只有一條鄉村小道，小道兩側遍佈村莊，村莊外皆是開闊的水田。

葛先才命令停止前進。

他看著那些靜悄悄毫無生氣的村莊，心裡產生了疑惑。

越是安靜的地方，越是危險之處。

他派出陣列搜索兵前去搜索村莊，每組搜索兵後又派一個班掩護，並叮囑他們，如果遇敵則迅速撤回，不必攻擊。

搜索兵分頭出發，尚未接近村莊，村內之敵槍聲大作。

敵情已經明瞭，各村莊中皆有敵人潛伏。葛先才看著村莊外那開闊的水稻田地，眉頭又緊鎖了起來，那開闊的水稻田地，成了日軍的天然屏障。

如果採用逐村攻擊戰，部隊難以接近村莊，在開闊而又毫無遮擋的水稻田裡，官兵將傷亡慘重；如果由那條唯一的鄉村小道直奔劍霞墟，則會落入日軍的四面包圍之中，全團恐有遭受覆滅的危險。

這種仗怎麼打呢？

這是只能自己挨打而不能打人之仗！

這種只能是自己挨打而不能打人的仗，他葛先才從不願打；這種明擺著將會蝕掉老本的仗，他葛先才更不能打。

「通訊兵，給我接通三十九軍軍部電話！」

葛先才向三十九軍軍長報告了本團現在的位置、地形、敵情，以及進攻劍霞墟的種種困難。

軍長的回答是：「不惜任何犧牲，非要殲滅劍霞墟之敵不可！這是命令！」

「我二十八團就是犧牲殆盡，還是完不成任務，達不到目的呀！豈不白白葬送了一團人嗎？」葛先才繼續說道。

「你不要管這些，執行命令便是。命令絕對不能違抗，否則，你須負全部責任！」

「軍長的決定，非要我攻不可？」

「是的。」

「請軍長派員來察勘後，再做決定可以嗎？」

「不必！」

葛先才聽到軍長如此口吻，肚子裡的火氣立即爆發，楚人的那種倔蠻勁霎時衝上頭頂，他一橫心，說道：

「既然軍長如此堅決肯定，我也將我的決定報告軍長！」

「你還有決定?!你有什麼決定？」

「我的決定就是不攻！」

「你膽敢不攻？」

「對，不攻！要我的人頭，你只管拿去。在這種情況下，要我二十八團攻劍霞墟，恕我不能從命。我來時已向本師師長要了運輸兵和擔架兵，本是決意與敵戰死沙場，讓擔架將我抬回去的，可眼下這種情況，寧可掉我一個腦袋，也不能枉送了全團官兵的性命。軍長你看著辦吧！」

「啪」的一聲，他掛斷了電話。

一直站在葛先才身旁的副團長聽著他和軍長的對話，心裡不住地擂鼓。電話一掛斷，忙小心地說：

「團長，你不能和他這個軍長硬頂啊，咱們派一連人去敷衍一下，好嗎？只要響一陣槍聲，說明咱們已經進攻，那就是執行了命令，至於有無進展，那是另一回事了，咱們攻不下，最好換他三十九軍的人來攻。」

葛先才厲聲說道：

「不可以！若是有犧牲代價，我不惜全團犧牲。如無代價，我二十八團官兵，一根汗毛也不犧牲，寧可死我一人。身為軍人，在戰鬥間切不可自欺欺人！」

三十分鐘後，三十九軍軍長來了電話。軍長這回搬出了兵團司令官的「尚方寶劍」。

「葛團長，兵團司令官命令，要你排除一切困難，進攻劍霞墟！」

這位軍長沒想到的是，葛先才將兵團司令官的命令也照樣頂了回去。

葛先才當即答道：

「不管是誰的命令，概不接受！我葛先才不是怕死，也從不做無代價之死。一些發號施令者，不知地利，不知敵，不知己，不瞭解用兵之真諦，在地圖上紅藍鉛筆亂劃，命令亂下，不知冤枉斷送了多少部隊。要我的命可以，要我二十八團做無意義犧牲，辦不到！軍長認為，劍霞墟之敵非掃蕩不可，這一點我雖有同感，但本團無能做不到。軍長可在貴軍中派一個團來接替本團任務，不是解決問題了嗎？至於我抗令不攻，另案議處。不過我提醒軍長，貴軍之團能夠辦得到的，我自信也能辦得到，我認為自己辦不到的，貴軍任何一團諒也辦不到，徒勞無功，枉自犧牲。另一辦法，配屬我四門山炮，我包打劍霞墟，請軍長斟酌決定。」

不僅二十八團沒有山炮，預十師也沒有山炮。

如果按照葛先才說的另一辦法，三十九軍配給他四門山炮，這攻打劍霞墟的問題不就解決了嗎？然而，三十九軍是不會給他山炮的。這位軍長會想到問題的另一個方面，倘若給了他山炮，他依然不攻劍霞墟或者是依然攻不下，自己的山炮，豈不是壯大了他人的力量麼？國軍之間的相互猜忌，就如同戰鬥間只要一亂即潰、一撤就散一樣，亦是頑症之一。

誠然，按照葛先才的性格，只要真的給他配屬了四門山炮，他是絕對會真的包打劍霞墟的。他說出的話，絕不會收回！

軍長對葛先才提出配屬山炮的事避而不答，只以命令相脅；葛先才抗命到底，毫無半點鬆動。電話再一次被「啪」的掛斷。

此時，是上午時光。葛先才硬是按兵不動。

下午，預十師師長給葛先才來了長途電話，云，本師奉調安徽另有任務，二十八團即刻歸還建制。

葛先才率領二十八團安全回歸預十師後不久，三十九軍軍長陳安寶，在攻打南昌中陣亡，全軍官兵損失過半。

這次劍霞墟抗命不攻，葛先才當然是為了部隊不作無謂的犧牲。但僅僅才幾個鐘頭，命令二十八團「排除一切困難進攻劍霞墟」的戰區長官司令部就又將二十八團調回預十師，從兵力調配這個角度來說，真正的比「朝令夕改」還改得快。國軍弊病之一斑，又得窺見。只是這種調兵遣將朝令夕改的弊病，此時又呈現在衡陽之戰、也就是葛先才自己所在的第十軍面前。就如同第十軍炮兵營去接收山炮，卻又突然被命令歸屬第一炮兵旅去駐守全州一樣。而那個放棄衡陽飛機場擅自南撤的五十四師步兵團，焉知是不是也得到了突如其來的一紙調令呢？或者可以這樣猜測，這個步兵團，也是明知道衡陽是守不住的，與其死在飛機場，不如保全五十四師的實力，因此在五十四師的默許下，對進攻飛機場的日軍稍作抵抗，便連招呼也不打，走了。

國軍友軍之間的配合，便是這般而已。故而奉命死守衡陽的第十軍軍長方先覺在聽到第五十四師之步兵團擅自南撤，去向不明的消息時，說的便只是「我知道他們是靠不住的，靠不住的。走就走吧，走了也好。咱們還是靠自己。」方先覺見這種情況已經見得多了。他只能命令自己的部下拼死抵抗。

當葛先才聽一九〇師副師長潘質一說那十萬火急的求援，就明白了「求援」的意思，他知道一九〇師師長容有略的難處。容有略是常德之戰後才由第十軍參謀長調任該師師長的，到任不久，對師內的事還較生疏，又兼有書生之氣，他是有苦難言，亦不敢言。

葛先才考慮了一下後，對潘質說：

「東岸市區，以目前一九〇師的裝備兵力而言，確難固守。我的想法，應該將一九〇師撤回西岸，這樣一則加強城內兵力，再則穩定貴師軍心。但想法歸想法，必須得到軍長同意。若我單對你說幾句同情的話，於事無補，必須能解決問題才行。」

「葛師長，快把你解決問題的辦法說出來，我是憂心如焚哪！」潘質趕緊說。

葛先才根據他多年的作戰經驗，深知不管在什麼情況下，兵力切忌分散，必須集中，要讓全體官兵都有共患難同生死的精神，形成一體。一九〇師若成孤軍，離群作戰，鬥志將會大受影響；而若西撤，看似放棄了湘江東岸市區，實則攥緊了拳頭，能夠更有力地痛擊進攻之敵。為了大局，他有義務和責任向軍長力爭。然而，這不光是要在軍長面前擔風險，而且要為一九〇師擔當西撤渡河時的風險！萬一渡河失敗而又遭受重創呢？不過，他葛先才歷來是不怕擔風險的。他看準了的事，是一定要做的。

「潘副師長，你立即做撤回西岸的準備工作，在貴師容師長面前，你替我向他打個招呼，不要他主持西撤事宜，這絕對沒有輕視之意，而是怕他在軍長面前不好說話，我替他來解決這道難題，他應該瞭解我的用意，想必不會責怪於我。」

「我知道怎麼跟容師長講。容師長也正是盼著你的援手哪。」潘質忙說。

「眼下時間緊迫，你大膽去做，我為你撐腰。我葛先才不是想借此逞能，而是必須如此。」

「我明白，明白。」

「西撤湘江的步驟，我給你提供幾個要點。」

「請說，請葛師長快說。」

「第一，軍部所掌控的兩艘輪渡，我會請軍長交你接收使用，你一九〇師千多弟兄的生命，一在軍長掌握之中，一在這兩艘輪渡上，你們必須好好說服船員，多給他們獎金，重賞之下，必有勇夫，並保證只要將東岸國軍悉數運至西岸，船即放行。

「第二，輪渡口，要參謀長率領參謀人員確實控制秩序，絕不能混亂。上下船必須有序而行，不能擁擠，不能超載，越是緊張時刻，官兵越要鎮定。

「第三，先撤師直屬部隊，再撤敵人攻勢較緩和地區部隊。最後，你選定一勇敢善戰的營長、兩位連長並士兵百名，拼死掩護全師安全渡江。最後掩護的官兵，只好忍悲犧牲。但只要能硬打死拼，就算犧牲殆盡，敵人的傷亡必數倍於我。這種代價，值得！這三點，務必做到。」

「請葛師長放心，我即去安排。最後的掩護撤退，由我親自帶隊。我要置之死地而後生。」

「好！潘副師長能親自斷後，此舉定可成功。你把準備作好，我去說服軍長。待軍長許可後，再通知你開始行動。」

葛先才放下電話，立即要師部總機請軍長講話。

「軍長，我是葛先才。為了守備全域的安全，有一問題向軍長請求，請軍長務必批准。」

「什麼問題？你說。」

「軍長，飛機場棄守，敵正向一九〇師陣地進攻，恐防敵人以火力封鎖江面啊！」

「你的意見呢？」

「依我之見，此戰重點在西岸衡陽城區，城區兵力已感不足難以應戰，應該將一九〇師撤回城內，集中兵力。而一九〇師戰鬥力欠佳，若要他們死守，則東岸不惟守不住，還會白白地將一九〇師斷送……」

葛先才的話還沒說完，已引發了方先覺因五十四師步兵團擅自棄守飛機場而壓在心中的怒火，他在電話中吼了起來：

「穿上了軍衣，遇上了敵人，就該死戰，還有什麼地域之別！東岸市區守不守得住，我並不重視，我只要一九〇師官兵每人殺兩個敵人，才能算是盡到了他們職責。否則，這種作戰不力的部隊，丟了也罷。」

軍長的怒吼，連在葛先才身旁的人都聽得清楚，可葛先才待軍長話音一落，立即說道：

「軍長說的也是，軍人都應該有殺敵的勇氣與應盡的職責。可是軍長以主將之身，在用兵方面，應集中全力而戰，發揮顛峰戰力，以獲最大戰果啊！這樣東也設防，西也設防，兵力分散，處處薄弱，給敵人可乘之機，我被各個擊破，有違重點用兵之道。」

軍長正在火頭上，葛先才竟說出了這番直指軍長布兵不當的話。此話一出，他身邊的人都為師長捏了一把汗。

然而，軍長方先覺竟沒有發火，而是在認真地聽著。

「一九〇師能在東岸殺敵，撤回西岸照樣也能殺敵。不僅如此，我認為撤回西岸後，他們更為勇敢。勇氣的有無，在一念之間，他們撤回西岸，融入整體，有了依靠，心理上、鬥志上，必有天壤之別，氣質也就不同了。『氣壯』，是戰鬥致勝的資本。」

方先覺依然沒有打斷葛先才的話。

「軍長既不在乎東岸市區的得失，則放棄東岸，將一九〇師撤回，並未違背軍長的意圖。一九〇師撤回後，以一命換敵二命的要求我來擔保。再則，一九〇師撤回城後，將第三師較為次要陣地，交出一部給他們防守，第三師可多控制一點機動部隊，有何不好？一九〇師固然戰鬥力較弱，也應善於誘導，多加磨練，使他成為勁旅，才是正理。請軍長以對事不對人的觀點，用冷靜頭腦思考後再予明示。」

「你能保證一九〇師以一命換取日寇二命的戰績嗎？」方先覺問道。

葛先才立即回答：

「軍無戲言，用我的人頭擔保！」

方先覺旋問道：

「你憑什麼對一九〇師官兵有如此信心，又是憑什麼如此堅決的擔保？把你的依據說出來。」

葛先才答道：

「我的依據，就是我說的那一句話：用我的人頭擔保。如果軍長准許了我的要求，將一九〇師撤回，算得是軍長在此次戰役中用兵靈活的一件大事，此事勢必迅速傳揚開去：葛師長用自己的人頭擔保，保證一九〇師撤回城後，官兵絕對能作到以自己的命換日寇二命。而一九〇師官兵聽到後，該如何感動，必然奮勇作戰，與敵以死相拼。我在前面曾說過，勇氣的有無在一念之間。」

說完，他又補充一句：

「萬一，一九〇師所殺敵人數不夠時，我預十師多殺些敵人，彌補他們的差額之數，總該可以交差了吧？」

「行啊，我就依了你吧。」方先覺說道，「不過，我不能朝令夕改，又下達該師西撤命令。一九〇師就交給你處理。」

「你說的話要算數。」方先覺又補充一句，掛了電話。

葛先才舒了一氣。但他心裡明白，軍長之所以能如此，是因為他和軍長已有十多年戰場的共同生涯，他知軍長之胸懷，故敢直言力諫；軍長亦知他的過人之處，所以能讓他把話說完，並採納他的意見。兩人聯手作戰，通力合作，稱得上是一對老搭檔了。

葛先才立即請第三師師長周慶祥接電話，將一九〇師西撤的事告之，請第三師劃出防區，交由一九〇師守備，並在必要時，以猛烈火力掩護一九〇師渡江行動。第三師師長周慶祥和葛先才同是黃埔軍校第四期的，他當即要葛先才放心，他會全力援助一九〇師。

葛先才又打電話給軍炮兵營營長張作祥，要張營長作好準備，隨時以炮火支援。張作祥回答：

「請葛師長轉告一九〇師，他們要我打哪兒，我保證將炮彈準確打到哪兒，發發命中，絕不落空！」

把一切都安排好後，葛先才電話通知一九〇師潘質副師長，開始撤離東岸行動。

此時，已是夜晚十點，正是西撤的好時機。葛先才希望能在拂曉前撤離完畢。

第十九章

葛先才儘管叮囑了一九〇師副師長潘質，一定要重賞輪渡船員，因為那兩艘船，是真正的西撤成敗之舉啊！但他還是有點放不下心來，萬一那些船員，特別是輪渡舵手，在緊急關頭，被槍炮嚇壞了，怎麼辦呢？他們畢竟不是軍人啊！萬一那船老大在炮火中傷亡，又怎麼辦？

葛先才突然想到了一個人。他立即喊道：

「韓在友！」

「師長，這麼晚了喊我有什麼事？」在衛士韓在友的眼裡，彷彿這衡陽城什麼事也沒發生一樣，仍然是那副滿不在乎的樣。

「跟我去三十團。」

「是！」

一聽說師長要出去，韓在友立時快速得像陀螺般運轉起來。

第三十團團長一見師長深夜親臨，不知有什麼重大的緊急事情。他還未開口，葛先才就說：

「快，隨我去找宮得富。」

團長一聽，鬆了一大口氣。

「宮得富?!就是那個被師長饒恕了的兵販子？」

「對，就是他。」

「師長要見宮得富，打個電話來，我派人將他送到師部不就行了嗎？」

「我是專程來請他的。」

一聽說師長是來請那個兵販子，不惟是團長覺得不可理解，韓在友更是在心裡犯嘀咕：他媽的宮得富，到底有什麼特別的，師長還親自來請他。

二十天後，當我叔爺所在炮兵營的山炮野炮彈全部打光，美式山炮只能如同一堆廢鐵作擺設而被命令毀壞，大部分炮兵被當作步兵使用，交由葛先才指揮被派上最前線時，我叔爺見著了宮得富。當宮得富一隻手被炮彈炸傷，我叔爺用爛汗衫將他的傷手紮著吊在胸前（全軍所有的繃帶早已用光），拼命喊他時，他使勁挪動著身子，用尚能活動的那隻手拉住我叔爺的手，第一句話便說，林滿群啊老弟啊，我這輩子算值得了，師長親自請過我啊！我叔爺說他吹牛皮。宮得富說，我都這副樣子了，我還騙你老弟幹什麼呢？他說師長是深更半夜來到三十團，特意來請他的。他說有團長和韓在友作證。我叔爺見他已是個渾身是傷的人，便說，好好好，我相信，我相信，可師長深更半夜來請你幹什麼呢？宮得富說，師長硬是親自到他那裡，問他是不是當過輪渡舵手。他說師長記性真好，那天以兵販子身份被審訊時，他是說過一句，他幹過輪渡老大。師長就請他立即去輪渡碼頭。他問去輪渡碼頭到底有什麼任務，師長就把那最要緊的任務說了。他一聽這個任務，就說他還有一個弟兄，也幹過輪渡這行的。師長大喜，要他馬上把那個弟兄喊上……

宮得富對我叔爺說，林滿群、老弟，你若是能活著回去，你就幫我記住這件事，告訴我家鄉，我宮得富是被師長請出山的人。你想，人活一世，有幾個能有這份榮耀呢？這一仗，我算是沒來白打……我要以死相報，以死相報……

只有一隻手能活動的宮得富在陣地上怎麼也不肯被當作傷兵抬走，他最後是要我叔爺給他一槍……

第二十章

宮得富喊來的那個弟兄叫曹萬全，原來也是幹兵販子這行的。他倆在韓在友的率領下，來到輪渡碼頭。

韓在友則不但是負責將宮得富和曹萬全送上輪渡，還負有另一個任務。他身上除了駁殼槍外，還背了一支日製三八式步槍。

葛先才交代他，當掩護一九〇師西撤的最後百名士兵如果還有生還希望，在最後一艘輪渡離開東岸時，日軍必然會以火力追擊，要韓在友發揮他的神槍手威力，擔當狙擊手，以射程遠的日式步槍，將日軍的機槍手幹掉。「出現一個火力點你就給我幹掉一個！」葛先才對他說，「但你必須得活著給我回來。」

在西岸渡口負責控制秩序的一九〇師參謀長一見韓在友，不由地說道：

「韓衛士長，葛師長親自來了?!」

韓在友笑嘻嘻地說：

「我們師長沒來，他怎麼能親自到這兒來呢？但給你參謀長送來兩個重要人物。」

「報告參謀長，宮得富、曹萬全奉葛師長命令，前來協助輪渡過江。」

「這是兩個船碼子。」韓在友說，「暫時就交歸參謀長安排。」

韓在友本來想說他們兩個是兵販子，但一說是兵販子，豈不丟了預十師的醜？儘管他知道其他師的兵販子也不少。他韓在友是個為師長爭面子，也為自己爭面子的人。他知道有些話在什麼時候不能說。

韓在友又低聲對參謀長說了葛先才的意思，萬一船老大因炮火而驚慌失措，輪渡失控，這兩個人就能頂上。

「多虧葛師長想得如此周到、如此周到。」參謀長連聲讚歎後，對宮得富和曹萬全說，「你二人各上一艘輪渡，但先不可說出自己曾開過船，以免引起船老大誤會。因為這船，這江，還是他們最熟悉。只有到萬不得已時，方可……」

參謀長還未說完，韓在友和宮得富、曹萬全都笑了起來。

「你們笑什麼？」參謀長問。

「報告參謀長，這話，我們師長已交代過，和你說的分毫不差。」

參謀長也不禁笑了起來：

「是我多慮、多慮。」

「宮得富、曹萬全，你們兩個聽清楚了，在兄弟師，可得好好表現。」韓在友打起官腔。

「韓衛士長，你就回吧，這兩個弟兄，我安排上船。請你替我格外謝謝葛師長。」

韓在友卻說：

「我現在懶得走，我還要在這裡看看熱鬧。」

在槍聲、炮聲的交織中，宮得富、曹萬全先後各上了一艘輪渡。他們所看到的船員和船老大，不但完全出乎他們的想像，而且要讓他們自歎不如。

宮得富這艘輪渡的舵手姓古，雖然是輪船，但船員們依舊按照以往船幫的規矩，稱他古老大。古老大嘴裡叼著一支手捲的喇叭筒煙，那煙早已熄滅，他一見宮得富進來，便呵斥道：

「去去去，你個兵爺進來幹什麼？還擔心老子怕小日本的槍炮啊？老子是水裡生，船上長，到過漢口、長沙碼頭，早就見識過小日本開槍開炮，還不知道什麼叫害怕！」

宮得富趕緊靈泛地說：

「老大，我是來替你點煙的哪！老大你為抗戰效力，我這個小兵就來為你效力哪。」

一句話，說得古老大笑哈哈的：

「還煩勞你老總來為我點煙啊？我今天碰上的你們這些國軍，硬是和氣得好，長官和氣，老總也和氣。」

宮得富將古老大嘴上的喇叭筒取下扔掉，掏出一根紙煙，塞進他嘴裡，摸出洋火，點燃。

「呵喲喲，老總，還抽你的紙煙哪！還煩勞你點煙哪！客氣，客氣，太客氣了。」

「老大，我們那長官對你是怎麼個和氣法啊？」宮得富問道。他記住了師長葛先才的話，越是緊張危險的時候，越要讓氣氛顯得輕鬆。

「你們那長官啊，是個大官呢！我琢磨啊，至少是個帶『將』字的，對，是喊他容師長。容師長對我們說，只要我們把東岸的國軍全渡過來，每人有一大筆獎金哪！我這個老大，更多呢。我說你們敢跟鬼子硬幹，我們不在乎錢不錢的。可容師長說，應該給的，應該給的，戰火一起，你們就連謀生的行當都沒有了，還能不給獎金?! 我回答說，長官，這一開打，你們連命都不顧，我們還能談錢嗎？我們若談錢，那就不是些人了……」

「老大說得好，說得好！老大你就是衡陽人吧？」

「當然是衡陽人哪，你聽我的話還聽不出啊？」

「聽得出，聽得出。」

宮得富故意找些話說，他還是為了讓氣氛顯得輕鬆。可古老大根本就用不著什麼氣氛輕鬆不輕鬆的，他抽完了煙，便懶得搭理。

宮得富忙又敬上一支。古老大就說他媽的這紙煙到底還是不同，省了好多事。宮得富就問這船來回一趟要多長時間，古老大就說最多也就是幾支煙的工夫。宮得富知道幾支煙的工夫不可能，但故作驚訝狀，說，哎呀呀，老大開船，那硬是快得如飛哪……

古老大的船雖然不是快得如飛，但他的確是開足馬力。船兒在靠岸時，那既迅速又準確穩當的技術，令宮得富讚歎不已。宮得富知道這輪渡往往就是在靠岸時耽誤時間。如若停靠不當，上船的就得下水往船上爬，秩序則易混亂，往回開時得撥正航線，又延誤時間。而西撤能否順利，搶的就是時間！

官兵們上船時，古老大對著還等候在岸邊的人喊，我是這艘船的老大，我保證把你們全部渡過河去，只要還留下一個人，我古老大專程都要接一趟。

裝滿了人的船迅速往西岸開去。船行得又快又穩。到達西岸，士兵一下船，第三師周慶祥師長派在渡口等候的參謀人員，立即領著他們開赴預定地區，接替第三師劃出來的陣地。

一切都有條不紊。

當古老大的船又往東岸接人時，古老大對仍然待在他身邊的宮得富產生了懷疑。

「喂，你這位老總怎麼不上岸啊？你老是待在船上幹什麼？你呆在船上，我這船就要少裝一個人，你知道不？」

宮得富趕緊又遞上一根紙煙。

「貴軍長官難道是專門派你這位老總來給我敬煙？」古老大的懷疑並沒有因為宮得富的紙煙而減少。

「嘿嘿，嘿嘿，」宮得富笑著說，「看著你老大如此辛苦，這又是深更半夜的，多抽支煙提神。」

「槍炮聲震天響，你以為我還要提神？少跟我來這一套！」古老大突然變了臉色，「你是不是想當逃兵，啊？想躲在我這船上，等我把運兵任務完成後，跟著我一起走？說！」

宮得富這下被噎住了。他做不得聲。倘若是在以前，倘若是在他還當兵販子時，古老大說的，倒的確是個逃跑的好主意，混進這船上，換一身船員的衣服……可現在是師長親自去請的他，師長親手交給他的任務，他連以死報效都來不及，還能有逃跑的想法嗎？只是，該怎麼回答這個古老大呢？

見他沒吭聲，古老大已吼了起來：

「你他媽的如果想當逃兵，自己趁早跳下河去，省得老子動手！」

古老大已隨手抓起了一柄榔頭。

「別動手，千萬別動手，」宮得富忙說，「你聽我解釋、解釋。」

「快對老子如實說！」

「我是奉長官的命令前來保護你的。」宮得富只得趕緊想了這麼句話搪塞。

「你來保護我？你拿什麼保護我？你他媽的連桿槍都沒有，你不是想當逃兵還是幹什麼？」

宮得富確實沒帶槍上船，因為帶槍上船怕造成誤會，使得船老大和船員們以為是持槍押運。他的槍，交給了韓在友。

這一下，可是真的造成了誤會。

宮得富只得在心裡佩服古老大的精明。他沒有辦法，只能明說了。他也知道，現在根本用不著說，也不能說怕他們驚慌失措，這船老大，膽量比他還要大。

宮得富說：

「古老大，實話告訴你，我也是幹過你這行的，我們師長是怕萬一你遭遇不測，我好來頂替。這船，終歸是不能停的。」

古老大哈哈大笑起來。

「好笑，好笑，我古老大還用得著有人來頂替。告訴你，鬼子的槍炮，見了我就躲。他不敢來碰老子。」

宮得富說：

「老大，話雖然是這麼講，可槍炮子不認人哪。」

古老大說：

「那我就等著鬼子的槍炮來試試，看打得我古老大死不？」

這話，不幸而真被他言中。

槍聲，越來越激烈了。

朝著輪渡打來的槍，子彈貼著水面發出「啾啾」的怪響。

「轟、轟」日軍的炮彈朝江中直落而來。第十軍炮兵營立即開炮還擊，炮彈呼嘯而過似捲起一陣颶風。

古老大駕駛著船，嘴裡只是罵罵咧咧：

「小鬼子你媽媽的屄！」

「砰」的一聲巨響，一顆炮彈落在船的右側，船被震盪得顛上簸下，水浪衝打著駕駛窗玻璃，啪啪的直響。

古老大雙手緊握舵輪，一邊罵著小鬼子，一邊朝宮得富示意：

「點煙，點煙。」

古老大剛叼上一支新紙煙，一顆子彈飛來，從宮得富和他中間穿過。

宮得富不由自主地往後面一側，喊一聲「危險」，又一顆子彈飛來，將古老大的左耳擊穿。血，頓時模糊了他的臉。

「古老大！」宮得富撲過去，要替古老大掌舵，卻被古老大一把推開。

「滾開，老子今天就不信這個邪。」古老大抹一把臉上的血，圓睜著雙眼，大叫起來，「小鬼子，你他媽的再打正一點啊，打老子的腦袋啊！你他媽的打不中，打不中！」

宮得富拉他不開，便掏出急救包，要替他包紮，卻又被古老大伸手打掉。

「老子不要那玩意，老子不要包，老子沒卵事哩！」

古老大硬是不肯包紮，任憑鮮血流到他的脖子上，流到他的左肩……直到船兒到達西岸。

宮得富簡直呆了。他還從來沒有見過這麼不要命的船老大。這個倔強起來比他還要厲害的湖南老鄉，連哼都不哼一聲。

趁著官兵上岸、輪船停泊的當兒，宮得富才得以替他包紮。他包紮時，古老大仍在罵罵咧咧，不過這回罵的是宮得富。

「你他媽的快點哪，船兒就要開了哪！你想耽誤老子的時間啊？老子知道，一隻耳朵要不了我的命。」

頭上纏滿了紗布的古老大，又駕駛著船兒朝東岸開去……

韓在友背著宮得富和曹萬全的槍，提著三八大蓋，選了個視野開闊、隱蔽，而又距東岸較近的地方。

他將三八大蓋放下，取下背上的兩支步槍，仔細檢查一番，然後分別放到不遠處。

「一、二、三，」他像在家裡賣豆腐點豆腐塊數那樣，朝著三支槍的位置數了數，自言自語念道，「三個點。老子打兩槍換個地方。」

他伏到地上，端起三八大蓋，朝著對岸瞄了瞄，滿意地放下。

「得等到鬼子在河那邊出現時，老子才有用武之地，這要等到什麼時候呢？」他心裡想著。突然，他又想到了一件要緊的事，找個人來幫忙就好，來幫什麼忙呢？來幫他作證、點數，看他到底幹掉了幾個鬼子的機槍手。

可是他一時找不到能幫這種忙的人。他想從上岸的一九〇師的士兵中隨便拉一個來，可他畢竟還是不敢，人家都是有組織、成建制地往預留陣地趕，你把人家硬拽出來，那領隊的若認識你韓在友的還好，若是不認識的，還不把你當搗亂分子抓。他想到了一九〇師參謀長，參謀長若能來幫他作證、點數那就太好了。可參謀長是西岸的總指揮，正忙著呢，他還是不敢。

這回真沒人作證了。老子說打死多少多少，人家會說我吹牛，他媽的，沒辦法了。韓在友憤憤地想。

東岸。一九〇師潘質副師長在對挑選出來的掩護隊員說話：

「弟兄們，我們名為掩護隊員，其實就是準備戰死在東岸的部隊，我們必須堅持到全師都順利到達西岸才能撤離。到那時，也許我們就走不了啦，弟兄們有怕死的嗎？有怕死的站出來，先過江，我潘質決不追究。」

「副師長和我們在一起，我們還怕什麼？」隊伍裡有人喊。

「對，副師長都不怕死，難道我們還怕嗎？」

「就算死了，過江的弟兄們會為我們報仇！」

「好！大家既然說了這話，如果還有不敢拼命的，我潘質立即斃了他，免得給弟兄們丟臉。」

潘質將手一揮，率領掩護部隊進入狙擊陣地。

輪渡在古老大等二位舵手的駕駛下，渡江進展超出了潘質的預計。

當參謀跑來報告全師已安全過江，容師長要他們撤退，輪渡並已經開過來時，潘質簡直有點不敢相信。他心裡一陣欣喜，這支掩護部隊，看來也能脫險。

「炮兵營，炮兵營！」潘質親自朝軍炮兵營張作祥營長喊話，告知炮火轟擊地區位置，「幫我狠狠打，狠狠打！」

「準備撤退！」他下達了命令。

在炮火的支援下，潘質指揮掩護部隊一陣猛烈射擊，迅速脫離敵人往江邊趕。

兩艘輪渡，剛好靠岸。

韓在友在自己選定的「狙擊手」位置，眯上了一隻眼睛。

被張作祥的炮火和掩護部隊一陣猛烈射擊打得暈頭轉向的日軍清醒過來，往江邊追來。

追趕的日軍還來不及架機槍掃射，這讓韓在友有點按捺不住。「管他的，先幹掉跑在前面的再說。」

借著炮火光閃爍空間，他發現了對岸有個閃光的東西。——掛在脖子上的望遠鏡。韓在友興奮起來，他旋即摒住呼吸，扣動了扳機。

目標應聲而倒。韓在友心裡默記，第一槍撂倒一個鬼子官，到底是多大的官，那就搞不清，反正有望遠鏡為證。

日軍的機槍開火了。

韓在友對準那噴火口，「嘎——崩」，射出了第二槍。

第二槍打沒打死機槍手，他不知道，只是機槍啞了火。

打完這一槍，韓在友提著槍，鑽到事先選好的第二個「狙擊手」位置。他怕對方也有狙擊手，老在一個地方呆著，自己會成對方的靶子。

又一個機槍火力點出現了。

韓在友穩穩地射出第三槍。

……

擔任掩護的部隊登上了西岸。

「葛師長，葛師長，我是潘質啊！」

潘質上岸後的第一件事，就是打電話給葛先才。

「潘副師長，你在哪裡？」葛先才急切地問。

「我在西岸，我在湘江西岸給你打電話啊！」潘質抑制不住那種興奮，「成功，大獲成功。全師安全撤至西岸，連傷患都沒丟下一個。」

「這麼順利?!」

「我是和最後掩護部隊撤離的啊，我師已全部進入第三師預留陣地。葛師長，你不是希望我們在拂曉前渡江完畢嗎，現在天還沒亮呢！」

潘質高興得對著電話大笑。

「葛師長，此次渡江，多虧了你囑咐的那幾個要點啊。首功當屬兩位船老大舵手和船員啊！那位古老大，被敵彈打穿左耳，沒有離開舵輪一步。我就是坐他的船過來的。湖南老鄉了不得啊！我問他流血過多頭暈嗎？他喊道：『我流這點血算什麼，流血是我的榮耀，拼著這條命，也要把東岸的國軍，全部送到西岸！』此言何其壯哉！船上官兵更為他所激勵。了不起，了不起！」

「給船老大和船員的獎金一事……」

「當然兌現。容師長正在親自辦理。」

「好，你潘副師長親自斷後，容師長又親自為船員頒發獎金，好！」

葛先才正要放電話，潘質又說：

「還有一人，尚不知道是誰，也當記大功。我和掩護部隊登上船後，敵人追至江邊，以火力掃射，我西岸有人以鬼子三八式步槍發射，彈無虛發，斃敵多名，敵人膽寒，皆伏於地上……」

這回，是葛先才哈哈大笑起來。

「我知道這人是誰，他的功，我替你幫他記上。」

「老鄉，辛苦辛苦。」

一九〇師師長容有略是先行渡江的，他趕到第三師預留陣地，將所屬各部的陣地分配好，待全師官兵進入陣地後，特地趕到西岸渡口，感謝船老大和船員。

「這是我們容師長。」參謀長向古老大等船員介紹。

「長官大聲點說，我聽不清楚。」古老大側著被紗布包著的頭，喊。古老大其實早就認出了容有略，但他沒聽清參謀長的話，他得要參謀長再說一遍，方顯出他和這些高級長官的關係，已經非同一般。

「我們容師長來了！」參謀長加大聲音。

「容師長呵，認識，認識，容師長早就和我談過話，容師長是最和氣的一位長官。」

「容師長若不是打仗，若不是穿了這身將軍服，咱還會以為他是個教書先生呢！」

「你是古老大。」容有略笑著說，「古老大，你是英雄啊！」

「嘿嘿，我稱得上個什麼英雄？我只是有那麼股倔勁。我還信命，我命裡還不該死，你看這子彈，只要偏一點點，可它就是不偏哪！」

眾人大笑。

「發獎金！」容有略喊道。

一捧捧光洋發到古老大和船員們手上。

「送古老大醫藥費。」

又一捧光洋送到古老大手裡。

古老大捧著光洋，興奮地說：

「容師長，按理我們不應該要這錢，可師長說是獎金，獎金光榮啊，這獎金我們就收下啦。」

容有略說：

「趁著天還沒亮，你們快走吧。」

古老大和船員們拱手告別，各自上船。

兩艘船迅疾向湘江下游駛去，很快就淹沒在黎明前的黑暗裡。

「宮得富，接槍。」韓在友將宮得富的步槍朝他扔去。

「這支三八，宮得富你也得給我背上。」韓在友又將自己帶來的那支三八大蓋遞給他。

「你的槍憑什麼要我扛？」宮得富正為自己沒立下什麼功，窩了一肚子火。

「嘿、嘿，剛出來幾個小時，就連衛士長都不喊啦？你小子目無長官啊⁉」

韓在友雙手插腰，彎著長長的脖子，以居高臨下的神態斜睨著宮得富。

曹萬全忙說：

「衛士長，衛士長，我來替你扛。」

韓在友不睬他，仍對著宮得富說：

「我韓在友今天高興，你宮得富今天晦氣，所以我不計較你喊什麼，但你知道我為什麼高興嗎？」

不等宮得富開口，他又說：

「我韓在友的高興事你不知道，你宮得富的晦氣事我知道。在師長面前你誇下海口，保證如何如何，結果呢？人家根本就用不著你，人家船老大把你當個累贅。唉！」

韓在友故意歎口氣。

「韓爺，我喊你韓爺好不好？求你別提這事了。」宮得富跟船幾個小時，只是把身上的紙煙發完、什麼功績也談不上的窩囊氣，被韓在友捅破放出來了。

「喊韓爺好，喊韓爺我愛聽。」韓在友歪著腦袋，「我這桿槍，可是斃了他媽的至少六個小鬼子，外加一個當官的。所以我不但要你替我背槍，還要你替我數一數子彈，看我打掉了幾發？我韓爺是一槍一個，嘿，你數囉，數囉，看是不是只打了七發子彈。」

「要是師長命我打鬼子的冷槍，我也不會比你多用一發子彈！」宮得富來了倔勁。

「這叫打冷槍嗎？啊，這叫狙擊神槍手，一個部隊裡有幾個神槍手，不多哎，老弟。你宮得富的槍法，能跟我比？還學幾年吧，老弟。」

「韓爺，你說你七槍打死七個鬼子？」曹萬全說話了。他有意幫宮得富。

「對啊！」

「其中還有一個鬼子軍官？」

「沒錯。」

「你就在這西岸打的？」

「當然。」

「可韓爺，你打死的鬼子在哪裡啊？我怎麼就沒見著？」

「你，你曹萬全，敢不相信，敢說我是虛報？」

「韓爺，空口無憑，得有人證啊！」

宮得富哈哈大笑起來。

「對，得有人證明！否則你就是吹牛、虛報。師長早就知道你愛吹牛。這回你就是吹破天他也不會相信。我倆作證，說你在河邊打瞌睡。」

韓在友最擔心的事出現了。他早就想到過得有人替他作證、點數，可找不到啊！

韓在友急了。

「哎，宮得富，我也不要你喊韓爺，也不要你背槍了，你就幫我作證，行麼？」

「我怎麼幫你作證？」

「你和曹萬全都在最後過江的輪渡上，你倆應該知道啊！那輪渡上一九〇師的弟兄們，都在為我的槍法喝彩哩。你以為我沒聽到啊？」

「知道又怎麼樣？我倆是徐庶進曹營，不得吭一聲。你去找那喝彩的為你作證哪。」

「好啦好啦，宮得富，曹老弟，我知道你們是沒撈到功績，心裡不舒服。師長是如此的器重你們，你們卻什麼事也沒幹，只是坐著輪船一會兒到東岸，一會兒到西岸，可這能怪你們嗎？只能怪那船老大不肯把舵把子讓出來哪！你們的任務還是完成了哪！」

韓在友嘻嘻哈哈地寬慰起他倆來，好讓他倆為自己作證。他說仗有的是給他們打的，立功、報效師長的機會有的是。他說你們就等著吧，鬼子猛攻我預十師陣地的時間，不會超過兩天。他說只要師長派他來陣地上檢查，他就抽個空子，又擺弄一回神槍，那被打死的鬼子，就算到你宮得富和曹萬全的名下。他說你們倆總能打死他幾個小鬼子吧，總不至於全放空槍吧，這不就行啦，加上我幫你們打死的，還能不得嘉獎？那一嘉獎，可就有現大洋到手喔，你們沒見那兩個輪渡老大，到手的光洋得用衣襟兜。你們得了光洋，可別忘了請我韓兄喝酒哪！……

神槍手韓在友，這個跟隨葛先才多年，年僅二十多歲的真正的老兵，彷彿天生的就是一塊打仗的料，無論多麼險惡的戰鬥，對於他來說，跟擺「灰灰飯」差不多。他天生的膽大，且沒有憂愁，沒有私敵，和誰都談得來，和誰都是嘻嘻哈哈有的是話說。在戰場上，只有他的子彈射中敵人，敵人的子彈從來沒有打中過他。衡陽血戰對他亦如是。他最後是死於自己的子彈。他將最後一顆子彈射向了自己的腦門。他死前由中士衛士升了個准尉排長。死後，他的遺骸沒有找到、沒能進入忠烈祠，因為他死守的那個山包，被日軍炮火全部覆蓋……

第二十一章

韓在友越是嘻嘻哈哈說著讓宮得富立功的事，宮得富心裡就越窩火。他窩著火回到排裡，偏偏第一個迎上來的是老涂。

老涂本是跟著全排的弟兄們來迎接宮得富和曹萬全的。全排的弟兄們又是在排長的帶領下迎出來的。老涂和宮得富、曹萬全他們都不知道，這位排長早先也是個兵販子，他在葛先才當團長時，被抓獲送到葛先才那裡報請槍斃。和我叔爺、宮得富不同的是，他不是因人告密，而是自己喝酒喝多了、吹牛吹出來的。吹牛吹出自己是兵販子的他被押送到葛先才那裡時，原也以為必死無疑，沒想到葛先才曉以大義，懇切勉勵一番，當即鬆綁，並特別囑咐手下不要歧視他。從此後他不但再未生逃跑之心，而且作戰勇猛，被升為中士班長，後又跟著葛先才戰長沙、援常德，屢立戰功，升為排長。

這位兵販子出身的排長自從「浪子回頭金不換」後，對他曾從事過那個行當的弟兄深惡痛絕。因為他自己在幹兵販子這個行當時，不但自己逃跑，還煽動身邊的弟兄們跟他一起逃跑。他和我叔爺逃跑的理念不同，我叔爺認為一個人逃穩當些，如若煽動身邊的人一起逃，則一是怕洩密，二是目標大，三是連累別人，因而不讓身邊的人知道，可謂是「利己又利人」。這位排長當年則認為一同逃跑的人多，則更有利於自己逃脫，因為萬一被發現追上來時，那些一起跟他跑的人可成為替代品——他有經驗呀！跑得快也躲得巧妙呀！追的人只要抓了幾個逃兵，能回營交差，也就懶得再追了。由此可見，這位兵販子非我叔爺可比，他天生的具有組織、領導、指揮才幹，就算是命背當叫化，也是個叫化頭。而我叔爺，當兵就只能是個兵，當叫化就只能是個叫化。

我叔爺說的這位當年的兵販子，自從當了班長，特別是當了排長後，才切實感受到兵販子的禍害。譬如說他帶領全排的弟兄們守著一塊陣地，他這塊陣地的地形很好，敵人屢次進攻都未能得逞，突然，敵人的槍聲停了，雙方處於寂靜的對峙，這個時候，有經驗的老兵都知道，敵人是要發動最後猛攻了，在猛攻前必然還有一次炮擊。己方只要再堅持住最後五分鐘，頂住敵人的最後一次猛攻，形勢就會改觀，可就在這個時候，當敵人的炮聲一響，有人跑了，那跑的如果是真正害怕的兵，一眼就能看出，他的確是驚惶失措；如果是新兵，在這個時候更不會跑，因為新兵怕炮。在這個時候跑的，往往就是些兵販子。他這個排長即使立即對逃跑的開槍，打死的也只能是幾個跟著跑的，那帶頭跑的兵販子，你很難打中他。因為他早就做好準備，看好了地形……兵販子趁著炮火炸起的濃煙，帶頭一跑，全排立即大亂，全排一亂，便潰。他這個排一潰，很可能就影響到全連，全連一潰，很可能影響到全營，乃至全團、整個戰局……一追查下來，他這個排長，面臨的就只能是等著被槍斃。因為有國軍的「連坐法」在那裡。

這位排長所慶倖的是，他是葛先才的部下。葛先才無論是當團長還是當師長，對於國軍的不少「金科玉律」，都很不以為然。他說敵人是前方的狼，這個「連坐法」是後方的虎。在前有狼後有虎的壓力下，指戰員是不能發揮智慧，也難以盡職盡責的。「連坐法」往往導致避戰自保，若一個士兵逃亡，可能導致班長畏罪逃跑，班長一逃跑，又連及排長，如骨牌效應，以致全軍潰敗。

葛先才對「連坐法」嗤之以鼻，也從不實施，使得這位排長不但曾經躲過了因兵販子逃跑的「連坐」，而且更加願意為葛先才效力。然正因為兵販子曾給他帶來莫大的禍害，故而他對嚴查嚴懲兵販子是毫不手軟的。這就好比當過賊盜的人幹上了員警，他抓起賊盜來比別的員警要厲害得多。故而當老涂密告我叔爺和宮得富時，他立即上報連長，將我叔爺和宮得富抓了。

我叔爺和宮得富被送往團部時，排長得知是師長葛先才要連長押送而去，便猜測師長可能會像當年放他一樣，放了我叔爺和宮得富的。可是他又覺得很玄，這和他當年的情景不同，當年他被抓獲時未打大仗，這次可是大戰在即，師長說不定要殺雞給猴看呢。他沒想到的是，葛先才不但赦免了這兩個兵販子，還使得我叔爺去了炮兵營。我叔爺去了炮兵營不說，宮得富那小子，竟然還能勞駕師長半夜親自來「請」，排長可就不能不對這兩個兵販子格外另眼相看了。所以宮得富一回來，他就帶領全排的弟兄們迎接，捎帶著讓曹萬全也跟著「沾光」

當排長說要去迎接宮得富時，老涂在心裡思索開了。

老涂原本就為自己不該害得我叔爺和宮得富要挨槍子兒懊喪。他得知我叔爺和宮得富被師長放了後，心裡總算長長的鬆了一口氣。他想著只要我叔爺一回來，他就去謝罪，求我叔爺寬恕。他覺得我叔爺會寬恕他的，他願意真正做我叔爺的徒弟，願意像個真正的徒弟那樣好生服侍服侍我叔爺。可我叔爺去了炮兵營，他想服侍也服不成了。他知道當炮兵比當步兵好，他請教過老癟，老癟說幹炮兵當然好哪，開拔起來時還有卡車坐，不像我們步兵全靠兩條腿走。老癟又說，幹炮兵雖然好，但打起仗來，沒有我們步兵過癮。老癟說他就願意幹步兵，不願去幹那個炮兵，炮兵只能遠遠的靠炮轟，不能親手和鬼子廝殺，沒勁！老癟說攻城奪隘、守土衛陣，最後還得靠他們步兵。「特別是和鬼子拼刺刀，」老癟說，「那才能顯出我老癟的威風來！」老癟說著就雙手做執槍拼刺狀，對老涂的心口來了個「直刺」，驚得老涂往旁邊一跳，老癟就笑哈哈地走了。

老癟雖然嚇了老涂一大跳，但老涂為我叔爺慶倖。他甚至覺得如果沒有他的告密，我叔爺還去不了炮兵營。

老涂不再因我叔爺而懊喪，但對宮得富，仍然感到歉疚。儘管他對宮得富沒有好感，心裡還總是解除不了那個「恨」字。可再恨他，也不能害得他差點挨槍子兒呀！

這個「害」字一蹦上心頭，老涂又覺得不妥，自己不是故意要害他挨槍子兒的，自己只是想讓他的屁股挨板子……

老涂這麼的想著想著，突然想到宮得富仍然回到排裡，只怕會要找他報仇。若是宮得富真的被斃了，他自己再被人打死，那一命抵一命，他老涂倒覺得應該。可他宮得富沒有被斃掉，如果還要他老涂抵命，老涂就覺得不公了。老涂現在根本就不想死，他家裡還有水姐，那個瘋病剛剛好轉的水姐，還等著他回去！如果他不能活著回去，水姐又會瘋了的，又會瘋了的水姐也會死的！

他必須活著，他要在這真的和日本人大幹的戰鬥中，多打死幾個鬼子，為被凌辱致瘋的水姐報仇。

他思謀著如何去和宮得富和解，還是「和為貴、和為貴」嘛。這不，機會來了，宮得富被師長親自請去辦大事，他辦完大事回來了，排長都率隊迎接，他不是正好借著宮得富風光時，去說幾句好聽的麼？

人在風光時，再聽些好聽的話，那怨氣，自然就會沒了。

帶著這種想法，老涂第一個走到宮得富面前。然而，宮得富那臉色，卻鐵青。

老涂看著宮得富那鐵青的臉，不知他為什麼辦成了大事還是這副樣子。老涂只以為是宮得富記仇，見了自己便把張臉板起。宮得富那臉鐵青得很有幾分陰沉，在老涂看來，那陰沉裡似乎還透露著殺氣。老涂一時怔了，原本想好的好話全溜得不見了。可自己已經到了他面前，不說好話也不行了。

「你、你，你立了大功啦！」老涂結結巴巴地說出這麼一句。

老涂如果有韓在友或者老癟那樣的口才，一見面，嘻嘻哈哈地胡亂恭維一氣，宮得富聽著，心裡也許會舒坦些。可老涂這個山裡漢子，偏就說出了宮得富此時最忌諱的。

老涂開口說的這句話，在宮得富聽來，是明顯地對他的嘲諷。

若按照宮得富這老兵販子的脾氣，他當即就會照準老涂當面一拳，將老涂打個血流滿面。但他宮得富現在不是那個老兵販子了，他宮得富現在是師長器重的人了，他得有點兒大將風度。更主要的是，宮得富早就想好了要在戰場上讓老涂吃「冷槍」，犯不著提前給他個鐵拳警示。於是宮得富只是鐵青著臉哼了一聲，大步朝排長和老癟他們走去。

如果此時宮得富真的給老涂一拳，他那對老涂的怨恨就釋放出來了，老涂就不會在日後遭他的暗算了。而只要他那一拳打出去，排長和老癟他們也都會同情被打得滿臉是血的老涂。人家是來迎接你呢，人家是和我們大家一樣來恭賀你呢，你宮得富他媽的連迎接你的老涂都打，不就等於是打我們大家？

可是宮得富沒有打老涂，宮得富只是對著老涂哼了一聲，就雙手抱拳，打著致謝的拱手，大步朝排長和老癟他們走來了，排長和老癟他們就都認為宮得富夠意思，居功不傲，儘管師長那麼器重他，親自請了他去，可他回來時，仍然曉得將長官和老兵放在首位。而那老涂就是太不知趣，有排長在，有老瘪他們這些老兵在，輪得到你老涂第一個迎上去嗎？

於是，被說成是啞巴、被當作傻瓜、被認為愛耍陰謀告密的老涂，在這個排，算是完全的孤立了。

一個被孤立的新兵，等待他的會是什麼呢？

第二十二章

「宮得富，好傢伙，你小子不簡單啊！你和曹萬全完成了師長交待的任務，上頭要我表揚你個狗日的。」排長一見宮得富走攏來，便開口誇獎。

「報告排長，我宮得富並沒有幹出什麼，全靠排長教導有方。」宮得富「啪」地立正，向排長敬了個標準的軍禮。

「宮得富，你就這麼會溜鬚拍馬啊，說我教導有方，我他媽的教導你什麼了？我就是報告連長，將你和林滿群送到了師長那裡。」

排長這話，說得弟兄們都笑起來。

「報告排長，如果不是你報告連長，如果不是連長將我和林滿群抓起，我和林滿群就見不了師長；見不了師長，林滿群就去不了炮兵營，我宮得富也不會在這裡受到排長和弟兄們的歡迎。」

「照宮老弟這麼說，你最應該感謝的還是老涂。若不是老涂告發你和林滿群，你怎麼也見不到師長。」老瘸欒呵呵地插一句。

老瘸欒呵呵插的這一句，讓獨自呆在邊上的老涂竟不由地有些感動。總算有人為自己說了句公道話。他想。

老涂沒想到為他說「公道話」的會是老癟。他又對老癟生出幾分感謝。

老涂其實沒聽出老癟那「公道話」是調侃。只是，老癟這個老兵的確是個真正的直心腸人，他除了愛擺擺老兵的資格，愛吹吹自己的戰績，愛胡侃亂調些逗大夥開心的事外，就只愛了一件事：喝酒。

老癟最愛喝的酒，是湖南人用糯米釀製的壺子酒。這壺子酒，其實就是甜酒，或者叫甜酒釀。那甜酒製作出來後，將那甜酒釀子（甜酒汁）保存起來，便成壺子酒。這壺子酒甜而爽，飲時似無酒勁，其實後勁特足。諸多喝白酒從未醉過的好漢，便醉倒在這壺子酒裡。它往往是於你不知不覺豪飲之中，將你放倒。老癟說他之所以願意待在湖南，就是因為湖南人會製壺子酒。他說只要每天有壺子酒喝，給他個將軍他也不換。後來在陣地上焦渴難當時，抱著槍的老癟伏在焦土上，就不停地念叨著，有一杯壺子酒就好了，有一杯壺子酒就好了。

當老癟為老涂說出那句「公道話」後，宮得富喊道：

「報告排長，我是應該感謝老涂。」

宮得富這話，其實是反話。他的意思是他不會忘記老涂給他和我叔爺來的那麼一手，他會有好看的招數給老涂的。可實心眼的老涂聽了，竟以為宮得富真的是感謝他。因為宮得富在排長面前都這麼說了呢。這句話使得老涂又寬了心，覺得宮得富這人還是好，不記他的仇了。老涂無論如何不可能想到的是，宮得富不但是死記著他的仇，而且暗地裡給他下的招數，竟是在日本人施放毒氣的時候。

「宮得富，你別老是報告報告的，老是報告我幹嗎？你為咱們排爭了光，弟兄們都為你高興，你他媽的就用不著再報告啦，你就給弟兄們說說你是怎麼完成師長親自交給你那任務的。」排長對宮得富說。

「報告排長，請允許我再報告一次。」宮得富又來了個敬禮，「師長交給我的任務雖然完成了，但那全是輪渡老大完成的，我宮得富沒幫上什麼忙。我宮得富只是親眼看著船老大根本就不怕死，根本就沒把鬼子的炮火放在眼裡。要說功勞，只有韓在友韓衛士長立了功，他一桿槍幹掉了七個鬼子，其中還有一個鬼子軍官。我宮得富這次雖然沒有什麼功勞，但就是因為師長太看得起我宮得富，所以我再向排長和弟兄們發誓，此次衡陽之戰，我宮得富若不捨命殺鬼子，天地不容！」

宮得富這話一出，弟兄們不但連連讚歎，而且為他的誓言感染得豪情橫溢。弟兄們一是讚歎宮得富謙虛，完成了師長親自交待的那麼重要的任務，還說自己沒有什麼；二是讚歎韓在友的神奇，一出馬就打死了七個鬼子。宮得富的誓言則使得他們也忍不住要喊出捨命殺鬼子的話來。頓時，他們都巴不得自己守衛陣地上的戰鬥快點打響，好讓鬼子也嘗嘗自己的厲害。

有人問宮得富，那船老大一個普通老百姓是怎麼個不怕死，難道比咱們這些專門扛槍打仗的還膽大？又有人問宮得富，韓在友打死的那個鬼子軍官到底是個多大的官？……

只有老癟一個人自言自語，韓在友那傢伙運氣好、運氣好，鬼子怎麼就撞到他的槍口下了?!

全排人迎接宮得富，客觀上起到了另一個作用，凝聚軍心。你想，一個兵販子，被抓獲了，本是難逃死罪的，碰上個好師長，不但不殺，還委以重任，委以重任倒也罷，師長還親自來請。在這樣的部隊裡當兵，能不奮勇殺敵嗎？這是排長自己根本就沒想到的。更何況，這個排裡到底有多少像宮得富這樣的兵販子，排長心裡並沒有數。

後來，這個排的人全部戰死，無一生還。這個排長叫什麼名字，我叔爺硬是記不得了。當我叔爺從無炮彈可打的炮兵又變成步兵，來到前沿參戰時，這個排所據守的陣地上，已經只有排長、老癟、老涂和宮得富、曹萬全等幾個人了。這個陣地我叔爺倒是記得，他說叫什麼張家山。他來到張家山參戰僅兩天，老涂便死了。本來我叔爺在這個陣地上也是必死無疑的，因為在那個時刻，任何一個人都已經殺紅了眼，任何一個人都只有復仇的概念，任何一個人都沒有後撤或曰逃跑的念頭（也不可能逃跑，你往哪裡跑呢）。生命，他們自己的生命，儘管在轉瞬之間便會消失、不復存在，但就連去涉及這個念頭的空隙都沒有。沒死的人看著死在身邊的弟兄，唯一的念頭就是開火、開火，對準打死自己弟兄的人！當這個人在瞬間便又被敵人打死，依然活著的人繼續開火、開火，繼續對準打死自己弟兄的人……如此循環，直至全部死掉，再也不能開火。而我叔爺之所以沒有死在這個張家山，是因為他還沒死時，師長葛先才下令放棄這個屍首將山的高度都增加了的陣地，後撤另守。

第二十三章

在一九〇師安全撤回西岸後不久，六月二十七日拂曉，日軍第六十八、一一六兩個師團、附屬野戰炮兵第一二二聯隊，共計山野炮六十餘門，同時猛攻衡陽守軍陣地。

從這天開始的全面猛攻，後來被稱為日軍的第一次總攻。

之所以說是「後來被稱為日軍的第一次總攻」，是因為他們絕沒有事先安排或準備什麼第一次總攻、第二次總攻……他們預計的是一天之內便能拿下衡陽。只是在遭到重大打擊損兵折將，而衡陽依然在第十軍手裡的情況下，才重新整補、調集、增援兵力，發動又一次全面攻擊的。因此，第一次總攻、第二次總攻……都是事後的說法。

在一天之內要拿下衡陽的日軍，步炮協同、空軍配合，其攻勢之猛，兵力之密集，竟如打人海戰術，前仆後繼。

我叔爺說，從來沒見過日本人這麼不要命地發動進攻，那簡直就全是些瘋子，他們嗷嗷叫著往前衝，前面的一片一片倒下，後面的踏著前面的屍體，依然嗷嗷叫著往前衝，連片刻的停頓都沒有……相互交織在一起的槍聲，究竟是鬼子的槍聲還是自己弟兄們的槍聲，分不清；隆隆的炮聲中，山炮、小鋼炮也是混雜在一起；密集的手榴彈的爆炸聲、喊聲、殺聲、受傷的痛苦哀鳴聲，混成一片……

「慘烈啊慘烈！」我叔爺一說起那種場景，便不停地搓著雙手。

我叔爺說他們第十軍和鬼子開戰的頭一個回合（他不會說是在抗擊日軍的第一次總攻），全是近戰、白刃戰。他說你懂近戰白刃戰這軍事術語麼？就是短兵相接、刺刀見紅、雙方糾纏在一起，鬼子他媽的衝過來，老子不但打退你，還要來個短暫的反衝鋒；鬼子他媽的奪了老子一個陣地，老子他媽的立即就要將那個陣地奪過來……我叔爺說那近戰白刃戰死人死得多啊，慘啊！但鬼子死得更多！因為鬼子是攻勢，老子這邊是守勢，老子這邊有工事，有掩體。我叔爺又說，虧得是近戰白刃戰，鬼子的飛機不敢直接炸老子這邊的陣地。鬼子的飛機以十來架為一組，每天來轟炸，但他媽的飛機怕炸了他們自己的人，於是天天轟炸老子這邊的後方，還猛投燃燒彈，衡陽城內外房屋全部被轟炸燃燒，一片火海，烈焰衝天。弟兄們等於處在火海之中，既要抗拒進攻的鬼子，又要滅火，還要搶救火中的傷兵……夜間站在高處一望，全陣地如一條火龍翻騰滾轉……

我叔爺跟我說的這些，我在衡陽地方史志中找到記載，是役，衡陽全城被轟炸僅剩下三棟半房子，那半棟就是被炸後還剩下一半。

我叔爺說，儘管各種槍彈的嗞嗞聲、各種炸彈的爆炸聲、各種炮彈的隆隆聲、一群一群飛機的呼嘯聲，震得天搖地動，但他們炮兵營的山炮打出去的炮彈所發出的聲音，無論在什麼時候，也無論在什麼情況下，他都能分辨得清清楚楚；根本不用看，他就能準確地判斷出來炮彈落在哪裡的位置。他說只要他們的山炮一發出怒吼，那日本鬼子可就遭殃嘍。

「小鬼子，你他娘的來吧，來試試我群滿爺的山炮吧！」我叔爺果然是如同他在參與接收山炮時所遐想的那樣，聲嘶力竭地大喊。

「你知道麼?我們那山炮,是美式山炮哩!那威力,多大!轟的一炮,炸死他娘的一片;轟的又一聲,又炸死他娘的一片!」我叔爺說,「就連那種炮的打法,我們都是在昆明經過訓練才學會的呢。」可接著他又歎了口氣,「唉,如果不是在桂林被那什麼鳥旅扣留,如果那鳥旅長不截留我們六門山炮,如果那一十二門山炮,還有那所有的美式山炮彈,統統由我們帶進城來,鬼子想攻克衡陽,哼!」

我叔爺認為他們只要再多一倍的美式山炮和美式山炮彈,衡陽就不會失守,顯然是他並不瞭解衡陽必然失守的綜合原因。他只是站在親自參戰的炮兵這個角度上所想。因為他們的炮彈打光了呀,沒有彈藥補充啊,最後炮兵都只能當步兵使用了啊,這城還能守住嗎?其實衡陽失守的原因非常複雜,甚至牽涉到同盟國的太平洋戰局和中國援緬戰役。但如我叔爺所言,如果炮兵營沒有在桂林的那一段「耽擱」,十二門美式山炮和大量的美式山炮彈進城,則戰局或可改觀。最起碼也可以延長守期,減少第十軍的傷亡,使日軍付出更慘重的代價。

其時,我叔爺不知道的是,就在他們血戰衡陽、拼死抵擋、屍骨成山、炮少彈缺之際,國軍直轄統帥部者有數炮兵團,皆駐紮在湘桂鐵路線,但這些炮兵團卻根本就未予支援。他如果知道這些,定會跳起來罵那些炮兵團的娘。

第二十四章

當日軍如瘋子一般不惜一切代價向衡陽城發起猛攻，當槍聲、炮聲、飛機的呼嘯聲……頃刻間似要將衡陽城掀翻，當城內外高大建築物一棟一棟被炸轟然倒下，當燃燒彈從天而降、霎時間烈焰熊熊、火光衝天，整個衡陽城陷入一片火海時，第十軍指揮員們的心態反而鎮定下來。因為日軍的攻勢之猛、火力之猛、步炮空的配合，一切都在預料之中。當預料之中的事終於來臨時，在這之前因日夜備戰、思索對策以防不測而積蓄的緊張、焦慮，反而得到一定程度的釋放。

「終於開始了！對方的手段終於顯現出來了！那麼就來吧、來吧，把你的招數全使出來吧！」

就如同高手對決，進攻的一方雖然佔據絕對優勢，來勢洶洶，但防守的一方早已領略過對手的招數，並有過將對手徹底擊潰、取得第三次長沙會戰勝利的輝煌戰績，他們不但有守城經驗，有精心構築好的堅固的防禦工事，而且鬥志高昂、將士用命、官兵盡職、人人以死拒敵，形成了令對手意想不到的戰鬥力。

第十軍軍部將軍長方先覺的命令一道一道下達。

命令：各守備部隊按原定計劃固守陣地，一步也不准後退！

命令：輜重兵團團長李綬光，立即派出一營兵力，全力撲滅火勢，搶救傷兵！

命令：輜重兵團再派出一營兵力，往各陣地運送彈藥，務必保證供應！

命令：師預備隊團，必須經過軍長的許可才能使用，不得有違！

……

第三師師長周慶祥除了嚴令死守自己的陣地外，還命令，若預十師葛先才師長的陣地出現險情，必須立即支援，不惜犧牲。

第一九〇師師長容有略激勵自己這支無論在兵力、火力上都是最弱的部隊，說若不是葛先才師長向軍長建議我們主動撤回西岸，若不是軍長同意我們撤回西岸，我們這一千多人就已經被日寇包餃子了。葛師長以人頭擔保我們一到西岸，定能奮勇殺敵！我們雖然只有一千多人，但只要以一命換取敵人二命、三命……我們就依然和第三師、預十師的弟兄們一樣，是第十軍的好漢！

指揮著主陣地防守的預十師師長葛先才則給各團長打電話：

「……敵寇攻得猛吧，哈哈，攻得猛好啊，沒有出乎我們的預料嘛！告訴你，他們也就是這三板斧，沒什麼了不得。……你們當然也知道這些啦，咱們和他打交道，這又不是頭一次。所以你們要不惜犧牲，堅決頂住！只要頂過這頭幾天，日寇的三板斧就落了空，戰局就會穩定下來。我官兵認為他皇軍也不過如此嘛，鬥志信心則會倍增。老弟，這就是無形戰力的來源啊！……」

師長的這種激勵，又一級一級往下傳……

於是，第十軍的陣地前，儘管日本兵就像海水漲潮似的往岸上沖擊，卻始終未能沖垮堤岸。

「嘩——」地一波衝來，「嘩——」地一波退去，「嘩——」地又一波衝來……震天的聲浪過後，留下的只是「沙灘上」遍佈的屍體。

整整一天過去了，日軍毫無進展；二十四小時拿下衡陽的計畫，成了泡影。

又一天過去……

第三天、第四天……

五天五夜，第十軍陣地巋然屹立，日軍未能越過一步。

陣地前沿，日軍的屍體一層疊著一層；第十軍弟兄們也是傷亡累累。

白天，雙方均不敢將屍體收回，去拖屍體的必死無疑。夜裡，日軍的進攻更加猛烈，陣地前沿增加的只是屍體。其時正是酷暑熱天，屍體很快腐爛，惡臭陣陣。

進攻屢屢受挫的報告，拼盡全力攻下一處陣地、旋又被第十軍反攻奪回的報告，傷亡猛增的報告，不斷地進入日軍衡陽戰役總指揮、第十一軍團司令橫山勇的耳裡。就他派上的六十八師團、一一六師團而言，已經沒有更好的攻城之計，該使用的，已經全使上了；該派上去的，也已經全部派上。當然，他手裡還握有更多的兵力，但他早就看透了國軍統帥部的戰略部署及目的，他手裡那更多的兵力，他得留著，用以對付外圍的國軍，他要將湘江東岸的國軍全部壓迫至衡陽以南很遠的地區……他斷定只要衡陽守軍在無援軍、無補給的情況下，到得戰力耗盡時，衡陽則不攻自破。然而，破城之日延緩，他又受到大本營乃至日本國內的質疑、譴責，於是，他想到了手裡的另一張王牌，那就是國際公約所禁用的毒氣炮彈。

使用毒氣炮彈，他當然知道其國際影響的後果，但他現在最需要的後果，是如何仍然以六十八師團和一一六師團去突破第十軍的防線。如果這兩個精銳師團、數倍於敵的兵力都攻不下衡陽，他無法向日本國人交待。只要毒氣彈能撕開第十軍的防線，能讓這兩個師團攻進衡陽，那什麼國際公約不公約，對他大日本皇軍早已是一張廢紙！

橫山勇率領的皇軍於六月十八日攻陷長沙後，原以為這支得勝之師從此可以長驅直入，卻無論如何也沒有想到，小小的衡陽，成了橫亙在他面前的一座難以逾越的山嶽。而築成這座山嶽的，竟是只有區區一萬多人的中國軍隊。

橫山勇的得勝之師不可謂不迅猛異常，六月二十三日，其前鋒即抵達衡陽，二十六日，便完成對衡陽的包圍。然而，他指揮的衡陽戰役總攻於二十七日剛一開始，第六十八師團長佐久間中將及參謀長原田真等將校多人，就被第十軍預十師迫擊炮連的迫擊炮彈全部報銷。

佐久間中將及參謀長原田真等將校是如何被迫擊炮擊中的，他簡直不敢去想也不願去想。他除了不能不如實向日本中國派遣軍司令——打通大陸作戰（簡稱一號作戰）的總指揮畑俊六報告外，便是嚴令部下不許說是被迫擊炮炸死（中國軍隊一個小小迫擊炮連的迫擊炮怎麼能炸死大日本皇軍的中將師團長？），而只能說是為天皇盡了忠。用句中國話來說，就是只能打掉牙齒往肚裡吞。

當然，他非常清楚，佐久間中將身邊那些被迫擊炮彈炸傷還沒死的軍官更清楚，那迫擊炮彈，是第十軍預十師師長葛先才手下的迫擊炮連打的。那個迫擊炮連連長，名叫白天霖。

白天霖指揮迫擊炮連，一舉擊斃日軍第六十八師團長佐久間中將及參謀長原田真等將校多人，是衡陽之戰首立戰功的國軍軍官，然而他這一戰功，卻是數十年後從日軍戰史中才得到證實。當時，白天霖發現一處疑是日軍指揮官活動的目標，立即命令集中迫擊炮，對準目標開炮。那炮彈打得是那麼準確，轟、轟，目標被轟得沒了。白天霖和炮手們斷定是炸死了日軍的一些指揮官，卻沒想到將皇軍第六十八師團的師團長、參謀長等統統幹掉了。以致於第十軍在得知佐久間等高級將官被擊斃後，也不能斷定到底是怎麼被他們打死的，究竟是不是被白天霖指揮迫擊炮連幹掉的。倒是在日軍戰史中，如實地記上了這一筆。

橫山勇原本要在一天之內攻克衡陽，可就在這一天之內，他那所謂迅猛異常的得勝之師遭遇了前所未有的打擊，就連師團長、參謀長都同時斃命。第十軍等於給了他當頭一棒，打得他暈頭轉向。接下來五天五夜的猛攻，除了傷亡慘重外，寸土未得。這一切，能不使他惱羞成怒？

惱羞成怒的橫山勇下達了命令，向第十軍所有陣地發射毒氣彈。

這一天，是七月二日。

第二十五章

七月二日這一天，宮得富、曹萬全、涂三寶老涂、別金有老癟他們這個排據守的陣地上，刮來了一陣涼風。

「好風好風。」坐在戰壕裡的老癟用手模著自己敞開的胸脯，大聲喝道。

連續五天的的苦戰，面對著日軍瘋子般的進攻，老癟他們這個排和所有的兄弟連排一樣，並不慌張。因為官兵們大都與日軍打過仗，知道日軍進攻的那些板路，無非就是先以遠程重炮向他們的陣地及市區猛轟，接著出動飛機狂轟濫炸，然後是步兵發起衝鋒。當日軍的重炮開始轟擊時，老癟他們躲在堅固的工事掩體裡，聽著那炮彈飛來的呼嘯聲，判斷著會落在什麼地方。他們這次沒有料到的是，日軍的重炮轟擊，每次竟有幾十分鐘之久，這使得老癟他們只能恨恨地罵，他媽的小日本的炮彈怎麼會有這麼多，像永遠也打不完一樣。

他們聽著那重炮的轟擊漸漸延伸，飛機的呼嘯又接踵而來時，不用長官下令，他們就做好了出去迎擊的準備。經驗告訴他們，日寇飛機在陣地上轟炸的時間不會太久，因為那鳥飛機飛高了扔下的炸彈炸不准，弄不好還會炸了他們自己的人；飛低了則怕挨機槍子彈。飛機的目標主要是市內建築。

當日寇的飛機一往市區飛去，他們就鑽出掩體，進入各自的位置。這時，日軍步兵便如潮水一般湧來。那陣勢，如果是第一次和日軍作戰的人，的確會被嚇得心驚膽顫、不知所措。但他們不怕，他們不急著開槍，他們得等到敵人靠得很近時，方一齊開火。他們的火力將衝在前面的敵人統統掃倒。後面的敵人踩著倒下的屍體，又蜂擁而來，他們的手榴彈便一齊投向敵群。手榴彈的硝煙未散，他們端著上好刺刀的槍，向敵人衝去。陣地上響起一片喊殺聲和受傷者的呼叫聲。他們的聲勢，壓倒了敵人，瘋子般的日寇也只能後退。他們只做短暫的追擊，便迅速返回陣地。他們不能將自己暴露在敵人的炮火下。只有當他們和敵人糾纏在一起時，敵人的重炮便不敢轟擊，飛機也不敢轟炸。在他們和敵人激戰時，軍輜重兵團一個營，川流不息地將彈藥運送到各個陣地；而當他們陣地上的某一點發生險象時，其左右兩翼陣地的弟兄們，則迅即以火力兵力支援，將衝上來的日寇擊退。

五天過去，陣地，仍牢牢地掌握在他們自己手裡。他們沒有為戰鬥的慘烈震驚，也沒有為死在自己身邊的弟兄悲咽。他們覺得最難受的是炎熱。

在戰鬥的空隙間，他們發牢騷發得最多的，是「他媽的熱、熱，他媽的怎麼這樣熱！」白晃晃的太陽掛在空中，照著被炮火轟炸成一片焦土的陣地。四周，未被撲滅的火仍在燃燒，熄滅的火依然升騰著青煙；燒焦的屍體味、因炎熱而發臭的屍體味，濃烈的火藥味、硝煙味，攪合在一起。

此刻，竟然有風朝他們刮來，老癟能不敞開胸脯喝彩？不唯是老癟，宮得富、老涂他們，所有的弟兄們，都覺得身上一陣輕鬆，都不由地讚歎好風。

老癟這個老兵不會想到，宮得富這個老兵販子也不會想到，所有的弟兄們都不會想到，日軍，就是利用這往第十軍陣地吹的有利風向，施放毒氣。

第二十六章

老癟敞開的胸脯上，兩塊凸起的胸肌中間，布著黑黲黲的胸毛。大戰正式打響的頭一天，排長要全排的人痛痛快快洗個澡。排長說他這不是命令，不過，誰要是不洗，誰就硬是個寶崽。排長說完寶崽就不往下說了，一些非湖南籍的老兵也明瞭那「寶崽」的意思，那是排長對他們的憐愛，因為，只要戰鬥一打響，別說還想洗澡，有洗澡水喝就是萬幸了。

老癟是第一個將衣服刮掉的。

老癟第一個刮光衣服，並拉著老涂和他一塊洗。老癟之所以拉著老涂一塊洗，是要老涂幫他搓背。老癟這個非湖南人愛的就是洗澡有人搓背。洗澡有人搓背的那個舒服勁啊，老癟說就像跟女人睡覺那樣過癮。

老涂其實不情願幫老癟搓背，他情願去幫宮得富搓。老涂還在想著以自己的實際行動來彌補對宮得富的傷害。可宮得富壓根兒就沒有要人搓背的意思，而老癟已經拉上了他，他也就沒有辦法了。

老涂幫老癟搓背時，老癟模著自己那道從胸脯往下、入腹連陰、穿檔跨股、再沿背脊往上，幾乎直抵頸部的黑毛，對老涂說，你知道這叫什麼嗎？這叫「青龍」。你知道兄弟我一打起仗來為什麼厲害無比？為什麼那「啾~啾」、「噠噠噠」、「嘎崩、嘎崩」的槍子兒就打不著我嗎？因為老子是條青龍。

「青龍，在天上騰雲駕霧。」老癟說，「老子是青龍轉世！」

老癟以為老涂這個傻不拉唧的新兵什麼都不懂。

老癟若是專講戰場上的事，老涂確實什麼都不懂。可他講的是自個兒身上的那條「青龍」，生在山裡，長在山裡的老涂就不但懂，而且深知其中「奧秘」。山裡人幹完活，吃完飯，最大的消遣就是講男女之間的白話。也如同現在的人們，無論官，無論民，聚到一塊就是講葷段子一般。老涂在家時雖然從不摻進去講，但人家講時，他尖著耳朵聽。那些白話是讓人愛聽哩，是有味哩，是聽著聽著不但想笑，還著實撓得人心裡癢癢，想去試一試哩。老涂當然不知道，這就是山裡人的性啟萌、性教育、性知識傳播。還搭幫這白話裡面的性啟萌、性教育、性知識傳播，老涂才知道和他的水姐那個哩。即使他的水姐還瘋瘋癲癲瘋得厲害時，他老涂也讓水姐順從了一回哩。

山裡人說女人胯裡無毛，那是白虎；白虎兇險哩，剋夫！白虎既然剋夫，誰敢娶？得配青龍。白虎配上青龍，那就無礙。什麼樣的男人是青龍？那就是老癟這樣的男人。

青龍為甚就不怕白虎哩？因為青龍厲害。青龍降白虎，白虎自然就剋不了他囉！這青龍厲害，主要指的是床上功夫。

正當老癟還要吹噓他這條青龍的厲害時，幫他搓背的老涂冷不丁地開了口。

老涂說：

「你厲害、厲害，你是在白虎身上才厲害。」

老癟無論如何也沒想到老涂能說出這種話，他頓時樂了，哈哈大笑了。

老癟說：

「老涂老涂，這回我老癟可是沒撩你啊，這回可是你老涂自己先說的啊，這回我老癟可就不怕你去告密啊。我問你，你那不能讓人說，也不能讓人提的女人，是不是個白虎？她若不是白虎，怎能不讓人提也不讓人說呢？」

老涂同樣沒想到，他忍不住迸出來的那句話，讓老癟有了藉口。這回，他的確是想生氣也生不起來。特別是老癟說不怕他去告密那話，使得他即使有火要發也得強行按下。因為就是那「告密」、「告密」，弄得他不但成了林滿群和宮得富的仇敵，而且成了眾矢之的，成了孤家寡人。

老涂算嘗到了孤家寡人的滋味。在這兵營裡，沒人睬他，沒人理他，那真比被關禁閉還吃虧。幸虧這老癟還願意「撩」他，他可不能再成為老癟的仇敵。於是老涂只能強硬地回答：

「不是！我女人不是白虎！你女人才是白虎。」

老涂這話一出，老癟更樂了。

老癟說：

「我要是有個女人是白虎就好囉！可我沒有一個真正的女人哪。」

老癟在這裡說的女人和真正的女人，都是指老婆。老癟沒結過婚，當然就沒有老婆。

老癟接著說：

「跟我睡過的女人倒是不少，可不管她是白虎也好，不是白虎也好，只要是個女人，只要一跟女人睡了覺，我老癟就心情舒暢。原本心裡有的火，沒了；原本心裡煩躁，那煩躁也沒了。唉，女人、女人，他媽的那真是我老癟的補藥。」

老瘸不由地回味起跟他睡過覺的女人來。

老瘸睡的第一個女人，就是令他走上當兵這條路的女人。令老瘸走上當兵這條路的女人是一個年輕小寡婦，這個年輕小寡婦長得那個漂亮啊，老瘸只要一和人說起，就忍不住讚歎連聲。年輕小寡婦原本是和鄉長好的。可老瘸說她那是沒有辦法才和鄉長好的。因為一個寡婦女人，日子過得實在太難。「兄弟你想，一個寡婦無依無靠，她不傍個男人怎麼能行呢？她傍的那男人，還得有錢有家產不是？若真的傍上像我老瘸這樣的男人，兩個肩膀扛一張嘴，光會賣力幹活、幹活吃飯，她傍了有什麼用呢？還得倒貼……」老瘸似乎從來就不恨年輕小寡婦和鄉長要好，他說，年輕小寡婦心裡面裝的只有他！因為他那時，年輕！渾身的勁直往外鼓！

老瘸說他和年輕小寡婦是這麼好上的：年輕小寡婦的相好，也就是那個鄉長，沒有完成上頭派下來的徵丁任務，整天愁得唉聲歎氣。小寡婦問他唉什麼聲，歎什麼氣？難道是開始嫌棄她不成？鄉長就把這發愁的事說了。鄉長說若是完不成徵丁任務，他這鄉長就有可能當不成了；他這鄉長若是當不成，小寡婦的依靠也就沒了，還說什麼嫌棄不嫌棄，到時還不知是誰嫌棄誰呢？老瘸說鄉長其實是個好人，他是怕寡婦離他而去。老瘸又說那小寡婦也是個好人，她傍著鄉長時得了不少照顧，如今鄉長有了犯難的事，她總不能不管啊！小寡婦就幫鄉長想辦法，說眼下不是還有好幾個小年輕嗎？怎麼不讓他們去應徵？老瘸說小寡婦說的這些個小年輕裡面，就有當時的他老瘸。可小寡婦這麼說了後，鄉長卻連連搖頭，鄉長說這些個小年輕年齡不到，他總不能將些個年齡不到的人充當壯丁，那樣是造孽造孽。小寡婦則說，如果是他們自願去呢？鄉長說哪裡會有這樣的事，人家躲壯丁還躲不贏哩！小寡婦就說把這事交給她，她保準讓小年輕自願去應徵！

老癟說小寡婦就找到他，問他願不願意去當兵？老癟說當兵有什麼好？小寡婦說當兵有現成的飯吃，不要自己做，還能升官，升了官，就什麼都有了。老癟說小寡婦不等他回答，又說這徵丁反正是年年要徵的，你雖然年齡沒到，但今年沒被徵丁，明年就會被徵，遲早會有一次，遲去還不如早去……

老癟說小寡婦還說了許多，可他根本就沒怎麼聽進去，當時他完全被小寡婦說話那神態，那樣子，迷住了！他說小寡婦哪裡是來動員他去應徵呢，小寡婦分明是來勾他的魂。

老癟說他後來就迷迷糊糊的了，身不由己地跟著小寡婦鑽進了麥秸垛。他彷彿只聽得小寡婦在他耳邊說，你遲早也會有這種事的，遲有不如早有，還不如我先給了你，免得去當了兵後，萬一有不測，就連這個都沒嘗到，那她就太虧心了……

老癟說，就從這頭一回起，小寡婦不讓他去當兵了，說是離不開他了。

「她倒是離不開我老癟了，可我老癟得離開她啊！」老癟說，「這第一，我老癟已經在徵丁名冊上畫了押，也就是報了名，我老癟不能不講信用啊！我老癟從來就是個把信用放在第一的啊！這第二，她說離不開我，那就是傍上了我。既然傍上了我，我老癟就得把她養起來啊！我老癟拿什麼來養她呢？我老癟只有去當兵，若是混上個連長營長的幹幹，那就能帶太太了……」

老癟說他就是這麼離開了小寡婦。可他穿上軍裝，扛上槍後，心裡總是放不下小寡婦。兩年後，他（偷偷地）回了趟老家，小寡婦卻不在了，嫁人了，遠走他鄉了。原來小寡婦將像他老癟那樣的小年輕都送進了隊伍，用的差不多都是同一個辦法。那些小年輕也都和他老癟一樣，心裡念著小寡婦，不時有人回來找她，手裡還拿著槍……小寡婦是怕出事，是怕槍子兒走火。

老瘸說有人告訴他，小寡婦臨走時，念了他老瘸一句。小寡婦說不知道那個別金有現在怎麼樣了？

老瘸說，你聽聽，你聽聽，她別人都不念，單單念著我老瘸，可見她心裡裝的還是只有我！

老瘸說他就去找小寡婦，要去論清個理，你小寡婦是說了要等老子回來的啊，等老子回來就永遠跟著老子的啊！你小寡婦臨走時還念著老子啊！

可老瘸沒找著，那小寡婦不知道去了哪裡……

老瘸說雖然他再沒找著小寡婦，可小寡婦硬是在他心裡抹不掉了，沒人再能替代了。

老瘸一說到女人，老涂不能不受感染。老涂一受感染，也不能不回味起他的水姐來。

老涂這一回味，話就不知不覺地溜了出來。

老涂說他那水姐就是個水仙，是個甚人也比不了的水仙。老瘸說，你那山旮遝裡能出什麼水仙，只聽說過山旮遝裡飛出金鳳凰，你要誇自己的女人也打錯了比方，驢唇不對馬嘴。老涂說，是水仙，就是水仙，是水裡的仙女。老涂把水姐母親生水姐時夢見洪水的事說了出來。老涂說水姐的那個漂亮啊，通地方沒有第二。老涂說水姐對他的那個好啊，通地方也沒有第二……老涂沒有把水姐被日本人蹂躪致瘋的事說出來。老涂只是說他來到這衡陽後，沒有父母、也沒有親人照顧、染了重病的水姐孤零零一個人在家裡，他能不掛牽？……

老涂說完，覺得奇怪，他把掛牽水姐的事一說出來，心裡反而舒坦了，不那麼憋悶得慌了。

可老涂這麼一說，老瘸心裡竟有些酸楚。

但老瘸就是老瘸，他只酸楚了那麼一會，便說：

「老涂老涂，我他媽的算明白了你的心思。你他媽的要早說出來，我老癟能不給你作主？我老癟還能容旁人亂說你的水姐？老涂你記住老子的話，打仗時緊跟著老子，老子保你平安無事！打勝這一仗後，老子幫你去找韓在友，要韓在友在師長面前幫你請個假，回去看你的水姐。韓在友是我的生死弟兄，他能不給我面子？韓在友是師長的衛士，師長肯定會給他面子。」

老癟這話，雖然是連吹帶唬，卻讓老涂看到了希望。於是老涂盼著快點開仗，盼著開仗後快點打勝仗，打了勝仗後，好讓老癟幫他去請假，請了假好回去看水姐。

看到了希望的老涂，自然就有了一絲快樂。這是他吃糧後第一次得到的快樂。

有了快樂的老涂幫老癟搓背就搓得格外起勁。這時，宮得富那邊圍了一堆人：打賭。

這些兵們在賭什麼呢？他們賭弟兄們中究竟誰最厲害。他們說的這個厲害，是指在戰場上的本事。他們賭來賭去，最後賭到宮得富和老癟身上。

有人說還是老癟最厲害，他那刺刀見紅的功夫，咱弟兄們早就見過。有人說宮得富厲害，宮得富是「有打不現形」，要不，師長怎麼會親自來請他呢？師長還要他和韓在友比過槍法，能和韓在友比槍法的，嘖嘖！又有人說老癟不但拼刺刀厲害，槍法也不在韓在友之下，更何況，老癟打了那麼多大戰，身上連個傷疤都不見……

有人對宮得富說，宮得富你自己講，到時候你和老癟到底誰更厲害？你要是認為你厲害，我就信你的，把這一塊錢壓到你身上。

聽著弟兄們拿他和老癟打賭的話，宮得富根本無所謂。他在看著熱鬧的同時，仍然在想著要如何不顯山不顯水地報老涂那告密之仇。

宮得富自被師長請去，協助完成了輪渡載人西撤的任務後，儘管他覺得自己並沒有立下什麼戰功，但的確在弟兄們面前長了臉，使得弟兄們對他格外另眼相看，這讓他心裡著實舒暢。他心裡一舒暢，也不由地想過，如果不是老涂那傻瘋告密，他還真的不可能在弟兄們面前風光。他宮得富什麼時候風光過呢？他宮得富什麼時候也沒有過風光。於是他也閃過一個念頭，算了，別他媽的老是記恨那傻乎乎的老涂。但他轉念又想，如果不是恰好碰上師長到了團部，如果碰上的不是這位葛將軍葛師長，他和林滿群早就被一槍崩掉，沒有命了。他知道部隊在開戰前，為了穩定軍心，槍斃逃兵、膽小鬼，那是常事。「殺一儆百」！如果是他宮得富當長官，他也會殺。古時打仗還殺人祭旗呢！所以，當時他宮得富若被槍斃，他不怨長官，只怨自己命背。但如果不是老涂告密，長官會槍斃他嗎？冤有頭，債有主，老涂就是那頭，就是那主，「有仇不報非君子」。因而，他又覺得如果放過老涂，自己就太不像個男人。

宮得富頗為矛盾。如果老涂在他眼裡，是個厲害角色，他會毫不猶豫地將報仇進行到底。然而，在他看來，老涂又確確實實是個傻瘋，是個只會想著他那不知道究竟真的漂亮還是醜八怪女人的窩囊廢。自己去算計這麼一個哈裡哈氣的傢伙，也不像個男人。

宮得富想來想去，還是「算了」的想法占了上風，反正就要打仗了，那戰鬥一打響，鬼子的槍炮兇狠，像老涂這麼個傻瘋，一上去可能就會送命，自己還何苦跟他過不去呢？

正在宮得富決定「算了」的當兒，他看著老涂跟老瘋套上了近乎。他和老瘋雖然只打了這麼久的交道，但他看出，老瘋他媽的不但厲害，而且真是個講義氣的人。老瘋若是和老涂好了，絕對會真正的護著老涂。宮得富認為，這是老涂有意在找個保護他的人。他媽的，別看這傢伙哈裡哈氣，倒曉得找上老瘸來護身。他媽的，你若不找老瘸，老子也就饒了你，你越是這樣老子越要你好看，要你死了還不知道是怎麼死的。

宮得富眯著眼睛，想，要對老涂下手，絕不能讓老瘸看出破綻，老瘸這人講義氣，若是被老瘸發現他對老涂的行徑，一是老瘸不會饒他，二是會損了自己的英名。

宮得富又想，老瘸雖然講義氣，會顧著老涂，但此人好大喜功，如果讓老瘸只顧去想著如何爭個殺敵的第一，他就會顧不上老涂。那時自己就好對老涂下手了。

於是宮得富故意大聲地說：「老瘸那幾下子算什麼呢，他能勝過我宮得富？我宮得富當然是第一哪！弟兄們只管把賭注壓到我身上，我宮得富包你們只贏不輸！」

宮得富這麼一說，老瘸連衣服都顧不得穿好，便急急地趕了過來，給自己下一賭注。

老瘸說，宮得富啊宮得富，你竟敢在我老瘸面前稱第一，我倆現在就來比試比試！

宮得富說，瘸（別）、瘸（別）兄，現在比試有什麼用呢？只有戰場上見高低、見高低。不過，小弟我已替瘸兄想過了，小弟我現在是機槍手，使用的是輕機槍；瘸兄你用的是步槍，咱倆這火力無法比……

宮得富還沒說完，老瘸笑了起來。老瘸說，宮得富你不用為這個操心，你手裡的機槍和我手裡的步槍，咱倆輪換著使，這就公平了不是。不過，和鬼子拼刺刀時，你不能用我這桿槍，你得要排長另外給你配一支……

這時，宮得富和老瘸都沒想到的事，又出現在老涂身上。

老涂見老瘸說要宮得富另外配一支步槍，忙說，宮兄宮兄，小弟我這支步槍給你用（他也學著稱兄道弟了），小弟我不用槍，只要有手榴彈就行。

老癟聽老涂說要把他自己的槍給宮得富，以為老涂是要討好宮得富。老癟知道老涂怕宮得富報那告密之仇。可你要討好，也不是這麼個討好法呀！

認為老涂又犯傻氣的老癟說：

「老涂啊老涂，你硬是排長說的那種蠢寶，打起仗來你能不用槍嗎？」

老涂一聽老癟的話，以為這事得向排長報告，得經過排長的允許，他忙轉身，去找排長。

排長就在旁邊，正看著他們，樂。

老兵販子出身的這位排長，深知在大仗開始前，絕不能讓士兵緊張。他的部下越輕鬆越好，所以他要允許部下胡扯。而他的這些弟兄們，扯卵談打賭竟然是賭誰在戰場上最厲害，他能不樂嗎？

「報告排長，我請排長將涂三寶的槍收回，發給宮得富，讓他一人既用機槍又用步槍，好和別金有別大哥比試。」

老涂之所以說要把他的槍給宮得富，第一，確實如老癟所料，是他見著又來了討好宮得富的機會；第二，則是所有人都不會想到的，這個在山裡打過獵的獵戶，對使槍卻實在不太順手。

排長一聽，覺得這個老涂真是有味，你要說他哈（傻）嗎，他知道先請將他的槍收回，也就是上繳後，再由長官發給別人；你要說他不哈嗎？老癟說要宮得富另外配支槍的話，明明是玩笑話，將宮得富的軍，機槍不能上刺刀。

排長說，我把你的槍收回你用什麼？你赤手空拳去和鬼子拼？

老涂說，我用手榴彈啊！排長你只管多給我手榴彈就行，你把他們的手榴彈統統給我。

「你用手榴彈?!你用手榴彈也得配槍哪！當兵打仗能不要槍？」排長越發覺得這個老涂有趣。

「這步槍我用起來實在不順手，老是擺弄不好，它、它欺生。」

「你不會擺弄槍？」排長疑惑地問。

「報告排長，我不說假話。每次擦槍，我的手指都弄得皮破血流。這槍，實在不好用。」

「你，你不是打過獵的嗎？打獵的不會用槍，你用什麼打？」

「報告排長，我用石頭！」

老涂這麼一說，排長、老瘸、宮得富他們同時笑了，以為老涂又開始發哈。

老涂似乎不明白他們為什麼笑，他彎腰抓起一塊石頭，說：

「排長，你看我打中前面那隻麻雀。」

遠遠地，有一隻麻雀在地上跳躍。

麻雀應當總是一群一群在一起的，可這隻麻雀，許是掉了隊，它所在的那支麻雀部隊，大概已經知道在這個有雁城之稱的衡陽，即將爆發一場人與人之間的殊死戰鬥，麻雀們雖然不知道正義與非正義，但也明瞭，它們本來在這裡好好的，就因為來了要佔領這個地方的人，遠遠地已經響起了令它們最害怕的槍炮聲，為了免遭殃及，麻雀大部隊立即遷移，這隻掉隊麻雀找不著它的部隊了，只得又回到原來的地方。

老涂手中的石頭橫掃而出，如擲鏢狀。然而，石頭並未打中麻雀。

老涂手中的石頭剛一出手，他就朝著麻雀喔呵大叫，喔呵聲驚得麻雀「撲愣愣」而飛，石頭落在麻雀原來的位置。

有人喊，老涂你個傻瘸，你不要驚動麻雀哪！

「老涂你個寶崽！你是想學韓在友那一手，快槍打飛鳥吧，可你的石頭能有子彈快嗎？」

一陣哄笑。

「笑什麼笑?!」老瘸對笑的人不滿了。他看出了老涂扔石頭的不同一般。老瘸說：「老涂，你再扔顆手榴彈給我們看看！」

老涂看著排長。排長說，要扔就一連扔五顆。

立即有人將五顆手榴彈擺到老涂腳下。老涂剛抓起一顆，老瘸又說，老涂你可別拉弦哪！老涂說，我曉得、曉得，我這是演習，要等到真和鬼子幹仗時再拉弦。

老涂的第一顆手榴彈一扔出去，所有的人都驚訝了。根本用不著去量距離，光憑目測，就無人能及，至少比他們自認為投彈投得最遠的，還要遠那麼十來米。而老涂投彈那姿勢，又根本不是正規訓練所要求的，也就是說，他隨便一扔，就比經過正規訓練的要遠得多。

老瘸帶頭鼓起掌來。

在掌聲中，老涂投出去的手榴彈一顆比一顆遠，且都在一條直線上，表明每一顆都命中預定目標，沒有偏差。

排長呵呵而笑，說，老涂、老涂，你怎麼會有這一手?!

老涂說，排長，我沒說假話吧，這下可以批准我只用手榴彈了吧。我的槍可以繳回給宮得富用了吧。

排長說，老涂老涂，你的腦殼還是少根筋，你投手榴彈沒問題，我給你定個不但是全排第一，在全連也要數第一。可你要知道，和鬼子短兵相接、白刃肉搏時，手榴彈就難以派上用場了，你除非拉響手榴彈，和鬼子同歸於盡。就算同歸於盡，有我們自己弟兄在肉搏時，你也不能拉手榴彈啊！白刃肉搏時，你只有將刺刀上到槍上，像老癟那樣……

排長還沒說完，老涂就說，我明白了、明白了，我不光要用手榴彈，還要用槍，槍留到肉搏時用，跟鬼子拼刺刀用。不過，宮得富怎麼辦？

排長沒想到的是，他說的拉響手榴彈，和鬼子同歸於盡的話，同樣記在了老涂的腦子裡。

排長見他還在為宮得富著想，只得說，宮得富和老癟比試的事，你就不用操心了，我自有安排，我也會為你配足手榴彈的。

老涂高興地應聲是，正要離開，排長又說：

「老涂，有件事我就硬是沒弄懂，你不是個打獵的嗎？你個打獵的怎麼不善使槍呢？」

老涂笑了，說，排長你不曉得呢，我那個老家涂家坪，窮得要命，哪裡有錢去買槍彈火藥呵！我那支獵槍，是背在身上做樣子的。不到萬不得已時，決不會使它。那支做樣子的獵槍，也是人家不要了，我白撿的。我想著既然有了槍，就得打回野物啊，我就專門練著用石頭打，一發現野物就使勁追，結果就練出了腿勁手勁和眼力……

老涂沒說的是，他那支白撿的獵槍，曾差點把他的眼睛燒瞎，有次他一扣扳機，「鵝弓」（老式獵槍打火機關）往下一磕，火藥竟往後噴……

老涂一下成了神投手。老癟又吹開了牛皮，老癟說他早就看出老涂是個有絕招的能人。老癟說，你們還講他是個傻癟呢，這樣的傻癟才是我老癟的徒弟。但他又悄悄地問老涂，為什麼用石頭打麻雀時又要喔呵著將麻雀趕走？為什麼不顯現出一石中鳥的絕招來？

「你如果將那隻麻雀打中，我就更有臉面啦！」

老涂說他是在石頭出手的那一瞬間，改變了主意，他不忍心打死那麻雀。

「何必呢，」老涂說，「它又不是鬼子，現在要打的只有鬼子！」

瞧著老癟和老涂的熱乎勁，宮得富心裡不是個滋味。待到老涂一離開，他就冷冷地笑著對老癟說：

「癟兄，我和林滿群剛來時，你說老涂這啞巴徒弟孝敬林滿群，如今啞巴開了口，你癟兄收了做徒弟，他拿什麼孝敬你癟兄啊？」

宮得富這話雖然帶刺，可老癟不生氣。老癟樂呵呵地說：

「喊什麼癟兄癟兄囉，你就喊老癟，順口得多。要不然，就像你們湖南長沙人那樣，喊癟哥。」

老癟說完，走到宮得富身邊，用手指捅了捅宮得富的腰，輕輕地說：

「兄弟，得饒人處且饒人。人家也可憐，不是有意告你的；人家那老婆、水姐，是說不得的呢，你犯在前。」

宮得富用腳尖踢著地上的土，說：

「什麼呢，早就沒當回事了。」

「沒當回事就好！」老癟說，「我知道兄弟你肚量大，若是當個宰相，肚子裡能撐船。兄弟我跟你說囉，你使機槍，老涂善投手榴彈，我老癟用步槍，我們兄弟三個組合到一塊，你的機槍『噠噠噠噠』」，掃倒他一大片；老涂的手榴彈『轟、轟』，炸倒他一大片；我老癟的步槍『叭、叭』，專門收拾那想朝你機槍手和投彈手開火的傢伙。咱這不但是一張最好的火力網，而且能互相保護哪！一到和鬼子肉搏時，我老癟的刺刀在最前面，兄弟你到我的右邊，老涂到左邊，咱們既能共同對敵，又能相互照應哪！兄弟我雖說要和你爭第一，可真的打起仗來，只有爭第一的扭成一股力，最後才有第一來爭哪。兄弟你明白我這話的意思吧，犯忌的話咱不說。我老癟打了這麼多年仗，身上連塊傷疤都沒有，這經驗，這道道，我可都對你說了。」

老癟這話，不能不讓宮得富佩服到家了。他知道，老癟這也是為了他好，可他還是說：

「老涂那傻癟，能拼刺刀？」

老癟說：

「你沒見他扔手榴彈那手勁？他氣力大得很！上了刺刀的槍在他手裡，肯定舞得團團轉，我老癟看中的人，錯不了。」

宮得富沒吭聲，只是在心裡想，哼，哼，氣力倒是有幾斤蠻勁，可在新兵訓練營，老子略一躲閃，再借一把他自己的勁，就把他甩出好遠……他又想，這個老癟，原來到底是不是也和老子一樣，當過兵販子呢？

見宮得富沒吭聲，老癟又說了一句。老癟說，兄弟，跟不跟我聯手，還得由你自己做主。那老涂，我是帶在身邊了。

一進入陣地，老癟果真就讓老涂緊緊地跟在身旁。老涂的身旁，則放著他早就上好刺刀的槍，腳旁，是一堆特供給他的手榴彈。

宮得富還是加入了老癟的組合，他靠在老癟的右邊，將機槍抱在懷裡。

日軍遠程重炮的猛烈轟擊一停，戰場上呈現出一種怪異的寧靜，但這種寧靜只是片刻而已。稍頃，遠遠地，似有洶湧的洪水衝開堤壩，往原野、山地傾泄而來。驀地，兇猛的吶喊聲如悶雷滾滾，一陣接著一陣。吶喊聲越來越近，越來越凶，越來越烈，像饑餓的狼群發現了獵物，嗷叫聲引來滿山遍野的餓狼，一齊奔跑著、彙聚著、加入嗷叫的行列。那要撕碎獵物的嗷叫的聲浪，刺耳驚心，就連陣地上因炮彈轟炸騰起的濃烈的煙霧，也被震裂開一道又一道口子。

初上陣的新兵，如果不是在老兵群裡，即使不被剛過去的那陣鋪天蓋地的炮彈嚇懵，也會被眼前這洪水猛獸般的情景嚇暈。

老癟對老涂說，別慌、別慌，那是送死的來了。你聽我的，我要你投彈時你就投彈，我要你衝時你就跟著我衝……

宮得富則跟沒事一樣，他架好機槍，嘴裡無聲地在念叨著。他是在估算著衝來的鬼子離自己還有多遠，念叨的是他估算的距離。

成千上萬只獸蹄踢騰而起的灰浪，已經赤爍爍地撲面燙人……

兄弟連排的槍聲響了。

各種槍聲急驟地交織在一起，立即將瘋狂的嗷叫聲壓倒。

老癟他們這個陣地上，傳來排長的命令：讓他媽的再靠近一點！

「讓他媽的再靠近一點……再靠近一點……」弟兄們挨個兒傳遞……

終於，排長的槍首先響了。

全排各種火力頓時怒吼。

宮得富的機槍也叫起來。

宮得富的機槍響聲是間斷的，「噠噠噠」、「噠噠噠噠」……

宮得富的機槍這麼一響，老癟就高興地說，宮得富你小子是「點放」高手啊！

老癟說完，將手中的步槍扳機一扣，「叭」，撂倒一個正要向宮得富射擊的鬼子。「叭」，老癟不慌不忙，又撂倒一個。

老涂急了，抓起手榴彈就要扔。老癟忙說，還等一會，還等一會，你先打幾槍過過癮。

老涂哪裡還顧得上聽老癟的，他拉開彈弦，平生第一次將真正能炸死人的傢伙，朝凌辱過他的水姐的日本人投去。

老涂的手榴彈在空中劃出一道弧線，飛得是那麼遠，因為遠，手榴彈在落點上空爆炸，殺傷力特別大，但聽轟的一聲，鬼子倒下一片。

老癟原來顧慮鬼子離手榴彈投擲的距離還不夠近，老涂拉弦後，不會計算手榴彈出手的時間，匆匆投出去，影響殺傷力，這一下，他不禁叫起好來。

手榴彈從老涂手裡一枚接一枚地投出，又快又遠又準，隨著「轟、轟」連續不斷的爆炸聲，弟兄們齊聲叫起好來。

老涂聽得叫好聲，越發投得興起。他一口氣投出十多枚後，突然想看看自己投出去的手榴彈所取得的戰果。他停止了投彈，趴在掩體後面，大睜著兩眼，但煙霧太大，看不清楚。

他罵一句「媽媽的瘡」，竟然站了起來。

老瘡忙將手中的槍一扔，抱住他的雙腿，狠命一拖，將他一把拖倒在地。

「嘎崩！嘎崩」連續幾顆子彈從老涂站著的地方穿過。

老瘡這老兵就是這麼厲害，他若是跳起來去將老涂按倒，自己說不定就會挨上那飛來的子彈。他這麼一拖，自己沒事，被拖的人也得救了。

「你他媽的不要命哪！」老瘡惡狠狠地罵，「你要給鬼子當靶打啊?!」

老涂倒笑，說：

「我原本以為自己會發慌呢，可看著你們一個個沒卵事，我也就不慌了。」

「不慌就不慌，你他媽的突然站起來幹什麼？」

老涂說：

「我想看看呢，看自己那一顆手榴彈甩出去，到底炸死幾個？」

老瘡說：

「看什麼看，老子給你記著數。」

老涂趕緊問：

「到底多少？」

老瘡說：

「記不清了。」

「那宮得富的機槍呢？打死多少？」

「也記不清了。」

「你自己呢？」

「老子顧不得記了。」

老涂似乎覺得很遺憾，這麼重要的事，老癟竟然沒記下……他抬起頭，突然大叫：

「我看見了，看見了，鬼子被我們打退了！」

老涂裂開嘴巴，呵呵地笑。這是他自從吃糧後，從內心裡發出的第一次笑，抑或是最後一次笑。

老兵販子排長貓著腰，來到老涂面前。

排長表揚了老涂。大致意思是，老涂，你小子好樣的，你小子天生就是我們第十軍的一塊好料。我要報告連長，連長會報告營長……給你這個新兵請功。

這個老兵販子排長，實在是個天才的第一線作戰指揮者兼思想工作者。他給老涂請功，無疑會激發所有新兵的鬥志；而老涂的手榴彈威力，則立即讓他新生了一種手榴彈戰術。

排長將自己所屬的三個班，每個班都從一到十編成號。他要將手榴彈變成如同炮彈發射。

當日軍又一次逼近陣地時，他發出了口令：

「一號準備，投！」

立時，三個班的一號，也就是三枚手榴彈，同時從不同的角度投向敵人。

「二號準備，投！」

又是三枚手榴彈同時投擲出去。

手榴彈接連不斷地集中投擲，如同炮彈一樣準確地在日寇群中開花……用軍事術語說，以手榴彈爆炸的直徑計算，同時投擲的三枚手榴彈，幾乎可以封殺排陣地全部正面之敵。以口令指揮，就如同給炮兵提供發射目標位置一樣，既可發揮最大的殺傷力，又可節約手榴彈。

然而，老涂卻不在這按口令投彈的編號內。

排長給老涂安排的是，當鬼子後退時，再發揮他那遠程手榴彈的威力。

於是，鬼子被陣地上阻擊的手榴彈炸得不能不遺屍棄械、掉頭往後跑時，老涂的遠程手榴彈又在他們逃跑的前面爆炸，使得這股由進攻到後逃的鬼子被炸得矇頭轉向，就如同遭前後截擊、陷入了包圍圈一樣。在鬼子矇頭轉向時，諸如宮得富那些機槍點射高手、老癟那些步槍射手，可就以子彈將還想生還的傢伙逐一點名嘍。

「打得好啊！」陣地上不但傳來了連長興奮的喝彩，還有營長、團長、直至師長。

當老涂的手榴彈幾乎成為神彈而在陣地上傳開時，老癟那個高興勁，彷彿老涂真是他手把手教出來的徒弟。

看不出，看不出，哈寶有打不現形。

我叔爺曾對我說，他們守衡陽的第十軍，都有著和老涂、宮得富、老癟他們這個排類似的手榴彈戰技，並隨時根據戰鬥狀況進行調整。我叔爺說，你知道手榴彈在衡陽之戰中為什麼有那麼大的威力嗎？那是和我們的陣地工事構築分不開的。我叔爺說就以他參與構築過的工事來說，師長葛先才硬是親自守著督導啊！我叔爺說那陣地，便於發揮手榴彈的威力。

我叔爺的這些話，為日軍戰史所證實。

日軍戰史在記載衡陽戰役時，有這麼一段記述：

中國軍隊（第十軍）之另一戰鬥特技，手榴彈投擲。此項戰技，原為英美陸軍之拿手戲，而現在之中國國軍，卻已超越了英美，爬升為優勝隊之A組。衡陽周邊之丘陵地，基部盡已削成斷崖，敵人（第十軍）以手榴彈自上而下，做準確而遠距離之投擲，使日軍蒙害甚大。衡陽戰役之中期，第六十八師團及一一六師團，各步兵連之兵力，平均減至二十名官兵，如此巨大之傷亡，敵人之手榴彈為一主因，故需記述以資留念。

然而，日軍戰史所記述的使其「蒙害甚大」的第十軍的手榴彈戰鬥特技，在第十軍只有傷亡而沒有兵力增援，只有彈藥消耗而沒有補充的情況下，老兵販子排長發出的從「一號準備，投」到「十號準備，投」的口令，也逐步減少，最後已無口令可發，也用不著再發……只剩下個老涂將身邊的手榴彈如扔石頭一般朝鬼子群中扔去。

老涂手裡最後那顆手榴彈被他拉響了弦，卻沒有出手。最後那顆手榴彈，是在他自己手上爆炸的。

第二十七章

七月二日，黃昏後。

當老瘋說著好風好風時，日軍衡陽戰役總指揮、第十一軍團司令橫山勇下令向守衛衡陽的第十軍所有陣地發射毒氣彈。

隨著橫山勇一聲令下，一千餘發毒氣彈，陸續朝第十軍陣地射去。

第十軍軍部。

「軍長，預十師報告，他們的陣地被日軍毒氣彈攻擊。」

「第三師陣地亦遭毒氣彈攻擊。」

「第一九〇師也遭到毒氣彈……」

「什麼？我陣地全面遭受毒氣彈攻擊?!」方先覺沉吟了一下，這位在戰前將所有可能發生的敵況都進行了分析的將軍，沒想到敵人竟然這麼快就使用毒氣彈。

方先覺旋即命令，將軍部所有的防毒面具立即下發！

「軍長，我們現有的防毒面具，還不夠各師的下屬軍官使用啊！」

方先覺略微思索了一下，說道：

「將軍直屬部隊所有的防毒面具收集攏來，火速送往陣地，儘先發給炮手和機槍射手。立即通知各部隊，無防毒面具者，盡速以濕毛巾捆住面部……並嚴令各部隊不得慌亂……」

在軍長的命令還沒下達到各部隊時，各師的師長已經下達了不得慌亂、速將毛巾浸濕以抵禦毒氣的命令；在師長的命令還未下達時，各團營長已經下達了類似的命令；而在各團營長下達類似命令之前，連排長們，也已經做了應急部署……這支早就和日軍進行過多次較量的部隊，知道如何應付突然而至的變故。如果非得等到軍長的命令來時才採取措施，那毒氣，只怕早已將陣地上的人害得差不多了。因為軍長的命令，是根據排連長一級一級報上去的情況，才作出的。這中間往返過程所耗費的時間，足以讓毒氣放肆逞兇。

而對於老兵們來說，他們更知道如何保護自己。

當毒氣彈一發射到陣地上時，老癟和宮得富他們這些老兵們喊聲不好，便將頭伏下，緊貼著地面，迅速將隨身所帶的毛巾重疊，以水浸濕，捆紮到臉上。只有老涂他們那些新兵不知道這是怎麼回事，傻乎乎地愣著。

「老涂，毒氣！」老癟急得大喊。

老涂仍然傻乎乎地愣著。老癟只得跑過去，將老涂一把按倒。

老癟將老涂的頭按入泥土中，老涂還是沒明白過來是怎麼回事，只是使勁掙扎。宮得富看著老涂那樣兒，心裡不由地好笑。

老涂將頭從泥土中掙扎出來，噴出一口混著灰土的唾沫，叫：

「你要捂死我，捂死我啊?!」

「你他媽的別吭聲，別吸氣，這是毒氣，毒氣來了！你他媽的把頭伏下、伏下！」

老癟去搜老涂身上的毛巾，老涂卻沒帶毛巾。

老涂在進入陣地前，想著帶那毛巾幹什麼呢？這熱死人的天，毛巾唯一的用處只有擦汗。他老涂擦汗用不著毛巾。他老涂連洗臉洗澡都不用毛巾。他老涂看著發給他的毛巾，捨不得用。他老涂得將毛巾收留起來，等打完仗後，帶回家去，給他的水姐……

老癟一把脫下自己的軍衣。

老癟要宮得富快拿水來，宮得富晃了晃水壺，示意水壺裡的水已經用光。宮得富又將水壺蓋子扭開，將壺口朝下，然後以手指了指自己嘴上的毛巾。那意思，壺裡的水已經全部被毛巾吃了。

老癟忙解開褲子，掏出鳥兒，就朝衣服上撒尿。

老癟一手抓著尿濕的衣服，一手把臉朝下伏著的老涂扳轉來，將衣服上被尿得透濕的那一塊對準老涂的嘴，堵上去，再用兩隻衣袖，捆紮住老涂的腦袋。

老涂只覺得一股尿臊水直入喉管，尿臊味直嗆鼻孔，臊得他忙伸手去解被蒙住臉的衣服，卻聽得老癟喝道：

「忍著點，你要想死就去解！老子去找毛巾，找水！」

遠處，已有新兵被毒氣薰倒……

老癟貓著腰，一跑開。宮得富認為機會來了。

宮得富在別的部隊吃糧時，見識過毒氣。他知道毒氣這玩藝，倘若是在不通風的地方，那一碰著就是個死，任你再捂鼻子捂嘴捂腦袋，除非戴上那防毒面具。可在這城外的陣地，毒氣不可能聚集在一個地方不動，只要不在毒氣彈爆開的那當兒給毒倒，只要有水，有堵鼻嘴的東西，一時半會死不了。風，會將濃烈的毒氣驅散、減弱。他覺得鬼子在此刻用毒氣，其實是沒有別的辦法了，靠步兵做死的進攻，攻不上來，打不開他們的缺口。他當然還不知道，就連鬼子的師團長都已經被打死，但光從他守著的這個陣地前堆集的鬼子屍體，他就能判斷出鬼子的傷亡之大，而就連堆集的這些鬼子屍體，敵人也無法拖走。想來拖麼？他宮得富手裡的機槍，正好點射個痛快……鬼子是沒有辦法了，鬼子他媽的是只能使用毒氣彈了……他甚至想，倘若這風突然轉個方向就好了，把鬼子射來的毒氣，全他媽的給送回去……

宮得富憑他的老兵販子經驗，對戰場形勢做著估計時，依然沒有忘記要治一治老涂這個曾害過他的東西。「有仇不報非漢子」，他就是為報仇，才燒了自己本家宮長昌的房子，燒死宮長昌和他家裡的人，才走上兵販子這條路的。對於害過自己的老涂，他不報復，那是不可能的。

宮得富彎著腰，走到老涂身邊，將老涂按下，同時伏到地上。

宮得富拍著老涂的頭，說，勾下，勾下，勾下，勾得越低越好，毒氣往上走。

老涂一見宮得富主動到他身邊，主動和他說話，而且是為了他的安全，為了他別讓毒氣害著，心裡那種感激、那種激動，混合著一直困擾他對不起宮得富的慚愧、內疚，使得他連話都變得結巴起來。

「宮，宮兄，我對，對不起你……我，我他媽的不，不是人……」

宮得富說：

「兄弟，別說話，別說話，一說話就得出氣，一出氣就得吸氣，一吸氣就容易吸進毒氣……」

「我，我要說。宮，宮兄，我要怎樣才能報答你，贖，贖我的罪。」老涂被感動得不知要如何才好了。

宮得富說：

「兄弟，到了這個份上，咱倆已是生死與共，別的都不要提了，只有多殺鬼子，多立功。當了功臣後，帶了賞金，好回去見你那水姐！」

宮得富這話，不但令老涂更感動，而且格外興奮起來。

「宮兄，我聽你的。可我怎麼才能當、當功臣呢？」

宮得富說：

「機會就在眼前。鬼子放了毒氣，他們一時也不會攻擊，你要趁這個機會，趕快去鬼子屍體堆裡撿子彈，將死鬼子身上的手榴彈摘下。我們缺的就是這些。你撿得越多，功勞就越大，你這就是頭功一件。」

老涂立即說，對，我這就去！

宮得富得意地眯起了眼睛。他在心裡想，你這個傻瘍，只要你去撿彈藥，別說鬼子會朝你打冷槍，就是那死屍堆裡散發出的臭味，加上這毒氣，薰也要把你薰死！

一想到個「死」字，宮得富又有點於心不忍了。他媽的這個傻瘸，雖說害過老子，差點把老子害死，可老子畢竟還是沒有死，老子現在還活著，老子讓你死了，這報復得也有點那個什麼的過了頭。對這傻瘸也不公平。行，老子掩護你，只要你不被鬼子的第一槍撩倒，那就是你命不該絕，老子替你把打冷槍的鬼子幹掉。要是鬼子那第一槍就把你打死了，那是你命該如此，老子也一定要幹掉那鬼子，算是替你報仇。至於臭屍味和毒氣，只要你這個傻瘸不扯下尿濕衣，大概一下也死不了……

宮得富抓起老瘸的步槍，放到自己的機槍旁邊。他要用老瘸的步槍，以狙擊手的槍法，將那個朝老涂開槍、不管能不能把老涂打死的鬼子幹掉。

老涂正要朝死屍堆跑去時，有人喊，排長派人送毛巾來了，送水來了！又有人喊，防毒面具來了！

此時，對於老涂來說，毛巾也好，水也好，防毒面具也好，似乎都已經不關他的事。他一心想著的，就是去撿彈藥，特別是手榴彈，他要像宮得富說的那樣去立功，當功臣。當了功臣好得賞金，得了賞金好回去給水姐。

老涂只聞聲回看了一眼，便爬出戰壕。

猛然，有一隻手，將他拉了下來。

將老涂拉下來的是老瘸。

老瘸惡狠狠地說：

「你要幹什麼？」

老涂說：

「我要去撿子彈、手榴彈。」

老癟說：

「你不要命了?!」

老涂說：

「鬼子還沒進攻呢。」

老癟還沒來得及再說，已有人將最後一具防毒面具扔給了老涂。這是排長特意關照的，說老涂是個投彈手，就跟炮手差不多。

老涂接過防毒面具，說：

「這是什麼東西？」

來人說：

「這是防毒氣的！排長特別囑咐給你的！」

老涂一聽，忙將防毒面具送到宮得富面前。

老涂說：

「宮兄，這個給你，我不要。」

沒等宮得富開口，老涂又說：

「這什麼鳥毒氣，不就是大山裡的瘴氣？這瘴氣，我不怕。那死屍的臭味，我更不怕。還有那鬼子打冷槍，他打不中我！」

宮得富有點愣了、怔了。這傻瘸，原來什麼都知道呵！他剛想說句什麼出來搪塞一下，卻聽得老涂說：

「宮兄，你是機槍手，這陣地離不開你，你就聽我老涂一句話，快將那防毒氣的東西戴上。」

這當兒，老瘸已將老涂臉上的尿濕服取下，迅速替他把濕毛巾紮上。

老瘸說：

「老涂，我那尿臊味好聞吧？」

老涂說：

「聞慣了也沒什麼。我得去撿彈藥了，等下來不及了。」

老瘸說：

「你真要去？」

老涂說：

「我再不去就沒機會了。」

「老涂，你不能去，真的不能去！」這回是宮得富喊。

如果宮得富不這麼真心實意地喊一句，老瘸能勸住老涂，因為老涂已把老瘸的話當作「救生符」，只要按照老瘸的話做，就出不了差錯。可宮得富這話一出，老涂反而非去不可了。他得讓宮得富看看，他也是個能立頭功的人！

老涂對宮得富說：

「宮兄，有了你這句話，我老涂就是真的被打死，也不冤了。」

說完，他就躍出了戰壕。

老癟抓過自己的槍，對宮得富吼道：

「掩護！我倆掩護！咱三弟兄不能有一個閃失。」

老涂衝向了死人堆。

「嘎崩」，鬼子瞄準老涂開了槍。

老涂一個踉蹌，倒在了死人堆裡。

「老涂！」宮得富不由自主地大叫。

「砰」老癟的子彈出了膛。

「嘎崩、嘎崩」，鬼子的子彈從老癟頭上飛過。

「噠噠、噠噠」宮得富的機槍響了。

這時，倒在死人堆裡的老涂，又蠕動起來。

「老涂沒死，沒死！」宮得富興奮地喊起來。

「老涂死不了。」老癟說。

進了死人堆的老涂，等於進了一個死屍掩體。鬼子的槍只能打在死屍身上。

此刻，老癟和宮得富擔心的便是在老涂回來的路上。宮得富必須壓制住鬼子的火力，老癟則必須隨時消滅露出頭來的鬼子槍手。

老涂撿足了彈藥，但他抱著彈藥剛一從死屍「掩體」裡出來，鬼子的槍就朝他打來。

「壓住鬼子的火力，壓住！」老癟大叫。

傻瘸老涂想出了一個主意，他剝下一個鬼子的軍衣，將彈藥集中捆紮，實在拿不了的，只好忍痛放棄。他一隻手拖著彈藥，另一隻手則抓住一具鬼子的屍體，以鬼子的屍體為盾牌，慢慢地往回爬。臂力大得驚人的老涂，令宮得富一時都看呆。

稍傾，他的機槍怒吼起來。

當老瘸再一次幹掉鬼子一個火力點時，老涂滾進了戰壕。

「老涂，老涂，你他媽的有兩下子！」宮得富和老瘸齊聲誇讚。

「可惜了，可惜了。」老涂一邊喘氣一邊念叨。

「你他媽的還可惜什麼？」宮得富問。

「還有好多沒拿來啊！」老涂說。

當老涂硬要再去撿回那些被他放棄的彈藥時，日軍的又一次攻擊開始了。

第二十八章

橫山司令不但心頭非常沉重，而且開始焦躁不安。

他指揮的衡陽戰役總攻實在是開局不利。當他的第六十八師團長佐久間中將及參謀長原田真等將校多人，被守軍的迫擊炮炸死後，他就想到了中國古代征戰時那句「風折帥旗、必主大凶」的話。雖說中國人講的大風刮斷帥旗，是個預兆，預示此次征戰不死主帥的話，至少都要死掉一員大將；雖說他並沒有豎立什麼帥旗，也沒有遇上什麼狂風，但剛一開戰，自己的師團長就被炸死，這對他來說，已經不是「主大凶」，而是已經大凶。

橫山勇不能不去回想，自己此次征戰，到底有大凶的預兆沒有？他甚至有點懷疑，在自己統率大軍直撲衡陽而來的路上，許是刮過狂風，許是被吹折過軍旗，只不過，只不過是沒人向他報告罷。

佐久間和原田真等一個個高級將領血肉橫飛的場面，總是在他眼前閃現。

佐久間和原田真他們是為天皇盡忠了，這當更激起自己將士的鬥志，那就是要為佐久間和原田真他們報仇，完成他們未竟的事業，迅速攻下衡陽城。

橫山勇相信自己將士的鬥志，相信自己的將士為天皇獻身的精神，更相信自己指揮的部隊的裝備和戰鬥力，因而，他命令發動了一次又一次的猛攻。

然而，儘管他出動飛機輪番轟炸，用大炮狂轟濫炸，採用了「人海戰術」般的衝鋒，卻不但未能撕開衡陽守軍的任何一道防線，反而是自己的傷亡重大到無法想像。

他在指揮部接到的一個又一個報告，報來的盡是喪信。

那些衝在前面的士兵死亡殆盡不說，又有好幾個聯隊長也死了。死了的聯隊長不說，基層的指揮官更是死得幾乎無人了。

為了減少自己部隊的傷亡，為了早日攻下衡陽，他不得不使用毒氣彈了。他這可是被逼出來的呵！

他原以為用毒氣彈能解決問題，可沒想到，發射到守軍陣地上的一千餘發毒氣彈，並未起到多大的作用。他隨後發動的多次猛攻，遭到的是更加頑強的抵抗，他這兩個師團的損失更加慘重。

橫山勇在心裡不得不承認，他面臨的衡陽這個對手，委實是太厲害了。以現有的兩個師團繼續發動全面進攻，已經不可能了。他只能由全面攻勢改為重點攻擊了。

七月四日，他調整了進攻部署。

他又沒有想到的是，當他下達重點攻擊的命令時，接到他的命令的指揮官，卻並不是像往常那樣，立即「哈依」，而是表示出了難以為繼的情緒。更有人膽敢向他諫言，請他到前沿看一看。

橫山勇雖然在電話裡將進諫的大罵了一番，甚至說要槍斃他。但作為戰場最高指揮員，他還是控制住了自己。他知道有時候也得聽聽諫言。

他到前沿一看，明白了下屬的為難之處。

赤日炎炎，如火燎火烤，全副武裝、準備進攻的士兵，見到將軍，儘管竭力保持皇軍的武士道精神，但臉色黯然，全無了昔日的風采。帶兵多年的橫山勇一看，就知道是因為數日來的慘重傷亡，已經大大地影響了士兵的心理。加上高溫折磨，已使得他們難以承受……

橫山勇再用望遠鏡望去，但見在守軍陣地之前，倒斃的日軍屍體，遍野皆是，而因屍體重疊，竟有許多堆積如小丘一般。

橫山勇勃然大怒，呵斥道，為何不將陣亡者搶回？回答曰，並非未搶，實是因無法在敵方火力網下搶運，凡搶運屍體的士兵，皆成了新的替身……橫山勇不待對方說完，劈頭蓋臉就是一頓痛罵，並當即下了嚴令，不惜任何代價，一定要將為天皇盡忠者的遺體搶回。

橫山勇其實知道那些屍體無法搶回，但大日本皇軍是從來不遺棄陣亡者屍體的。他是借著這件事發洩心中的怒火。因為他不能不改變自己的命令了，那就是白天不攻，改在黃昏之後，以避開炎炎烈日對皇軍的折磨。

從七月四日開始的黃昏重點攻擊，每次都到翌日淩晨方止。但依然是處處受挫，枉自傷亡。

橫山勇只能實施兵力整補，並決定增加攻城兵力。

在第一次總攻中，他的兩個師團，已經傷亡了一萬五千多人。他這兩個師團所屬的步兵連，每連平均僅剩下二十人了。

遺棄在守軍陣地前的屍體，無論他如何嚴令搶回，依然只成了一道命令而已。他橫山勇就連這一點也無法做到。眼看著他的大日本皇軍遺棄的屍體越來越多，越積越高，他不能不感到有點心酸。

那些屍體，曾經都是他的精銳呵！

猛轟！

橫山勇命令第五十七旅團速來衡陽，參與攻城；同時命令不分白天黑夜，以排炮向衡陽守軍陣地

橫山勇在焦躁、心酸，且不無沮喪之時，第十軍的主力師長葛先才也和軍長方先覺發生了一場激烈的口角之鬥。

方先覺曾有過命令，師預備隊團，必須得到他的許可才能使用。葛先才的第二十八團，為師預備隊。

預十師師部的電話鈴急驟而響。

「師長，軍長的電話。」

葛先才接過電話。

「葛師長，你那二十八團的情況怎麼樣？」方先覺問道。

「報告軍長，本師二十八團尚未曾使用，但給了該團任務……」

葛先才的話還沒說完，方先覺對著電話吼了起來：

「葛先才，你好大的膽，你搞的什麼名堂?!我曾告訴過你，使用師預備隊團，必須得到我的許可，你為何擅自交待任務？你眼裡還有沒有我這個軍長的職權所在？你竟敢違抗我的命令?!……」

葛先才一聽，頓時也火了：

「我的話還沒說完，軍長可知道我給了師預備隊什麼任務？任務與使用是有區別的，使用是部隊已進入陣地參加戰鬥；任務是指定預備隊，在某種情況下，做適時適當應變的準備。本來，預備隊就

是為增援應變而設，師長有師長的權責，這一仗我有我的打法，如果處處向你軍長請示，還要我這個師長幹什麼？」

葛先才本來還有難聽的話要說，可轉念一想，自己和方先覺雖然私交頗深，但他畢竟是長官，不可過於頂撞，便隨即將電話掛斷。

掛斷了軍長的電話，葛先才心裡的火仍然直往外冒。他兩手插腰，雙眼圓瞪，嘴裡呼哧呼哧，似乎要將火氣從嘴裡吐出去。這個祖籍湖北、老父及兄妹皆定居湖南郴縣的楚人，個性之烈，由此可見。

方先覺什麼時候對葛先才這麼吼過呢？葛先才又在什麼時候對著方先覺發過如此大的火呢？沒有，從來沒有！這兩個多年並肩戰鬥過的老戰友，今天是怎麼啦？

葛先才身邊的人，見師長不但發了大火，而且「砰」的掛斷了軍長的電話，皆面面相覷，不知該如何才好。

在葛先才看來，掛斷電話，還是為了免於過分頂撞。而在電話那頭，方先覺聽著「砰」的掛筒聲，那種被氣的感覺，可想而知。一個師長，竟然「砰」地掛斷軍長的電話，這在別的部隊，有嗎？敢嗎？

方先覺狠狠地罵了一句。

「給我再要葛先才，他媽的，非得將這頭犟牛的角折斷！」

「叮鈴鈴……」葛先才師部的電話響個不停。

「師長……」師部參謀聽著那不停地響著的電話鈴聲，忐忑不安地望著葛先才。

「不接，不接！」葛先才直揮手，「不理睬他！」

軍部參謀同樣忐忑不安地看著軍長。

大戰正酣，軍長和師長鬧起了矛盾，這種後果，誰的心裡都不能不緊張得如同繃了一張上弦的弓。

參謀長孫鳴玉輕聲地對方先覺說：

「軍長，葛先才是那麼個火爆子脾氣，你別往心裡去。」

「這不是什麼脾氣不脾氣的問題，這是違抗軍令！他敢違抗軍令，我就敢撤了他！他再胡來，我就槍斃他！」方先覺氣乎乎地回答。

「軍長，你真捨得撤掉你的這員大將、愛將啊？」孫鳴玉知道方先覺是在說氣話，「你又不是不知道，他葛先才素來就有抗命的頑習，他早先的抗命，軍長你不是還很欣賞嗎？況且，他這次還談不上抗命……」

「怎麼，你要幫他說話?!」

「軍長，我不是幫他說話，我還巴不得軍長能打他幾十軍棍，幫我出出氣呢，他和我說話，有時更沖。要不，我這就替軍長傳令，打他葛先才五十軍棍。」孫鳴玉笑著說。

「你打他五十軍棍，他就會求饒？他只怕會要你再加五十軍棍。」

「還是軍長瞭解他、瞭解他。其實，若依我看，他葛先才之所以敢頂撞軍長，還是軍長慣壞的。軍長總愛護著他呢。這不，護出麻煩來了吧。」

孫鳴玉這麼巧妙地一說，方先覺倒笑了。

「照你這麼說，我是自作自受囉！」

「話不能這麼說，軍長，這還是他葛先才自身的問題。」孫鳴玉又巧妙地為方先覺打著圓場。

「我知道、知道，那傢伙，就是脾氣太壞。」

「軍長，那就讓我去一趟預十師，我替軍長好好地教訓教訓他。」

「鳴玉啊，也只能你去了。」方先覺的火已被他自己壓了下去。因為他和葛先才，畢竟是生死與共十幾年的老搭檔。他更知道，在這個時候，將帥不能起摩擦，他得儘快將電話裡的不快化解。

方先覺又說：

「鳴玉，你得見機行事啦，可別真的又和他幹一仗啦。」

「我知道、知道，軍長你就放心吧。」

孫鳴玉來到預十師指揮所。

孫鳴玉一見葛先才就說：

「先才兄，軍長和你十幾年生死與共，彼此瞭解俱深，還有什麼意氣之爭，又有什麼問題解決不了？軍長要我來轉達他的意思，任何事都好商量，卻不要動肝火。」

孫鳴玉這話，其實是替軍長來給葛先才臺階下，葛先才卻依然窩著火。

「鳴玉兄，誰先發脾氣，軍長自己知道。」

孫鳴玉說：

「當時我就在軍長身邊，我知道、知道。軍長也是因為敵人攻勢太猛，唯恐被橫山勇那賊子鑽了空檔，所以一時性急。軍長正懊悔呢。」

孫鳴玉這麼一說，葛先才的話語軟和了下來。

「鳴玉兄，我知道，此時正是國難當頭，強敵當前，我豈能為這點小事而誤大事？我也只是氣氣軍長而已。」

「只是氣一氣軍長？」孫鳴玉故作驚訝地說。

「對！」葛先才答道，「我是對軍長未弄清事情便濫發脾氣、易於衝動的習性予以反擊。」

「好一個反擊啊！先才兄。你這一反擊不要緊，可就讓我們揪心囉……」

「我知道你揪的什麼心，是擔心我和軍長不和。」葛先才立即說道，「鳴玉兄，你放心，我和軍長，肝膽相照，這點小事，不足掛齒。但就事論事，如果說軍長沒錯，那麼，我更沒錯！」

「對，對，你們兩人都沒錯，都是橫山勇那賊子逼的。」孫鳴玉趕緊說。

葛先才繼續著他的話：

「軍長身為主將，總希望手中多控制一點兵力應變，以確保衡陽為目的；我這陣地指揮者，則以固守陣地確保衡陽為目的。我們兩者的目的完全一致。但是，要達到這個目的，全賴兵力靈活、迅速、正確的運用。用兵作戰，各人有各人的看法、做法，只要不出乎原則之外、能多殲滅敵人、守住陣地、取得勝利，上級以少干預下級為宜。」

葛先才又說：

「為指揮官者，必須頭腦冷靜，見事論事，切不可輕易衝動浮躁。預備隊的用途，其實有多種，如長期守勢作戰，預備隊輪流將陣地上部隊，替換下來休息整補，或構築預備陣地，或把握戰機，用預備隊出擊打擊敵人，那就看指揮官用兵的目的何在。我在江西西涼山之役，根本不留預備隊，那是硬拼的打法。還有預備隊的位置，應置於敵人易攻擊地區，敵炮火向我集中一點射擊時，乃是敵人告訴我，其步兵將向此點攻擊，則速將預備隊移至該地區應變……此外，還有其他用途、用法，我就不一一枚舉了。」

孫鳴玉聽他說到為指揮官者，切不可輕易衝動浮躁時，心裡尚自嘀咕，你葛先才這個師長不就是沒做到冷靜，不就是衝動起來才和軍長對著發火的嗎？可聽著聽著，他覺得葛先才說的確有與眾不同之處，便催促道：

「先才兄，接著說，接著說。」

「鳴玉兄，我現在來說明我給這師預備隊的任務囉。日軍作戰的優點，除了優越的火力外，其官兵極盡『勇』『穩』之能，我必須針對他們的這些優點，想辦法克制。敵有優越火力，我有巧妙工事為憑藉；敵勇我亦勇，不怕他們。敵穩這一點，我軍則不及。所以，我要在這個穩字上動腦筋。只要能將戰鬥意志穩住，其他一切就都穩住了。」

葛先才說，穩住鬥志的措施，就是要防患於未然。這個防患於未然的措施，就是他運用預備隊的獨特戰法。葛先才說他的兵力部署是，將預備隊團的九個步兵連，以連為單位，平均分佈在全陣地後面，如敵將要突破我陣地之前，或突破之後，該陣地團營增援部隊尚未趕到時，師預備隊控制於該地區的步兵連，不要等待命令，立即自動猛勇出擊，來個逆襲，將敵殲滅於陣地之前。逆襲連攻擊時，師預備隊各營的重機槍連及迫擊炮連，早已進入主陣地後方的預備陣地，以火力掩護逆襲連攻擊。逆襲連收復陣地後，待守備陣地的增援部隊到達，仍將陣地交還，撤回原地整理。

葛先才說他陣地上火力運用的獨特處是，如果敵人突破我陣地某一點時，陣地缺口左右兩翼部隊穩著不動，並以熾烈交叉火力，將缺口前面封死，阻止敵後續部隊湧進缺口，配合預備隊迅速的逆襲，將攻入陣地之敵殲滅。

「倘若陣地被敵人突破後，守備營長無力收復，報告團長，團長亦無兵力支援，只能向師長求援，師長再報告軍長，允許使用師預備隊，爾後師長命令預備隊團長，團長命令營長，營長派兵至現場，兜了這麼大一個圈子，晚了，來不及了！戰機已失，被動至極，敵人已在我陣地紮穩腳跟，或者已有大量之敵湧進缺口，這就麻煩了。固然我可派兵力去將它收復，但傷亡必大，本師最大缺陷就是兵額不足，豈可枉自犧牲？再則，將師預備隊這樣安排部署，也可壯陣地上官兵的膽，心理上有安全感，一舉兩得。這就是兵貴神速，穩紮穩打，迅速確實，有備無患的措施。這幾天，我主陣地曾被敵人六次突破，但都被我迅速收復，並將突破之敵全部殲滅，就是最好的證明。戰場上誰能有『攻必克』、『守必固』的把握？為將者，應有防患於未然的策劃。鳴玉兄，請評評理，我錯了嗎？」

孫鳴玉聽罷，起身而道：

「先才兄，我不敢置評，你這是給我上了一課。畢竟是沙場老將，絕招百出，運用之巧妙，鳴玉由衷敬佩。」

葛先才說：

「鳴玉兄，我自信能對上負責對下負責，而上上下下，卻不要向我無理囉嗦。平時我很好說話，上了戰場，誰也不能動搖我的決心。」

孫鳴玉回到軍部後，將葛先才關於預備隊的話詳實地向方先覺做了報告。

方先覺聽罷，贊曰，這傢伙，打仗確實有他獨到之處。行，就按他的辦！

師長和軍長的口角、意氣之爭，在軍參謀長的斡旋下，頓時化解。由此，方先覺對葛先才的建議均一一採納，而在此後的每次激戰中，方先覺從不問葛先才的戰況或參與意見，唯恐擾亂其思路，滞誤其行動。待戰況緩和後，才詢問詳情。

作為軍長，在每次激戰中雖然急如星火想明瞭葛先才主陣地的戰況，但仍然壓制著自己，故意置之不問，這位軍長懲悶之深、用心之苦，可想而知。也正因為軍長對師長的高度信任，將帥同心，士兵用命，才使得衡陽守衛了四十七天之久，令日軍戰史都不得不重點記述、自我檢討。

葛先才的主陣地，在四十七天的激戰中，曾被日軍突破六十多次，但都被葛先才化險為夷。而被敵人突破的陣地，每次都是在敵炮火集中射擊下，陣地官兵全部犧牲所致。

在横山勇施行黃昏後到凌晨的重點攻擊時，葛先才打電話給方先覺，談了他對當前戰況的看法。葛先才認為，敵人累攻皆挫，而不撤退者，是對衡陽有必得之決心。敵軍改白天進攻為黃昏進攻，改全面進攻為數點攻擊，說明其正在補充兵力及調兵遣將中，做再次總攻的準備。

方先覺說：「對，你和我想的一樣。」

葛先才說：「我軍也應在此期間速做調整，補充主陣地兵力。」

「好，我將第三師第八團及軍工兵營、軍炮兵營等全部交給你指揮。加入你的主陣地作戰，積極準備抗禦下一次惡戰。」方先覺說，「你還有什麼建議？」

「盼周邊友軍，趁敵軍累累受挫，士氣低落，兵力補充尚未到位之時機，迅疾向衡陽反包圍敵人而殲滅之。」

「說得好。這正是我國軍的一個大好時機！」

方先覺立即命令：「呼喚友軍，請他們迅速向衡陽靠攏，形成反包圍之勢，將横山勇這狗賊殲滅！」

此時，算是方先覺從開戰以來最興奮的一刻。

從七月四日到七月十三日，横山勇在施行黃昏後到凌晨的重點攻擊中，完成了對第六十八師團和一一六師團的整補。

第十軍則利用日軍白天停攻時機，調整部署，修理舊工事，構築新工事，佈置障礙物，配以火力網……預十師因二十九、三十兩團傷亡極重，葛先才將預備隊第二十八團派了上去，三個步兵團的兵力全部配備於陣地，由團營酌留預備隊，並將二十九、三十兩團的正面陣地縮小，左翼陣地由二十八團接替……

兩軍雖然都在進行整備調整，但横山勇的第五十七旅團已抵達衡陽郊區，加入攻城戰鬥序列。第十軍日夜呼喚的友軍卻音信杳無。

七月十五日黃昏，日軍的第二次全面總攻開始。

第二十九章

一輪碩大的血紅的落日沉到地平線上的煙霧裡，那片煙霧正是不計其數的日本兵用獸蹄揚起來的。

宮得富他們所在的陣地，即預十師第三十團守備區內的張家山，已經被敵機和炮火轟炸得面目全非。

張家山陣地，高出地平面約六十餘米，位於火車西站背後，為預十師全陣地的中央突出點，係日軍和第十軍爭奪最激烈的地區之一。

宮得富他們這個排，已經只剩下排長、老癟、宮得富、老涂、曹萬全等十來人。排長心裡清楚，這還活著的十來個人中，除了老涂外，都是老兵。這所謂的老兵，其實又大多都是像他自己一樣，有過兵販子歷史的。而老涂之所以還沒死，是全仗老癟保護。

宮得富自從要老涂去撿彈藥、而老涂明知道是去送死、反而將防毒面具給了他後，他就認為和老涂之間的恩怨算是扯平了。他和老癟、老涂這個非正式的三人小組，誠如老癟在一開始就說的那樣，他用機槍掃射時，老癟以步槍幫他幹掉鬼子的射手；老涂投彈，他和老癟同時保護；拼刺刀時，老癟在前，老涂在左邊，他在右邊，三人呈三角狀，相互幫撐。

宮得富的機槍，不僅已沒有多少子彈，就連槍管，似乎也有點變形，用起來很不順手了。

宮得富決心去敵人的屍體堆裡撈一挺機槍回來。

他瞪著那雙大大的、視力格外好的眼睛，看中了鬼子屍體旁的一挺機槍。

他想要老癟掩護他。可他突然又決定，這回，得讓老癟看看我的，我宮得富不要掩護，也能將機槍搞回。

然而，光搞回機槍有什麼用呢？還得弄回機槍子彈。

宮得富得找個幫手。他不能自己連著去兩次。如果自己一個人先撿了機槍回來，再去撿子彈，那傷亡的幾率，就是兩倍。如果自己一個人想要把機槍和機槍子彈同時搞回，那就等於送死。他要採取的，就是以迅雷不及掩耳之勢，突然衝出，然後迅疾返回。

他想到了曹萬全，這個和他一同執行過師長的命令、登過輪渡的老兄，一定願意幫他、跟他去。

宮得富爬到曹萬全身邊。

宮得富對曹萬全嘀咕了幾句後，只聽得宮得富喊一聲「衝」，兩人同時躍起，徒手衝出陣地，向前狂奔。

他們兩人衝出的這一下太突然了，不僅是對面的鬼子沒反應過來，就連自己陣地上的弟兄們也沒反應過來。

宮得富衝到早已看好的地方，從鬼子屍體旁抗起一挺輕機槍，回頭就向自己的陣地飛跑。

「小心啊！快！快！」陣地上的弟兄們喊聲一片。

緊接著，鬼子的槍聲響成一片。

還沒有拿到子彈的曹萬全，不知是被自己陣地上的喊聲所驚，還是被鬼子的火力所驚，竟然也跟著宮得富往回奔。

忽地，曹萬全倒在了地上。

「曹萬全！」排長、老瘸、老涂他們大喊。

此時，扛著輕機槍的宮得富已經返回陣地，跳進了戰壕。

鬼子大概見一個已被打死，一個已經跑了，槍聲，停了下來。

鬼子的槍聲剛一停下，只見撲倒在地上的曹萬全，一個虎躍，回頭向敵屍附近跑去，一手提一個輕機槍子彈箱，往自己的陣地跑回。

曹萬全一跑回陣地，躍進戰壕，宮得富便朝鬼子陣地伸出一隻手，放肆擺動，大喊：

「小鬼子，這下知道我宮爺的妙計了吧！」

原來曹萬全徒手跟著他往回跑，且迅即栽倒在地裝死，是他和曹萬全商量好了的。這兩個老兵販子知道，若是同時一人扛機槍、一人提子彈，說不定兩人都會被報銷，讓一個倒下裝死，另一個跑，不但目標小，更主要的是分散了敵人的注意力，就算跑的被撩倒，裝死的那一個，趁著敵人不注意，定能有所收穫。

宮得富正得意地喊著時，老瘸來到他身邊，伸手就給了他一拳。老瘸說這麼不要命的事，為什麼不先跟他說？宮得富瞧著老瘸，只是嘿嘿地笑。那笑聲裡的意思是，老瘸，怎麼樣？這回我露了手絕的吧！

黃昏後日軍發動的又一次進攻被打退後，天，完全黑了下來。

這個晚上黑得不同往常，並未到月兒完全隱匿的日子，天空卻是黑黢黢一片，黑得伸手不見五指。只有炮火射出的火光，如同閃電一樣，倏地將漆黑的夜空照亮。

漸漸地，日軍的炮火停了下來，夜空遂像黑色的鍋蓋緊緊地捂住大地。

接下來，是令人窒息的安靜。

這個夜晚，黑得異常，也突然安靜得異常。

伏在老癟左邊的老涂長長地噓了一口氣，輕聲地對老癟說：

「癟兄，鬼子肯定是攻累了，他們要歇一晚了。」

老癟沒吭聲。

伏在老癟右邊的宮得富則自言自語：

「他媽的我總覺得這裡邊有名堂，天黑得離奇，鬼子安靜得更離奇。」

宮得富旁邊的曹萬全笑了，說：

「天黑得倒不奇怪呢，莫非鬼子還有遮天的法術。倒是他們突然不攻了，大炮也不響了，恐怕不是好事。」

老涂聽著宮得富和曹萬全的話，用手臂碰了碰老癟：

「癟兄，你給說一說，今晚上到底會怎樣？」

老癟說：

「今晚上肯定會有鬼，他媽的我們更不得消停了。」

很快，排長傳來了連長的命令：枕戈待旦，嚴防鬼子偷襲！

時間在令人不安的寂靜中慢慢過去，陣地上什麼情況也沒有，只是夜色越來越濃，就連緊緊伏在一起的人，彼此也無法看清楚。

沒有了槍聲、炮聲，又看不清自己身邊的人，眼前只是一片漆黑，老涂忽然感到孤單。他覺得自己就像是一個人待在這無邊的黑暗裡，忙伸手扯了扯老癟的衣服：

「癟兄，你在我身邊吧？」

回答的卻是：「我不是老癟，我是宮得富。」

原來老癟找地方方便去了，宮得富不知不覺地挪到了老癟的位置，而在漆黑的夜色裡，老涂連換了一個人都察覺不出。

老涂和宮得富的話都說得很輕，但立即傳來了排長的命令。這命令從彼此都看不清的兵們嘴裡，輕聲地、一個一個地傳來：「往下傳，不准說話，豎起耳朵，聽陣地前的響動。」

夜，實在是太靜了。如果鬼子已經到了陣地前，那麼陣地上說話的聲音，立即就會成為他們槍彈的目標

宮得富不愧是個老兵販子，他從老涂扯他衣服的那一瞬間，突然想到了一個問題。他立即摸索著朝排長而去。

「排長，我是宮得富，我有要事稟告，你在哪裡？」宮得富憋著嗓門輕輕地喊。

「宮得富，過來，在這裡。」

伏到排長身邊後，宮得富說：

「排長，今天夜裡有點玄，萬一鬼子摸了上來，雙方混在一起時，怎麼分清敵人和我們自己人？」

「是啊。」排長說，「我現在連你宮得富都分不清。」

排長身邊的一個士兵說：

「乾脆，我們將手臂上紮塊白毛巾。見著有白色的，就是自己人。」

排長說：「不行，那就等於給鬼子提供了活靶子。宮得富，你肯定有主意。」

宮得富說：

「我也沒有別的辦法，鬼子也肯定想到了這一點，他們也不會在身上做標識。他們若是做了標識，只要一出現，我宮得富的機槍豈不是『噠噠噠』地將他們全掃光。萬一鬼子偷襲上來，肯定就是肉搏戰。到了那時候，我看唯一的辦法，是用手摸衣服，咱弟兄們穿的都是棉布軍衣，只有鬼子穿的是卡機布軍衣。一摸著卡機布軍衣者，就用刺刀捅……」

「對！」排長說，「我這就去報告連長，做好這萬一的準備。」

宮得富將這一招輕聲地逐個告訴老癟、老涂、曹萬全他們。陣地上的人，更加提高了警覺。

然而，半夜過去了，依然沒有什麼動靜。

老涂困乏得直打哈欠，儘管趕緊用手捂住嘴，還是哈出了聲音。

這哈出的哈欠聲極具傳染力，連日的苦戰，食物的不足，白天在烈日下冒著鬼子的炮火搶修工事，……極度的疲憊使得這幫弟兄們一聽到哈欠聲，頓時如同散了架……

宮得富將一支上好刺刀的步槍放到身邊，然後抱著機槍，側身以臉貼地。他想著只要陣地上一有動靜，就能震動他的耳朵，但很快也睡著了。

只有老癟堅持不眯眼睛。他竭力撐著眼皮，可那眼皮如有千斤重，不管怎麼撐著，還是合了攏來。

日軍果然是趁著黑黢黢伸手不見五指之夜，於下半夜進行偷襲。

他們摸上了張家山。

然而，他們照樣看不清楚山上的任何東西，他們不敢暴露自己，他們知道，只要自己發出任何一點聲響，隨之而來的，便是死亡。黑暗中，死亡同樣在對他們睜大著眼睛。

猛然，一個日軍士兵絆著個硬邦邦、圓滾滾的什麼，摔倒在地，這倒地發出的「撲通」聲，立時讓他成了刀下之鬼。

這個日軍士兵絆著的，是一截被他們的炮彈炸斷的樹幹。這個日軍士兵至死都不會明白，他會因為自己皇軍的炮彈所摧毀的樹木，而導致他成為偷襲中第一個喪命的人。

當老兵販子排長見弟兄們實在抗不住疲乏、昏昏欲倒時，他發出了一個命令：每個人嘴裡都得咬著毛巾，或是破布，以免發出鼾聲。同時人員分散，不能挨在一堆。他又命令將些被炸斷、燒枯的樹木堆到陣地前，萬一鬼子上來了，一聽到響動，就和鬼子混到一起，以摸衣服為準，用刺刀解決。

老癟多長了個心眼。他躺到一截大樹幹後面。他琢磨著這截大樹幹是在漆黑的夜裡能保護他的最好玩藝，如果鬼子沒上來，他就能好好地睡上一覺。

那個日軍士兵絆著樹幹摔倒的那一瞬間，在睡夢中依然警覺的老癟霍地跳了起來，他順手抓一把鬼子的軍服，刺刀便扎在了鬼子身上。

這個日軍士兵慘叫一聲。

這個日軍士兵的慘叫，使得宮得富、老涂、曹萬全他們立即驚醒，抓著上好刺刀的槍，和鬼子混到了一堆。

於是，在壯烈的衡陽保衛戰中，在衡陽保衛戰一開始，便成為日軍和第十軍爭奪最激烈的地區之一，為日軍戰史列入紀錄的張家山，出現了如同京劇《三岔口》、《武松打店》的摸索之戰。只不過《三岔口》、《武松打店》僅有兩三人對打，張家山卻是上百人在摸索著混戰，我方是第十軍預十師第三十團的一個殘缺不全的連，日軍是新補充的精銳兵力。敵我雙方誰也看不見誰，無槍聲無喊殺聲，誰也不敢開槍，因為不知打著的會是誰；誰也不敢叫喊，唯恐暴露位置……

老癟他們先是仗著摸衣服的先機，占了點優勢，摸著卡機布的，便給他一刺刀；但很快，日軍也發現了這個玄機，也採用摸衣服的辦法，凡摸著不是自己身上那種布的，便是敵人。於是雙方開始都是用手摸，接著便是一陣陣槍支碰擊聲，整個陣地上只聽得乒乒乓乓聲，間或是慘叫聲……

日軍在偷襲部隊上了張家山後，後續部隊隨之跟進。預十師三十團團長陳德坒則以左右翼猛烈交叉火網，及密集迫擊炮彈封阻，使得日軍的後續部隊根本就進不了缺口。而第三十團的增援部隊，也因在黑暗中分不清敵我，只能停止於半山之間，不能加入戰鬥。

張家山的摸索之戰，直打到天將拂曉。

天一微明，三十團的增援部隊立即衝上山頭，將敵人悉數殲滅。

張家山雖然又保住了，但這個排據點，只剩下了老癟、老涂、宮得富、曹萬全和排長五個人。

就在這個時候，我叔爺從軍炮兵營，被補充到了張家山二排據點，又和宮得富、老涂、老癟到了一起。

我叔爺離開軍炮兵營之前，營長張作祥命令，將他們冒著死亡危險帶進城來的美式山炮最後的幾十發炮彈，在六門大炮旁邊擺好，然後命令他們將步槍擦好，子彈上好。

營長沒有命令他們開炮，而是說，就要離開的弟兄，你們到大炮旁邊好好睡一覺吧。

營長沒有說出他們心裡其實早就預知的話，那就是，這一分開，百分之九十九是不可能再見面了。營長也沒有說知道弟兄們捨不得離開炮，那跟炮一呆久了，就跟人一樣，有了感情，營長想讓他們和有了感情的炮多呆一會……營長更不會說，在他們離開後，這些和生命連在一起的炮，就得炸毀了……

我叔爺這個老兵販子當時想的則是，營長為的是讓他們這些要去最危險地方的人，在離開之前，好好地睡一下，因為到了步兵陣地，可就沒有這麼樣的機會了。

我叔爺說，人一到了這個時候，什麼死不死的全不往心裡去了，能享受一下，那就是一下。他立刻在大炮旁邊躺下。

另一個就要變成步兵的人，則用拳頭托著腮幫側身躺著，安安靜靜地躺著，一動不動。

還有一個就要拿起步槍的炮兵，他的姿勢格外不同。他擺出一副老爺的架勢，四肢叉開地躺在沙地上，把那張線條粗獷、五官端正的臉孔露在太陽底下。他是個有心計有膽量的人。我叔爺想，如果他能活著回去，一定是個好當家的。離我叔爺最近的，在沒吃糧前，是一把種田的好手。他在水田裡插完秧，那水田裡綠茵茵一片，直看是一條線，橫看也是一條線。這個種田的好手，還有一張女人的嗓門，他能學著大戲臺上的青衣唱苦守寒窰十八載的薛平貴夫人。這是個農村裡的能人，儘管沒有田土，也是逗女人喜歡的那種男人。此刻，他用軍帽遮住臉，突然尖聲地唱了起來：

一摸呀摸到姐的眉，
姐的眉毛像柳葉；
二摸呀摸到姐的嘴，
姐的嘴巴細又圓；
三摸呀摸到姐的奶，
姐的奶子挺得尖……

他唱的是「十八摸」。

這些士兵們，彼此各不相同，命運，卻這麼和睦地把他們聯繫起來。

我叔爺對炮兵營的弟兄們記憶很深，但他將這些弟兄們的名字全給忘了，就連那個「女人嗓門」的名字，他也忘了。他唯一記得的，是這些弟兄們此刻睡在大炮旁的情形。他說人他媽的有時候就是怪，和弟兄們一起打了那麼多漂亮的炮仗，留在記憶裡最清晰的，卻硬是只有要分開時睡在大炮旁的情形。

「這些人都死了，都死了。」我叔爺說，「一個也沒活下來。」

當我叔爺見到宮得富、老涂、老癟時，並沒有高興得相互擁抱，也沒有你捅我一下，我打你一拳，就連握手的禮節也沒有。而是相互看著、看著，似乎不相信見著的還是你我！眼神裡流露出來的是：兄弟，你竟然還活著?!

還是老涂先開口。

老涂一開口，喊出的是「師傅」。

老涂說，師傅，你來了，我總算能當面向你賠罪了。

老涂還記著他向排長告密，害得我叔爺差點被斃了的事。

我叔爺其實是個從不記仇的人，因為他自己就常愛作弄別人。他的人生哲學是只要有飯吃、有輕鬆而又不費力的飽飯吃，吃了飽飯而又能找人說些耍話子，就是天底下最幸福的事。其他的什麼什麼，那都是身外之物。至於要如何才有飯吃，才有飽飯吃，並不在他的考慮之中，因為「人不死，糧不斷」，所以他任何時候都活得痛快、活得自在。即使是在他晚年窮困潦倒得讓見著的人心酸時，他也並不覺得自己可憐。他依然是只要吃餐飽飯，便依然要找人逗樂子。

當老涂說總算能當面向他賠罪時，我叔爺才彷彿記起了他和宮得富被抓的事。

他當即樂呵呵地說：

「老涂你他媽的總算認我這個師傅了……」

我叔爺的話還沒說完，宮得富插話了。

宮得富說：

「林滿群你來晚了，老涂的師傅已經是老癟了。」

老癟說：

「不錯不錯，林滿群你一走，老涂就拜我為師了。」

老涂趕緊說：

「你們都是我的師傅、師傅。」

我叔爺說：

「師傅不師傅的，我現在倒也無所謂了。只不知道老涂的女人，現在能不能讓老癟這個師傅說道說道？」

宮得富立時大笑。因為他想起了當初他唆使老癟去撩老涂的事。

老癟說：

「現在啊，老涂的女人不但能讓我這個師傅說道，就連你們，也都能說道。老涂，你說是不是？」

老涂又忙說：

「能說，能說，現在你們都是我的好兄弟，我那水姐就算讓你們說一說，你們說的也都是好話了。」

老癟說：

「林滿群你不知道，老涂那水姐，是個水仙，確實長得漂亮呢！比我那小寡婦還要漂亮呢！」

宮得富說：

「對、對，水仙保佑我們，所以我們都活著。」

我叔爺一聽老瘸說到他那小寡婦，忙要老瘸好好講一講。

他們的話匣子正這樣被打開，正要從老涂的水姐扯到老瘸的小寡婦，正要享受從談論女人中得到的樂趣，日軍的進攻又開始了。

日軍的炮火覆蓋了張家山。

儘管有我叔爺他們一些炮兵增補進了各個排據點，但張家山還是失守了。

張家山的這一次失守，是第十次。

前九次，鬼子一佔據張家山，三十團團長陳德坒就率領團預備隊逆襲，將陣地又奪了回來。如此往復，如同拉鋸。可拉鋸戰到了這一次，陳德坒的預備隊已經沒有幾個人了。

「師長、師長，我是陳德坒、陳德坒！」

「陳團長，你那裡怎麼啦？」葛先才一聽陳德坒如此急促的話音，就知道出了極大的險情。因為自開戰以來，這位陳團長就從來沒有用這麼急促的聲音報告過戰情。

「師長，張家山又被鬼子占啦！」

「迅速出擊，將它給我奪回來！」

「師長，我已沒有可以出擊的兵啦！」

葛先才一聽陳德坒已經無兵可用，口氣反而放緩和了：

「陳團長，你別慌，我立即親自帶兵來，替你收復張家山！」

葛先才手頭還有什麼兵力呢？他放下電話，大聲喊道：

「工兵連，跟我出發！」

葛先才帶領師工兵連，迅即朝師指揮所橫方向不過六百米的張家山急進。

葛先才手持駁殼槍，走在前面。他要工兵連的連排長到他身邊來。連排長來到他身邊後，他一面急走，一面將他的攻擊部署和攻擊要領，告訴這些戰鬥經驗較少的工兵連的連排長們。

葛先才率領工兵連到了張家山腳下，工兵們齊聲吶喊，弟兄們，師長來了，葛師長親自帶著我們來了！

隨著連長一聲令下，工兵們高喊著「衝啊！殺啊！」，直往山頭衝去。

被迫後退在半山腰、躲在被炮彈炸開的凹窪裡的排長、老癟、宮得富、老涂、曹萬全和我叔爺他們，聽見了工兵連的吶喊。一聽說師長親自來衝鋒陷陣，渾身那勁兒，突然飆了出來。

最激動的當數老涂。

老涂想著我叔爺和宮得富在師長面前露了一次臉（儘管那一次的露臉是因為他的告發），一個就進了炮兵營，一個則曾為師長親自來請……這一回，該著他在師長面前露臉了。他得讓師長親眼看看他投彈的絕招，給他記上一個大功，爾後在打完這一仗後，發給他獎金，批他的假，風風光光地回去見水姐……

我叔爺後來說，這人在戰場上啊，就是不可思議，四周明明都倒滿了弟兄們的屍體，也明明知道只要往上一衝，小命就有可能報銷，可在那個時候，誰也不怕死，誰也不會去想到那個死字。

山腳下「衝啊、殺啊」的喊聲一起，老涂就對身旁的弟兄們喊道：

「快、快，把你們的手榴彈都給我！」

老涂將腰上插滿手榴彈，兩隻手又各拿一枚，就要往上衝。

排長趕忙拉住他，說：

「等一下，聽我的命令，現在還不到時候。」

我叔爺和宮得富他們知道排長的意思，是要等工兵連的弟兄們衝上來，再匯合一起衝，現在這麼幾個人提前進攻，效果不大，送死的概率倒是特大。

可老涂等不及了，他什麼也不顧了，獨自吼叫著便朝山上衝去。

「老涂！老涂！」排長急喊。

老癟一見老涂獨自往上衝，對宮得富喝道：

「上！我倆掩護他。」

老癟和宮得富一上，排長只得命令所有的人都跟著衝。

我叔爺說他當時猶豫了一下，這麼幾個人衝在最前面，不是去送死嗎？但想是這麼想了一下，兩條腿卻不由自主地蹦起來。

戰場上的情況實在難以預料。老涂這麼不知死活地帶頭一衝，他在大山裡練出來的爬山越嶺的本事，用在這其實只相當於小山包的張家山，可謂遊刃有餘。只見他將右手的手榴彈一扔出去，左手的手榴彈便換到了右手，那扔出去的手榴彈呈高高一道弧線，還未落地，第二枚手榴彈已經投出，兩枚手榴彈剛剛連續爆響，第三顆又投了出去……而老涂在投出手榴彈之際，人已經衝到了另一個地方，或左前方或右前方，距山頂越來越近。宮得富的機槍火力恰好在老涂投彈的空隙間顯示威力……更主要的是，佔據山包的鬼子的注意力全在殺聲震天的工兵連那邊，老涂的手榴彈由側面投去，鬼子以為是遭到夾攻，陣腳大亂。

老涂一口氣將身上的手榴彈全部投完，工兵連已經衝上山頂，一陣肉搏戰，張家山又一次失而復得。

是戰，蔣委員長特頒發給葛先才青天白日勳章一枚，工兵連全連官兵每人則獲忠勇勳章一枚。時報紙登載：葛先才師長親率工兵連猛勇收復張家山。

葛先才後來說，報紙上登載的與事實稍有出入，他並沒有參與衝鋒，只是親自率領工兵連到張家山腳下後，目送著工兵連的官兵們朝山頭攻擊。而投手榴彈的老涂，即被稱為傻兵的神投手，為葛先才深深地記在了心中。幾十年後，葛先才還在他的《抗戰回憶錄》裡專門予以記述。

老涂和我叔爺他們並未得到勳章，因為陣地原本是在他們手裡丟掉的。但老涂已在師長面前露了臉，葛先才看著他那勇猛地投彈，當即就對身邊的人說，那個投彈的，了不起、了不起！你們要多給他預備手榴彈。自這以後，老涂就和我叔爺、宮得富一樣，能開口便提到將軍師長對其是如何如何的了。

只是，老涂能提到他在將軍面前露臉的日子太少、太少。

日軍的炮彈又如雨點一般傾泄到張家山。這次，他們是在拂曉發動攻擊。

炮擊停止後，整個陣地煙塵彌漫，幾米外便看不清對象。

老涂從灰土中探出頭來，使勁搖掉滿頭滿身的灰土，朝四周一看，卻不見一人。排長、老癟、宮得富、曹萬全、我叔爺他們，都不見了。老涂大喊大叫，沒有一人回答。他回頭一看，見敵人正在他背後，朝著和他相反的方向，向另一處陣地攻擊。

老涂忙找手榴彈，還好，排長原為他專門準備的一箱子手榴彈還在他腳下。他抓起手榴彈，像扔石頭一樣，一個接一個地在鬼子群中爆炸。鬼子發覺手榴彈從後面投來，以為被突然逆襲而來的守軍包圍，迅即由左邊凹地撤退。老涂一手夾著裝有手榴彈的箱子，一手以手榴彈不停地跟蹤追擊，一口氣追出好遠，一連投出二十多枚。

此時的老涂，已經完全殺紅了眼，或者說，已經處於半瘋狂狀態。對他最好的老癟沒有了，曾和他是冤家對頭的宮得富也沒有了，表揚過他的排長沒有了，曾硬要認他為徒弟的林滿群也沒有了……所有的人都沒有了，都被鬼子的炮彈炸死了。只有在這個時候，作為一個人，才能最切實地感受到，和自己的人在一起，多好！他老涂現在沒有一個自己人和他在一起了，他老涂只有為已經沒有了的自己人，去報仇，去拼命了。

老涂嗷嗷地叫著，如同一頭受傷的猛獸。

這時，一排長率領十多名士兵，跑步增援來了。

殺紅了眼的老涂，已經半瘋狂的老涂，分不清來人是誰了。他去抓手榴彈，手榴彈已經被他扔光；他順手操起一支不知是誰死後遺落在地上、上了刺刀的步槍，吼道：

「來啊，來啊，小鬼子你們來和老子拼啊！」

一排長忙喊：

「我們是自己人、自己人，我們支援你來了！」

老涂的耳朵已經被炮火震聾，他聽不清對方說的什麼。他還是沒有完全清醒，他端著槍，呀呀地朝一排長衝去。

一排長一邊喊你瘋了瘋了，我們是自己人，趕忙躲開老涂，一邊示意兩個士兵繞到老涂背後，將老涂一把抱住。

老涂拼命掙扎。

一排長跑到他面前，說：

「我知道你是老涂，是投彈超級能手。你看看我是誰，我是一排排長。」

老涂這才如同癱軟了一般，滑到地上。

一排長正要安慰他，老涂卻又哭又罵起來。

老涂罵他們貪生怕死，到這個時候才來。老涂說他的弟兄們全死光了，你們才來支援，還要你們來幹什麼？你們走吧走吧，我一個人守到這裡……

一排長知道他心裡難受，便索性不理他，任由他去罵，趕緊指揮陣地部署。

將新的陣地部署完後，一排長又來到老涂身邊，故意笑著說：

「老涂，你再仔細看看我，你難道真地不認識我？」

老涂說：

「不認識。我只認識我們排長，還有老癟、宮得富、林滿群。可他們都不在了。」

一排長聽他這麼一說，又無話可安慰了。

老涂自顧自地說：

「只可憐了林滿群，他若還在炮兵營，他若不和我在一起，他就不得死。從我一吃糧開始，他就照顧我，把我當徒弟，可我卻害過他……還有老癟，如果沒有他保護我，我早就死了，也等不到今天了……宮得富，宮得富也是個好人……嗚嗚……」

老涂又哭起來。

老涂剛一哭，鬼子的進攻又開始了。

老涂抹一把眼淚，喊道：

「給我手榴彈！把手榴彈都給我！」

一排長給他送來十多枚手榴彈。

鬼子先是以炮火集中轟擊，接著是步兵呈波浪式前仆後繼之勢，猛攻而來。當鬼子距陣地約六十米地區時，老涂便開始投彈，瞬息間，十多枚手榴彈全部在敵人隊伍中炸響。在老涂的手榴彈炸響的同時，陣地上其他火力猛烈射擊，鬼子傷亡累累，隊形散亂，但仍然向陣地越逼越近。

一排長又為老涂送來幾枚手榴彈。

老涂說：

「排長，我知道你是一排的排長了。我什麼也不要了。我戰死後，如有可能，只請排長將我的屍體，與我原來的排長、老癟、宮得富、林滿群他們埋在一起！如不能搶回我的屍體，我也不怪你。」

一排長一聽，說：

「老涂，你要幹什麼？竟然說出這樣的話。」

老涂又說：

「還有一件事，排長，我老婆叫水姐，她是被日本人害瘋的，我不能去照顧她了。排長如果沒死，幫我照看照看。」

說完，老涂猛地跳起，左右手各拿一枚手榴彈，衝出陣地，朝著迎面而來的鬼子飛步而去。

一排長大叫：

「老涂，快回來，不要衝擊，讓鬼子攻過來再打！」

老涂根本聽不見。即使聽得見，他也不會理睬。他只是快步如飛，直往敵群衝。

老涂右手投出了第一枚手榴彈。他將左手的手榴彈交到右手，又往前衝。

一顆子彈打在他左胳臂上。老涂全身震動了一下，跑勢略為停頓後，又往敵群衝去。

老涂衝入了敵群中，他高舉握著手榴彈的右手，直立不動。

一排長和士兵們大喊：

「老涂，手榴彈出手啊！出手啊！一出手就趕快往回跑啊！」

喊聲尚未終了，「轟」的一聲巨響，手榴彈在老涂手中爆炸。

鬼子始是被獨自一人飛衝過來的老涂驚呆，接著又根本沒料到來人會有此舉，想躲避已經來不及，數人做了老涂的陪死鬼。

老涂本人，則被自己的手榴彈炸得血肉橫飛。

陣地上的一排長吼道：

「衝啊！將老涂搶回來啊！」

一排長帶來的士兵齊聲怒吼著朝日軍衝去……

老涂的遺體還是未能搶回，因為他的遺體上，很快就蓋滿了異國士兵的屍體。

老涂死時，已經滿了二十三歲。

夜裡。在遠離衡陽的一間茅草屋裡，水姐坐在昏暗的、小小的煤油燈前，靜靜地等待著，等待著她的老涂——涂三寶回來。

老涂離開水姐後，水姐並沒有復發瘋病。她變得異常地寧靜。做事，總是悄悄地；就連走路，也是悄悄地。她最愛一人悄悄地坐著，凝視著小小的煤油燈。白天空閒時，她悄悄地坐著，凝視著沒有點著的煤油燈；夜裡，她悄悄地坐著，凝視著燃著小小的火光的煤油燈。她也許在想，只要這盞煤油燈不被風吹滅，她的三寶就能回來……

第三十章

在老涂以為排長、老癟、宮得富、曹萬全、我叔爺他們全死光，抱著必死的決心去與敵同歸於盡時，我叔爺他們並沒有死，而是被炮彈震暈後，又被炸起的泥土埋住。

在老涂拉響自己手裡的手榴彈時，他們醒了過來。

他們當然不是被老涂的手榴彈震醒的，因為老涂和一排長會合的地點，已經離開原陣地，到了另一個排據點。

所謂排據點，即以一排兵力守衛的據點工事。以一連兵力固守者，則稱之為連據點。

我叔爺是第一個醒過來，第一個從泥土中鑽出來的。

我叔爺鑽出來後，使勁晃了晃腦袋，還好，腦袋還能聽使喚；他抬起手去揉眼睛，手也能抬起；他揉了揉眼睛後，看清了眼前的一切。

眼前雖然什麼活的生物都沒有，只有被炮彈如同翻土一樣翻過來的黃土，以及被炸得七零八落的樹幹、樹枝，和七零八落散著的死屍，我叔爺卻興奮地叫起來：

「呵呵，老子命大，老子卵事都沒有！」

我叔爺的叫聲在他自己聽來，聲音並不大，其實如同狂吼。因為他的耳朵已被震得跟聾了差不多。

儘管周圍沒有一個活人，儘管七零八落地散著屍體，我叔爺一點也不感到恐慌，這種場面，他早就見得多了。他只是在心裡念叨，他媽的，難道宮得富、老癟、老涂、排長、曹萬全他們全死了？

我叔爺開始去翻那些被炮彈炸得七零八落散著的屍體，他扳過一具屍體，看一下，不是；他又扳過一具屍體，看一下，也不是。有的屍體實在無法辨認，他就去掏口袋，看能從口袋裡的東西識別出來是誰？

突然，我叔爺不翻了，他猛然醒悟，宮得富他們，定然也是和老子一樣，被埋在泥土中、假（暈）死過去了。

於是我叔爺返回去，一邊用手扒泥土，一邊喊：

「宮得富、宮得富，老癟，老涂！」

被他最先扒出來的是老癟。

其實，老癟不能說是被他扒出來的。老癟在他返回來時，已經醒了。老癟醒過來的第一反應是：陣地上有不有鬼子？陣地上如果有鬼子，他得裝死！故而他睜開眼看一下，又趕緊閉上；閉一會兒，再偷偷地睜開，直至看著我叔爺在一邊扒土一邊叫喊。

老癟從泥土中拱了出來。

老癟一拱出來，就對我叔爺說：

「林滿群啊林滿群，你和宮得富硬是親些，首先喊的就是他，而不是我老癟。」

我叔爺一見出來了個活老癟，喜不自禁，伸手就是一拳。

老癟接住我叔爺打過去的拳，說：

「兵販子就是跟兵販子親，沒治。」

我叔爺的耳朵還沒恢復正常，根本就沒聽清老癟的話，他說：

「老癟，老癟，快點和我一起扒，看還有活的沒有？」

老癟放大嗓門：

「你不用喊我也會扒！你講話怎麼跟打雷一樣？是變成聾子了吧？我老癟耳朵沒聾，你用不著那麼大聲地喊。」

這一回，我叔爺聽清了，他隨即回答：

「你才是聾子呢！鬼子的炮火能拿我怎麼樣?!我林滿群的命比你老癟硬，八字先生算過的。」

「八字先生說你的雞巴也硬吧，跟那三百斤的野豬一樣。」老癟故意把嘴巴說成雞巴。

「原來你的雞巴是硬不起的呵，等下我得報告排長。」我叔爺就著老癟的話予以反擊。

這兩個老兵油子，只要沒死，就忘不了耍嘴皮子。

很快，受了傷的排長和曹萬全被扒出來了，就是不見宮得富和老涂。

沒找著宮得富，我叔爺急了。

我叔爺確如老癟說的那樣，他第一個掛著的就是宮得富。他和宮得富不但是一同來到衡陽的兵販子，更是一同差點被斃了的兵販子，而宮得富當初不要連長寬恕，寧可和他一同被槍斃所表現出來的那種義氣，我叔爺當然忘不了。

老癟更掛著的則是老涂。

於是，我叔爺不停地喊著宮得富，老癟不停地喊著老涂，兩人拼命地扒著泥土。

宮得富終於被扒出來了。

被扒出來的宮得富，渾身是血。

渾身是血的宮得富依然活著。他那樣子，是被炮彈炸成了重傷。

我叔爺忙喊誰還有繃帶？活著的這幾個人都搖頭。他們隨身帶著的繃帶，早就給原先的傷員用光。

我叔爺脫下自己身上的那件爛汗衫，將宮得富那只不知是被炸斷還是沒炸斷的左手包紮兩圈，然後吊到他胸前，算是完成了「救護」。

我叔爺生怕宮得富會突然死去，替他包紮完後，坐到他身邊，喊：

「宮得富，宮得富，你還認識我嗎？我是林滿群，我林滿群又和你到一起後，我們還什麼話都沒說啊……」

我叔爺這麼喊著喊著，宮得富睜開了眼睛，看著我叔爺。

突然，宮得富笑了。他使勁挪動著身子，用尚能活動的右手拉住我叔爺的手，第一句話便說，林滿群啊老弟啊，我這輩子算值得了，師長親自請過我啊！

原本看似就要死去的宮得富，說起了師長請他去上輪渡的事。他怕我叔爺不知道他的那段最能引以為自豪的事。他說如果我叔爺能活著回去，就幫他記著這件事，而且一定要告訴他家鄉的人，他宮得富是被師長請出山的人……

宮得富是在念著他的家鄉，念著他那難以回去的家鄉。他似乎已經知道自己不可能再回家鄉，他唯一的心願，是希望他家鄉的人能知道他在衡陽有過榮耀……

這時排長發話了。排長要我叔爺和曹萬全將宮得富抬到營部去。宮得富卻怎麼也不肯被當作傷兵抬走。他說他只是被他媽的炮彈炸懵了而已，他還有一隻好手，他還能扣動扳機。我叔爺要他別逞英雄，還是到營部去療傷。他狠狠地瞪了我叔爺一眼，說，我能離開你林滿群嗎？我倆的命是早就連在一起了的。

我叔爺說，既然我倆的命是早就連在一起了的，我林滿群的命大得很，你他媽的就不能死，你他媽的就得陪著我，我他媽的也陪著你。

我叔爺是看著他渾身是血，怕他是「迴光返照」，說了些逞狠的話後就會死去。

宮得富卻不是「迴光返照」，他竟然坐了起來，而且不停地指使起我叔爺來。他要我叔爺替他擦槍，替他裝好彈匣，他說他一隻手照樣能點射，照樣要打哪裡便打哪裡。他還要我叔爺在他身邊放幾枚手榴彈，他說若是到了萬一的關頭，他還能掩護我叔爺他們撤離，因為他反正走不動了，他也絕不要我叔爺他們背著他或抬著他走，他就留在這裡，到萬一的時候就拉響手榴彈，和鬼子一同報銷拉倒……

我叔爺見他還能不停地指使，興奮起來，說：

「宮得富你他媽的變成傷兵，反倒成大爺，你把我林滿群當新兵使喚啊?!」

宮得富說：

「老弟，傷兵當然要人伺候啦！要不，我倆換個位，你變成傷兵，我來伺候你。」

我叔爺說：

「可惜，鬼子的炮火就是傷不著我，因為老子原本是個炮兵。炮火怎麼能打炮兵呢。」

宮得富就說：

「所以你就只能伺候我嘍。快點，快點，手腳麻利些，把手榴彈給我擺好，到時候我宮得富好讓你安全撤退。你只別忘了對我的老鄉講師長請我的事就行。」

我叔爺說：

「宮得富你不但是身上被炸傷，腦殼也肯定是被炸壞了。這仗從一開打，有過撤退的嗎？」

我叔爺剛一說完，突然補上一句：

「哎，我說宮得富，你全身都是血，怎麼還有這麼多話？還這麼有精神？」

宮得富詭秘地笑了一下，用右手招呼我叔爺，說，林滿群你將耳朵伸過來，我告訴你一句話。

宮得富湊著我叔爺的耳朵說：

「老子身上的血，大多是別人的。老子就是左手動不得了。別的地方，沒事！我就是要試試你林滿群對老子到底怎麼樣？兄弟，你果真是我的好兄弟啊！」

我叔爺正要朝宮得富那只還能動彈的右胳膊狠狠擊上一拳，老癟對他吼了起來。老癟要他快來幫著扒老涂。

老癟和我叔爺、排長、曹萬全他們正在拼命地扒時，一排長派人過來了。

老癟和我叔爺他們，才知道老涂已經死了。

老癟連連責罵自己，說他怎麼能被炮彈震昏，怎麼能被泥土掩埋？若是他沒被震昏，老涂是絕不會死的……

宮得富聽後也垂下了頭，口裡不住地念著，老涂老涂，你怎麼真的那樣哈呢，真的以為我們都死光了呢，你一個人去和鬼子拼命，為我們報仇……

排長、曹萬全都為老涂的死嘆惜，都說像他那樣的神投手，是再也找不著了。

倒是我叔爺，念叨起了老涂的水姐。他輕聲嘀咕著，說老涂的女人有福氣，找上了老涂這麼個實心人，隔著天遠地遠都被老涂護著，如同嵌在心裡的寶貝；又說老涂的女人沒福氣，原本守著這麼好的一個男人，可這麼好的男人，一下沒了……

我叔爺念叨著老涂的女人時，老癟吼了起來。老癟說，他媽的只要我們中間還有一個人活著出去，活著出去的這個人就得去照看老涂的女人！活著出去的人要是不去，他媽的就不是個人！

老癟的話令排長、宮得富、曹萬全和我叔爺連連點頭，都說老癟這話說得好，只要沒死，就一定按老癟說的辦。

這幾個人中，只有我叔爺活了下來。我叔爺說，後來他的確去看了老涂的女人——那個水姐。老涂死後不幾天，老癟也死了。但老癟不是死在張家山，而是死在魚塘。

我叔爺說，他原本想著自己肯定是與張家山共存亡了，他沒想到的是，師長葛先才卻下達了要第三十團陳德坒團長放棄張家山的命令。

葛先才之所以要陳德坒棄守，因為張家山的工事全被日軍炮火摧毀，遍地集屍，連山的高度都增加了，腐屍臭氣薰天難聞，據守官兵已無容身之地。葛先才認為已經失去了利用價值，故命令放棄，將陣地上尚存的人員調派到別的陣地據守。

僅這一個張家山，日軍和第十軍雙方死亡的人數，就在七千人左右。日軍兩個聯隊，包括聯隊長在內，均做了張家山之鬼。

第三十一章

這天上午六時後，日軍如同往常一樣，停止攻擊。

老癟伏在地上，嘴裡不住地念叨著。他現在念叨的已經不是想喝一碗湖南的壺子酒了。壺子酒，早已是可望而不可及的奢侈，他現在念叨的，是能吃上一口人吃的菜。

他和弟兄們，從開戰後的第十天開始，吃的便是爬滿蛆蟲的醬菜。

爬滿蛆蟲的醬菜，不僅是他和弟兄們吃，就連方先覺、葛先才他們也只能以此下飯。因為除此以外，別無佐餐之物。

我叔爺說，這醬菜，是衡陽城內兩家大醬菜園的。這兩家大醬菜園，每家都有幾百個露天大醬缸。那規模，在衡陽是數一數二；那品牌，也是衡陽的老大老二。我叔爺在第三次吃糧吃到衡陽時，就吃過這大醬菜園的醬菜。他說那醬菜的味道，嘿，蓋過全天下。可是當他從衡陽血戰逃生出來後，只要一提到醬菜，他就連連地呸個不停。

「噁心哪，醬菜上全是這麼大一條的蛆哪！」

在大戰即將開始之際，醬菜園的老闆和夥計全都隨著疏散的人們離開了衡陽城，無人管理的醬菜園成了廢墟。大戰一打響，醬菜缸子或因日軍飛機轟炸時，蓋子被震落，表面為泥土灰燼掩蓋；或被敵彈擊破……正值炎熱天氣，醬菜焉能不壞？當第十軍軍部後勤人員發現這些醬菜缸時，始是欣喜不已，總算找著有鹽味的菜了，可走攏仔細一看，缸中皆是巨蛆湧動，令人作嘔。後勤人員向長官報告，長官問在別的地方還找到些菜蔬沒有，答曰全城民房都被燒毀，什麼也找不著，只有這起蛆的醬菜了。長官說醬菜有鹹味，弟兄們打仗不吃些鹹的不行，把那一缸一缸的醬菜統統運回來，吃時將蛆洗掉、扒掉，吃的人眼不見不就沒事了。

於是，一缸一缸湧滿蛆的醬菜進了軍部、師部、團部……

然而任憑炊事兵再洗、再扒，醬菜裡的蛆也不可能全部去掉。我叔爺他們雖然見著帶蛆的醬菜噁心，卻不能不吃，吃時還免不了恨恨地說，反正是老子吃你，不是你吃老子！但很快，就連這種帶蛆的醬菜也沒有了。

我叔爺和老癟他們已是面黃肌瘦，雙眼深陷，宛若鄉里人說的癆病殼子。

老癟在念叨著有菜吃就好時，吊著一隻手的宮得富叫了起來。

宮得富叫的是，他媽的我們怎麼這麼哈，守著魚塘不敢去抓魚吃?!

原來他們奉命改守的陣地前，有一連串大小魚塘。魚塘對面，便是日軍。一直守在這裡的士兵們雖然早就想打魚塘的主意，但長官有令，不准下塘捉魚，防的是日軍突然開火，枉自送了性命。此時，宮得富這麼一叫，把士兵們早就想抓魚為食的慾望煽動起來了。但還是有人說：

「這、這去抓魚，違犯了軍令怎麼辦？」

宮得富說：

「到了這個時候，眼看著有魚不去抓，等著活活餓死啊?!」

我叔爺立即跟著說：

「對啊，我們若是活活餓死，鬼子打過來，誰去抵擋?!不過，我有一個可免處罰的辦法，我們抓了魚後，立即給營長、團長送幾條大魚去，再請團長給師長也送上幾條……」

我叔爺的話還沒說完，曹萬全便接了過去：

「林滿群的辦法好！這樣，長官就不會吭聲了。官不打送禮人嘛。」

這些曾經的兵販子，他們的膽子就是比一般的士兵大，歪點子更比一般的士兵多。

就連幹過兵販子的排長也跟著說：

「我看這個辦法行。現在的問題是，如何下塘去抓魚。」

一直沒表態的老癟見排長發了話，從地上站起來。

老癟一站起來就說：

「既然你們不怕違犯上頭的命令，我就不怕對面的鬼子！老子帶頭，誰跟我去？老子也確實憋不住了，想喝魚湯了。」

宮得富立即說：

「癟兄，我跟你去！」

老癟嗤一聲：

「去去去，你宮得富一隻手還要捉魚，別成為我老癟的累贅。」

我叔爺知道宮得富是故意那麼說，好激勵別人。他當即站到老癟身邊：

「癟兄，我跟你去，該沒有問題吧？」

我叔爺是看著那滿塘的水，他不光想抓魚，而且想划澡（游泳）。

排長和曹萬全也站了出來。

排長說：

「老瘺，這個頭還得歸我帶。上頭責怪下來，我擔著。」

老瘺說：

「排長，你不能去，你大小也是個長官。」

排長說：

「我這個長官如有不測，你就代替我指揮。」

老瘺說：

「不行，論指揮我不如你！再說，抓魚的也得會抓才行，我老瘺是抓魚的裡手。我們去抓魚時，你指揮火力掩護。鬼子若向我們開槍，你得狠狠地教訓他們。我們若被打死，你得為我們報仇！」

說完，老瘺、我叔爺、曹萬全等五人向著魚塘對面的鬼子大喊：

「喂，對面的人聽著，我們沒帶武器，我們是下塘抓魚，你們不可開槍射擊！要打，照你們的老規矩，下午六點開始，你我拼個死活。若是你們向我們這未帶武器的射擊，激怒了我們，我們就要採取攻勢，衝過魚塘將你們全部殺死！」

也不管日軍士兵能不能聽懂，也不待日軍回答，老瘺和我叔爺他們一下滑入塘中，五人散開，各自摸魚。排長則組織火力，嚴陣以待，準備應變。

陣地上的人一邊盯著對方，一邊不時看看塘中，心，都提到了嗓門。

日軍，並沒有向池塘射擊。

也許，他們感到好奇，在自己的槍口下，對方竟然脫光衣服，去池塘裡抓魚玩。

也許，他們對那抓魚也頗感興趣。他們也想去池塘裡玩一玩，只是沒有上級的批准。

也許，他們想到了自己的家鄉、自己的兒時……他們在自己的家鄉、在自己的兒時，或者就在成為皇軍之前，他們也正是這樣下塘抓魚、戲水……

魚塘裡的魚兒正肥。我叔爺後來回味著在敵人槍口下、生死懸於一線的抓魚時，竟興奮地說，衡陽人會養魚啊，一個連著一個的池塘裡全是魚啊，那魚兒直往我們的胯襠裡鑽啊，鑽得胯襠裡麻酥酥的啊……

我叔爺和老癟他們每抓住一條魚，就往塘埂上扔。被扔到塘埂上的魚撲騰著，在刺眼的陽光下閃著鱗光。陣地上的士兵呼喊著要去將魚撿回，排長不准。排長命令誰都不許動，槍口得對準對面的敵人。

這一天，老癟和我叔爺他們安全地返回，每人，都抓獲了不少大魚。

全連的士兵皆興奮了，他們忙著準備捕魚的工具，以便第二天捕獲得更多一些。

我叔爺和老癟他們吃到了鮮美的魚肉，喝著了鮮美的魚湯。那種好吃的滋味，我叔爺說，那才真正是天下第一！

當老癟將魚刺都嚼得一根不剩，將沾有些許魚湯的搪瓷杯缸舔得乾乾淨淨後，他突然提到了一個人。

老癟說：

「噫，韓在友那小子呢，這麼多天了，怎麼不見他來陣地上看看我老瘸?!他若來，我老瘸得給他留點魚湯啊。」

老瘸一提韓在友，宮得富也想起來了。他說：

「對啊，怎麼把他給忘了？他該來陣地上，和老子再比試比試槍法啊！」

老瘸立即說：

「你現在只有一隻手能活動，還跟他比試個鳥！要比，也只能是我老瘸和他比。」

老瘸這話激怒了宮得富。

宮得富說：

「一隻手怎麼啦？使駁殼槍難道還要兩隻手嗎？老瘸你別逞能，以前是我宮得富一直讓著你，你就以為你真是老大了。哼！」

老瘸說：

「呵，宮得富，老鼠爬秤鉤，要自稱自了。來和我老瘸叫板了。你先別說韓在友，就和我來比試比試，怎麼樣？」

宮得富說：

「比就比！我還真怕你老瘸不成？」

老瘸說：

「那就來吧，怎麼比？

宮得富說：

「你若真有本事，和我一樣，用一隻手端著步槍射擊。」

老瘸說：

「那不行不行，你是傷兵，我老瘸得讓著你點。」

宮得富說：

「不要你讓！」

老瘸說：

「我不讓著你，弟兄們會說我欺負傷兵。」

老瘸越是說宮得富是傷兵，宮得富就越來氣。兩人爭吵起來。

排長在一邊說：

「發寶氣，發寶氣，剛吃了兩餐魚，又都來勁了。」

老瘸懂得排長那「發寶氣」的意思，是帶有愛憐地說他和宮得富兩人犯傻，他就越發故意和宮得富抬槓。

宮得富氣乎乎地說：

「不管來勁不來勁，非比單臂托槍射擊不可！就打活靶子，幹掉對面的鬼子。」

我叔爺忙說：

「哎，現在打不得，打不得，你們對著池塘對面的鬼子一打，他們還不報復啊？我們就再也休想下池塘抓魚了。還是多抓幾天魚再說。」

我叔爺這麼一說，宮得富和老瘸都不爭了，心思又放到抓魚和吃魚上去了。這時曹萬全又冒出一句。

曹萬全說：

「那韓在友說過，他要來陣地上擺弄神槍的啊，被他打死的鬼子，就算到宮得富和我的名下……」

曹萬全還沒說完，宮得富說：

「人家那是吹牛皮，逗著你好玩的，你還當真啊?!」

老癟立即說：

「韓在友從來是說話算話的，他絕不會不來的。他莫不是遭遇不測了啊！」

我叔爺說：

「不會吧，他在師長身邊，我們這些人還沒死，應該還輪不到他。」

老癟卻已經為韓在友擔心起來。他自言自語地說，韓在友是我多年的好兄弟，我對老涂說過，等這一仗打完，我就幫他去找韓在友，要韓在友在師長面前替老涂請個假，好讓老涂回去看他的水姐。可老涂已經死了，我也用不著要他幫這個忙了……可他，總該惦著我老癟啊！這麼多天了，他不會跟老涂一樣吧……

老癟這話說準了，韓在友的確已經跟老涂一樣了。

大戰開始不久，葛先才的參謀主任吳成彩就力保韓在友任師特務連手槍排排長，誰知道特喜歡韓在友的葛先才卻不同意。葛先才認為韓在友勇則勇，但性格粗魯，全無學識，不適於帶兵。吳成彩說，手槍排整天跟在身邊，等於都是衛士；韓在友在平時，不是經常指揮手槍排士兵嗎？而且，他和手槍排士兵，相互間情感融洽。我看他當個排長準行。

吳成彩這麼一講，葛先才覺得也有道理，便說，那就讓他以准尉代理排長，先試試看。

由是，韓在友由中士升了個准尉。

待到日軍第一第二次總攻後，葛先才的步兵團傷亡慘重，他將師屬特務連、防禦炮連、工兵連、搜索連、防毒連，統統當作一般步兵使用，五位連長皆先後陣亡，在無兵可調的情況下，葛先才不得不啟用手槍排。

葛先才要吳成彩將韓在友手槍排的駁殼槍收回，全部發給師部無槍支的軍官；手槍排除排長和班長仍然使用駁殼槍外，士兵全部改用繳獲的日軍三八大蓋，各班配備三八式輕機槍一挺。

「手槍排務於兩日內完成裝備更換，士兵不會使用敵人槍械者，也必須在兩日內完成演練。」葛先才對吳成彩說，「改用敵人槍械練習竣事後，要韓在友來我這裡接受任務。」

兩天後，韓在友來了。

葛先才說：

「韓排長，你這一排人完成一切戰鬥準備嗎？」

「報告師長，已經全部完成。」韓在友大聲答道。

「好！你這個排歸三十團陳團長指揮，你率領本排即刻前去報到。」

「是！」

葛先才又說：

「你們使用的敵人槍械，師部和團部都沒有子彈補充，你自己設法去陣地外，到敵人屍身上搜取。」

「哎呀，那我們還不會被臭氣薰翻?!」韓在友做了個鬼臉，又開始嘻哈起來。

葛先才笑哼一聲：

「世界上也有你怕的事啊！要不要我給你配上防毒面具再去啊？戴上防毒面具，你就不怕臭氣薰了吧？」

「師長，將我的軍啊？」韓在友嘿嘿地笑。

「不要嘻皮笑臉。」葛先才說，「要知道，你現在是排長了。你得將全排帶好！去吧。」

韓在友敬了個軍禮，轉身而去。

韓在友一走，葛先才心頭如有所失，這個跟隨他多年、深受他喜歡的衛士，此一去，還能不能回來呢？

「韓在友！」他情不自禁地喊道。

剛走出數步的韓在友一聽，忙返回問道：

「師長，還有要交待的事？」

葛先才說出的卻是：

「韓在友，你有沒有怕上戰場的心理？」

韓在友一聽，說道：

「哎呀，師長，我還當是什麼大事呢，你問這個啊，我在你身邊時，常常瞅空子偷偷溜到陣地上，回來時向你報告打死了幾個敵人，你還說我吹牛……」

葛先才說：

「可這次，不一樣啊！」

葛先才還想說幾句，韓在友已經轉身大步而走。他邊走邊說：

「師長，你不用為我擔心，大不了戰死沙場，有什麼了不得的！」

韓在友率領原手槍排上了陣地。他當然不可能抽空去看望老癟，也不可能兌現跟宮得富和曹萬全說過的話。儘管他上了陣地後，和老癟、宮得富他們就在同一個團。

韓在友此一去，就沒能再回到葛先才身邊。他的死，正應了「猛將陣上亡」那句話，因為他膽子太大了。

五天之後，陳德坒團長電話報告葛先才：「韓在友排長陣亡……」

陳德坒在電話中說，師長不要難過，韓排長沒有白死，死在他槍下的鬼子，不知多少。只因他膽子太大，在陣地上經常與敵人開玩笑，或引誘敵人來搶陣地，待敵人攻過來時，迅速跑回將敵人射殺。若是稍微小心一點，一時尚不至於陣亡……

陳德坒團長所說的「稍微小心一點」，是韓在友在又一次引誘敵人時，落入了鬼子的包圍圈，他把子彈全打光了，最後一顆，他射向了自己的腦門。

葛先才當即歎道：

「壯哉！為國捐軀，不虛此生，我以他戰死為榮。在劫難逃，脫離苦海，一死百了。惟數載相處，生死與共，焉能忘情！陳團長你派人將他的遺體搶回，就地深埋，待此戰役結束，再行盛殮。」

然而，韓在友的遺體和老涂一樣，未能搶回。因為他死守的那個陣地，很快就被敵人的炮火全部覆蓋。他的屍體，和日軍的屍體混在一起，皆被日軍的炮火掩埋。

在老癟念著韓在友的第二天，我叔爺和老癟他們這組捕魚的人，增加到了七個。

這一天，鬼子依然沒有開槍射擊他們這些捕魚者。

老癟捉到了一條足有兩尺長的大魚，他將大魚抱在懷中，喜得在水中轉著圈兒大叫：

「宮得富，宮得富，你看見了嗎？看見我老癟抓的這條大魚了嗎？哈哈，我老癟……」

老癟的話還沒說完，大魚已從他懷中滑脫，潛入了水中。

「跑了，跑了！」陣地上的弟兄們大叫。

「跑了，跑了！」對岸的日軍似乎也在大叫。

老癟立即一頭朝下，鑽入水中去抓逃跑的大魚，當他從水中鑽出來時，魚未捉到，兩手空空，人則滿身滿頭滿臉泥巴。原來池塘水本就不深，他一個猛子扎進了塘泥中。

老癟那樣兒，引得陣地上的弟兄們轟然鼓掌跺腳大笑，對岸日軍的大笑之聲也傳了過來。我叔爺後來說，當時那情景，哪裡像是敵我做殊死之戰，而是像戲臺上在演逗人發笑的花鼓戲。我叔爺還說，這人啊，有時就是琢磨不透，只要雙方將手裡能打死人的傢伙息火，就好像不是在戰場上了……那些日本鬼子的笑聲，我叔爺一直記得。他說，那笑聲，也就是人的笑聲啊……

第三天，出事了。

我叔爺說，這一回他們剛溜下池塘，對岸日軍的槍聲便響了。日軍的子彈打得池塘裡的水「咻咻」作響，打得塘埂上的泥土濺起好高。

我叔爺說，當時他和老癟他們一聽槍響，別的什麼反應都沒有，唯有怒火直衝腦門：他媽的小鬼子不講信用，竟敢向手無寸鐵的他們開火！

鬼子的槍聲一響，排長他們立即開槍還擊。

我叔爺和老癟他們忙爬上池塘，跑回陣地，連衣服也顧不上穿，每人拿了三枚手榴彈，赤身裸體就朝敵人衝去。

排長一見他們衝過去，一邊命令火力掩護，一邊大叫：「上刺刀，跟我出擊！」十一個弟兄立即跟著排長衝向敵人陣地。

我叔爺、老癟、曹萬全他們七個赤身裸體的人，將手裡的手榴彈一枚接一枚地扔過去，二十一枚手榴彈在敵人陣地接連爆炸。手榴彈一扔完，排長和那十一個兄弟衝了過來。我叔爺、老癟他們撿起鬼子的槍，和排長一道衝進敵陣，一頓槍擊刀刺，將魚塘邊緣之敵全部殲滅。

等到日軍的增援部隊趕到時，排長已帶著弟兄們全部回到自己陣地。

我叔爺說，原來池塘對面的鬼子並不多，經不得幾下打。我叔爺不知道的是，此時日軍因連續受挫，處於整備期間，而日軍的主要頭頭，正在調兵遣將，部署第三次總攻。

我叔爺說他們因為前兩天吃飽了魚，所以不但渾身有勁，而且全身是膽。三個小時後，他們又只穿一條短褲，來到魚塘邊，對著敵人大喊：

「我們捕魚已經成了定案，你們若是再開槍射擊，有例在先。不相信就試試看！」

說完，又跳入魚塘，照樣捕魚。

在此後的幾天裡，日軍果然不敢開槍射擊他們這些捕魚的人。

我叔爺和老癟他們算是開了捕魚風氣之先，引得所有魚塘附近陣地的弟兄們，都學著他們，在鬼子的槍口下捉起魚來。師長葛先才儘管收到了團長送來的四條大魚，儘管吃著那美味的鮮魚時大加讚賞，說好吃好吃！但仍嚴令禁止。只是，他下達的禁止捕魚令，無效了。

凡是有魚可捕的連隊，連長和士兵達成默契：每天到了捕魚時間，便派出警戒，只要遠遠地看見團營長來，立即發出暗號；塘中捕魚者一聽到暗號，便迅即跑回陣地內，穿上軍衣，裝作若無其事的樣子。等團營長一走，又脫掉軍衣，滑入塘中，以命換魚。直到所有池塘裡的魚全被捕光了，無魚可捕了。

然而，老癟這個打過西涼山之戰，參加過第三次長沙會戰、馳援常德保衛戰……在數次激戰中，身上連傷疤都沒有一個的老兵，卻還是死在了捕魚中。

我叔爺說，老癟是膽子太大、太大了……

我叔爺他們這些下塘捕魚者，當然只是在靠近自己陣地這邊捕捉，當然也不敢走出太遠。但隨著池塘中魚的減少，老癟捕魚竟捕到了靠近敵人那一邊的池塘。

那一天，我叔爺和老癟他們下到池塘裡，捉了好久，一條魚也沒有捉到。正在他們罵罵咧咧時，老癟一聲不吭，獨自一人往靠近鬼子那邊的池塘而去。

我叔爺說，兩軍廝殺，炮火連天，槍彈橫飛，打不著老癟，可就在這鬼子似乎對捕魚者不會開槍的平和中，他，被子彈打中了。老癟的死硬像是命中註定，因為他素來是最愛說玩笑話的，他那張嘴巴是閒不住的，然而，這一天，他沒說一句話，是在弟兄們不知不覺中，往靠近鬼子的池塘而去的。

當我叔爺他們發現老癟不見時，老癟已經靠近了鬼子那邊的池塘。

待在陣地上的宮得富最先發現他，當即大聲地喊叫起來：

「老癟，快回來！不要太靠近！」

宮得富的的確確是一片好心，可是老癟聽得宮得富這麼一叫，反而使得他更要逞強。他朝宮得富揮舞著手，大聲回答說：

「宮得富，你就等著我老癟捉幾條大魚給你吧！」

我叔爺認為，如果不是宮得富先喊老癟回來，如果是排長先喊，老癟也許會打轉身。因為宮得富要和老癟逞狠比武，老癟是絕不會服輸的。他老癟就是要讓宮得富看看，他能在鬼子的陣地前捉回魚來。

「老癟，回來！快回來！」排長和陣地上的弟兄們叫了起來。

「老癟，你他媽的別往前去了啊！」我叔爺他們也叫起來。

老癟一邊繼續往前走，一邊回答：

「哈哈，弟兄們，小鬼子不敢開槍的！」

老癟的話剛剛落音，鬼子的槍響了。

隨著槍聲，老癟倒在了水裡。

「把老癟救回來！」排長一聲怒喝，從陣地上衝出。

我叔爺和曹萬全他們根本就顧不得回陣地拿槍拿手榴彈，光著身子，赤手空拳迎著槍彈而去……

老癟被搶回來了。去搶救老癟的弟兄死了兩個。

被搶回來的老癟已經無救，他認為不敢開槍的鬼子的子彈，打中了他那光裸的、厚實的胸膛。

老癟之死，又是和韓在友一樣，死在膽子太大上。

老癟臨死時還在說，韓在友怎麼不來看看老子。

他不知道，韓在友，在他之前就已經死了。

第三十二章

我叔爺他們之所以能捕魚，是因為日軍又在整補、調兵遣將期間。

橫山勇對衡陽發動的第二次總攻，又不能不滯緩下來，再次由全面攻勢改為數點攻擊。因為增援的第五十七旅團長源吉已被打死，六名大隊長也相繼被打死，兩個師團的原任連長已所剩無幾，大部分步兵連變為由士官代理連長。

衡陽久攻不下，致使日在華派遣軍甚感不安；日本大本營的不滿情緒，逐漸達到極限。

七月十八日，在第十軍擊敗日軍對衡陽的第二次總攻，並殺死日軍二萬五千名後，日本首相東條英機下臺。

日軍的全面攻勢再一次滯緩後，第十軍軍長方先覺打電話給葛先才，詢問交由葛先才指揮的部隊及預十師傷亡情況。

「報告軍長，第三師第八團及軍工兵營的傷亡都已過半數，預十師全師官兵則殘剩無幾了……」

葛先才說到這裡，觸發了壓制已久的情感，情不自禁地哭了起來。

方先覺聽到葛先才的哭聲，心頭大駭，這個勇猛無比的漢子，這個身經無數次惡戰的戰將，在常德會戰時被子彈穿胸險些喪命都沒吭一聲的人，此時竟然哭了起來。

「先才！你怎麼啦？怎麼啦？」方先覺急得大叫。

方先覺不停地叫，葛先才卻因悲慟之氣，湧塞胸口，一時說不出話來。

足足過了兩分鐘，葛先才才平靜下來，說：

「軍長，我沒什麼！只是多少年來，經我悉心培育、情誼深厚的各級幹部，如今百分之八十以上的都倒下去了。固然，軍人為民族生存而戰，死者光榮，但人非草木，孰能無情？我這個未死的，眼見他們一個一個倒地不起，焉能無動於衷?!我想到這些，所以傷心淚下……」

方先覺忙予以寬慰。

「軍長，你不要再說了……」

葛先才的話還沒說完，方先覺就說：

「先才，我知道你現在最希望我說的是什麼，我已命令，第三師再抽調第九團給你，軍特務營也抽調給你，第九團團長蕭圭田上校，軍特務營營長曹華亭少校，即刻歸你指揮，加入你師陣地作戰。如何調整部署，你預定策劃。軍特務營，我只留下一個步兵連，以備應急。」

葛先才明白，軍長將第三師的第九團一抽調過來，第三師就只有第七團一個團了，第七團擔任城西一部陣地及蒸水湘江的守備，再無兵力可抽調，而軍長手裡，僅僅只有特務營的一連兵力了……至於一九〇師那一千多人，也已傷亡過半，雖說他們殺死的敵人，是自己傷亡人數的數倍，早就超過他原來向軍長保證的以一命換敵兩命、三命的保證，但他最擔心的，仍然是一九〇師的防區……

援兵、援兵！援兵現在到底在哪裡呢？

援兵如果還不趕來，日軍只要再發起一次總攻，以第十軍殘存的兵力、火器、給養，衡陽難保，第十軍有可能全軍覆沒……

自戰至第二十六日開始，方先覺每晚都將蔣介石委員長授給的二字密碼發出，盼著真如委員長所說，「只需將二字密碼發出，我四十八小時解你衡陽之圍」。然而，二字密碼每晚發出，未見一兵一卒來援。

七月二十八日，方先覺終於收到了蔣委員長的電傳增援諾言：

「守城官兵艱苦與犧牲情況，余已深知。余對督促增援部隊之急進，比弟在城中望援之心更為迫切，余必為弟及全體官兵負責，全力增援與接濟，勿念。」

然而，又是一個然而，依然未見援軍到來。

此時，距城破尚有十天。

這一日，守軍突然聽到城外約兩千五百米處，響起了密集的槍聲。

「援軍來了！援軍來了！是援軍來了！」

援軍終於來了的消息，不但令守城官兵精神陡然一振，而且無不額手稱慶。

來的果然是援軍——國軍第六十二軍。

方先覺立即以無線電，向六十二軍軍長黃濤聯絡，請黃軍長的部隊迅速進城。

黃軍長覆電：

「敵抗拒甚力，攻不進城。」

方先覺再電：

「我派部隊攻破敵包圍圈來迎。」

黃濤軍長應允了，並規定好聯絡信號。

「曹華亭！快叫曹華亭來見我！」方先覺喊道。

已經劃歸葛先才指揮的軍直屬特務營長曹華亭向葛先才報告後，興沖沖地趕至軍部，一見方先覺就說，軍長，是派我去迎接援軍吧！

方先覺點點頭，要他挑選一百三十來個槍法、格鬥都特別出眾、身手敏捷、戰鬥經驗豐富的人，從預十師主陣地、第八團的陣地上衝出去，突破日軍的包圍圈，用規定信號聯絡六十二軍。

方先覺說：

「曹營長，此舉關係到我軍尚存將士的安危，更關係到衡陽的存亡，你肩上的擔子比千斤還重啊！」

曹華亭答道：

「請軍長放心，我保證衝出城去！若不能突破日軍包圍圈，讓他人提我的頭來見軍長。」

方先覺說：

「我要你的頭幹什麼，我要的是援軍，你必須將援軍接進城來！」

「是！曹華亭保證將援軍接進城來！」

曹華亭率領一百三十名弟兄，來到預十師第八團陣地。

和軍炮兵營長張作祥只有一字之差的第八團團長張金祥迎上前來，興奮地說：

「曹營長，這下好了，援軍就在城外，你放心，我一定以最猛烈的火力掩護你衝出！」

張金祥又將白天六十二軍部隊向日軍開火的準確地點告訴曹華亭。他指著地圖說：

「從密集槍聲判斷，援軍就在此處。」

曹華亭說：

「軍長已和援軍聯繫好，只待我去將他們接進城來。張團長，你就等著我的好消息吧。」

這時，電話響了。

電話是葛先才打來的。

「張團長，曹華亭到了嗎？」

「已經到達。師長，你就放心吧，我已經做好一切掩護準備。」

「好，你務必要保證他突圍成功。」

葛先才說完，卻又對張金祥說了幾句擔心的話。葛先才說的大意是，他並不擔心曹華亭衝不出去，因為現有的圍城日軍，也已經是疲憊損折之師，他們不得不放棄全面進攻就是明證。他擔心的是，曹華亭衝出去後，究竟能不能接來援軍。因為以一個軍的完整兵力，是不可能攻不進衡陽來的。一個軍要進城，說是攻不進來，卻要城內的去接，城內一百多人都能殺出去，一個軍難道攻不進來？因而，他擔心的是，曹營長此次冒死突圍，帶回來的，只怕是會讓人空歡喜一場。但葛先才叮囑，不得對曹華亭透露他的擔心，否則影響士氣，突圍就會受挫。他之所以說出他的擔心，是要張金祥明瞭兩點，第一，全力掩護曹華亭殺出，並做好接其回來的準備。第二，不能因有援軍到來而放鬆半點警惕，要防止日軍趁此夜襲。他命令，無論是掩護殺出後，還是接應回來後，都必須枕戈待旦，不能有絲毫疏忽。

趁著夜色黑暗，在第八團的火力掩護下，曹華亭率領一百三十名弟兄奮勇殺出。日軍的包圍圈很快就被他們撕開一道口子，十多個弟兄倒在突圍的路上。

他們來到了六十二軍部隊白天向日軍開火的地方，曹華亭命令發出規定的聯絡信號。回覆他們的，是毫無回覆。

「繼續聯絡，繼續聯絡！」曹華亭急了。

然而，無論他們怎麼聯絡，其結果是，連鬼影子也找不到一個。

所謂前來支援的六十二軍，早就走了。

原來，六十二軍在統帥部的再三催促下，不得不答應向衡陽進軍。然而，他們想出了一個妙法，該軍只派出一個師，師則只派出一個團，這個團來到衡陽城外，對著日軍胡亂地一頓射擊，表示他們已經奉命趕到，然後迅即腳底板抹油——溜了。

六十二軍軍長黃濤則向統帥部發電，大意為：

「敵勢太強，我傷亡慘重，未能攻進衡陽，現撤至某地整理中。」

一通謊電，瞞過了統帥部。統帥部即使曉得些個中蹊蹺，但無法弄清該軍戰鬥真相，亦無可奈何。

衝出城來的曹華亭，在一個鬼影子也找不到的情況下，除了對著天，對著地，大罵了一通外，反而面臨著一個新的難題了。那就是：他帶出來的這一百多弟兄怎麼辦？

茫茫黑夜，籠罩著他們。

他們從城內殺出時，已經戰死了十多個，如果再殺回城去，肯定又得死傷好多。更要緊的是，只要再回到城裡，等待的只能是城破人亡。

黑夜茫茫，他們完全可以趁此逃生。

曹華亭自己，肯定是要殺回去的，他不能就這樣自己逃生，他得對得起軍長，對得起特務營還在城內的官兵，對得起第十軍。即使他在殺回城的路上被打死，那也是死得值。問題是，手下這一百多弟兄，他們願意再跟他殺回去嗎？他們如果趁此機會逃生，那也是在情理之中。

好不容易殺出來了，趁此離開戰場，是一條生路；再跟他殺回去，明明是一條死路。

曹華亭不能硬將弟兄們帶回那條死路。他決定讓弟兄們自己選擇。

曹華亭說了自己的打算，趁著天還沒亮，願意跟他重新殺回去的，請站出來；不願意殺回去的，就地解散，各奔前程，絕不勉強。

他的話剛完，一百多弟兄，齊嶄嶄往前邁出大步。

「營長，我們殺回去！要死，和城內的弟兄們死到一塊！」

曹華亭被弟兄們感動得淚盈眼眶。他一揮手，走！原路殺回！

曹華亭又率隊衝回了城中。這一衝出衝進，他們傷亡了三十個弟兄。

城中盼著援兵的官兵，空喜一場。

另有一天，又一支援軍進至衡陽外五里亭，城中又聽到了城外密集的步槍、機槍聲。但午夜後，這支援軍又銷聲匿跡了。

國軍相互之間的配合、支援，就是如此。

這是國軍歷來累積惡習所形成的惡性循環。因為援軍之援衡陽，戰略目的不外乎三個：一是為了殲滅包圍衡陽之敵，即所謂的會戰；二是為了將已達到守城目的、並已遠遠地超過了要求守城日期的第十軍接出衡陽整補；第三，那就是援軍進入衡陽，會同第十軍繼續固守。

對於第一個戰略目的，統帥部早已只是嘴上說說而已，如果真的是要第十軍以死守來消耗敵人的戰力，將敵人主力吸引至衡陽郊區，外圍援軍再將日軍來個反包圍殲滅之，那就應該是援軍齊向衡陽急進，而不會是這麼零打碎敲地要某一個軍單獨馳援了。如果是要將第十軍接出衡陽整補，那就根本用不著援軍，只要統帥部下達第十軍棄城突圍的命令，第十軍自己就能衝出重圍。在日軍第一次總攻末期及第二次總攻末期，是第十軍突圍的最好時機。曹華亭一個營長率領百多人就能殺出又殺進，即是明證。於是，剩下的只有第三種情況了，那就是某支援軍一旦進入衡陽後，統帥部必定是命令其接替第十軍任務，再來一次「無補給」、「無限期」的固守，坐以待斃。城內無儲備糧彈，接替第十軍固守的部隊，所攜帶的糧彈，最多只能維持六天……這一點，作為援軍的軍長們心裡都清楚。

「援軍將領，為本身利害計，權衡輕重，戰必涉險，還不如不戰。向上一通謊電搪塞，就可逃避此戰，既無責任又無損耗，何樂不為？」這是葛先才在無可奈何之際，對援軍避戰塞責所發出的慨歎。他甚至說，這也不全怪友軍避戰，乃是上樑不正下樑歪之故！這位敢於犯上的戰將曾義正辭嚴地說道，統帥部原本就沒有戰的決心和勝的信心，且無精算、無配合、不知敵、不知己，不能適時供應戰場需求以保持部隊續戰力，不能適應敵情變化，連頭痛醫頭腳痛醫腳之單純措施，都未能做好，更談不上整個戰局兵力之有效運用了……除了每日發電報，嚴令守者堅守，援者速援外，再無其他對策！

統帥部固然有兵力不足的難處，因為其時中國抽調了十餘萬大軍，正在緬甸進行緬北反攻作戰，但統帥部其實不在乎衡陽的得失。衡陽會戰一開始，六月二十八日，梁寒超在外國記者招待會上，就否認衡陽失守會使戰事延長，他說：「有人顧慮倘使衡陽失陷，將使戰局延長一二年，吾人殊不能同意。」七月十日，何應欽發表公開講話說：「在全盤戰略上言，吾人實不憂敵人打通我平漢、粵漢兩線之蠢動。」由此，可看到統帥部對衡陽會戰的態度。這種態度又是和盟軍在歐洲並太平洋戰場上的反攻，已取得相當的進展，勝利已可預期相連。

歐洲戰場，盟軍於六月六日在諾曼第登陸；亞洲太平洋戰場，美軍於六月十五日展開塞班島浴血戰。諾曼第登陸，可說是敲響了希特勒的喪鐘；塞班島浴血戰，日軍三萬一千餘人全部被打死，日本聯合艦隊司令南雲中將和兵團司令齊藤中將自殺，使日本在太平洋上海陸空的戰力消耗殆盡，盟軍直逼日本本土。

抗戰之初，國軍的戰略就是「以空間換時間」，守守守，退退退。現在，則是「以時間等勝利」，當然不在乎衡陽的得失了。

因此，衡陽會戰一開始，原本計畫配給第十軍協防的部隊就被調往廣西，準備下一步的防守。結果，衡陽失守後，一個地方都沒有守住。四個月內，桂林、柳州又都失城於旦夕之間。

既然統帥部都不在乎衡陽的得失，那麼，友軍又何必去賣命呢？也來一個「以時間等勝利」，豈不樂哉？保得了軍隊的資本，也就是保住了勝利後政治上的資本。

故，奉命死守衡陽的第十軍的命運，已可想而知。

就在第十軍盼著的援軍只能如鏡中窺花之際，日軍第十一集團軍司令橫山勇著手的第三次總攻，已經準備得差不多了。他調集第四十師團、第五十八師團以及第十三師團的一部，往衡陽集結。這樣，加上圍攻衡陽已整補完畢的第六十八師團、第一一六師團、第五十七旅團，共計準備了五個完整師團，即相當於國軍三十個師的兵力。在火力方面，除各師團所屬炮兵大隊外，另有炮兵第一二二聯隊計一五〇重炮五門，一〇〇加農炮以及其他山野炮共計百餘門，炮彈四萬發以上，為日軍有史以來攻擊一點之最強大兵力與炮火[1]。

衡陽的最後血戰，即將來臨。

1 本書主要史實如衡陽血戰開始及日軍三次總攻的時間，雙方兵力實況、調配，國軍援軍行動等，均以《葛先才將軍抗戰回憶錄》為準。

第三十三章

老癟死後，我叔爺他們就再也不可能有魚吃了，因為一則是葛先才重申了嚴厲的命令，不准下塘以命換魚；二則是塘中也確實沒有什麼魚了。

在日軍尚未發動第三次總攻前，無菜可吃的苦處又像螞蟻鑽心一樣令這些殘存下來的弟兄們難受。

其時第十軍的糧食情況是，軍部糧秣科所有儲糧，皆已全部發出，粒米無存。非戰鬥單位已經沒有食物，頻頻向戰鬥單位借米。因為戰鬥單位傷亡者眾，戰死的人，留下了那份沒吃完的糧。因此，我叔爺他們還是有米煮飯，但餐餐只有鹽水泡飯。

我叔爺說，他們這些老兵販子，是決不會甘心餐餐吃鹽水泡飯的。他和宮得富、曹萬全等幾個人湊在一起嘀咕著鹽水泡飯實在難咽時，平素不那麼引人注意的曹萬全突然說：

「我曉得一個有菜賣有肉買的地方，不知弟兄們感不感興趣？敢不敢和我去當採買。」

曹萬全這麼一說，我叔爺立即問道：

「在哪裡，在哪裡，你快說，快說！」

我叔爺這麼問時，就斷定曹萬全這個兵販子，肯定和他一樣，原先來過衡陽，而且對衡陽附近特別熟悉。

我叔爺剛這麼一問，宮得富開了口。

宮得富剛一開口，我叔爺就把他的話給堵了回去。我叔爺說：

「得富老兄，你又要說你敢和曹萬全去當採買吧？當初抓魚，你明明曉得自己一隻手不可能去抓魚，卻偏要第一個說你敢去，現在要去當採買，你又是曉得自己不可能去的，誰要你個傷兵去?!你又是故意來這一套，好顯出你的膽量吧？」

我叔爺這麼一說，宮得富就嘿嘿笑，說：

「滿群老弟，滿群老弟，你怎麼能把我的『軍事秘密』全說出來呢？」

我叔爺說：

「說出你的秘密是為了讓你少打岔。曹萬全，你快說那有菜有肉的地方在哪裡，我林滿群和你去！」

曹萬全說，從這些魚塘往南，有一條草河，草河北岸，鬼子在守著。只要游過草河，偷越鬼子的防線，再走三十多里，山中有一個集鎮，到了那個集鎮上，便能買到想要的東西……

曹萬全還沒說完，宮得富插道：

「曹老兄，你這還是哪年的黃曆呵？鬼子把衡陽一圍，槍炮喧天，別說是三十多里，就是三百多里的老百姓，只怕也早就嚇跑了！那個集鎮，還會存在？」

曹萬全搖了搖腦袋，說：

「宮兄，此言差矣。你只知其一，不知其二……」

「喲，喲，曹萬全，你還會咬文嚼字啊？看不出，看不出，當過私塾先生的吧？」宮得富嘲笑起來。

「別打岔，讓曹萬全說完。只要有菜買，有肉吃，你管他當過私塾先生還是公塾先生呢。」我叔爺急於去當那能最先吃到菜和肉的採買。

曹萬全說：

「衡陽山裡的老百姓，絕不會被嚇跑。鬼子圍衡陽還圍不贏，也絕不會到那個集鎮去。去那個集鎮的山路，鬼子更不會知道。」

宮得富說：

「你怎麼就這麼肯定？衡陽山裡的老百姓不會被嚇跑？」

「我兩個又打賭囉！」曹萬全說，「我也不跟你賭別的什麼，我和林滿群買回了菜，買回了肉，你別吃就行了！」

曹萬全之所以敢跟宮得富打賭，是因為他在一次吃糧逃跑時，到過那個所謂的集鎮。集鎮就是山裡人逢「三六九」日或「二五八」日交換物資的地點，如同北方的趕墟。由於集鎮距離衡陽只有三十多里，這裡的山裡人比大山裡的人開發一些，沒有大山裡人那樣古板，卻有著比大山裡人更蠻的倔勁。當時他差點被當奸細抓起，幸虧他靈機一動，說自己的隊伍是被日本人打潰，他是從日本人手裡逃出來的，才躲過一劫。當他胡亂說起自己和日本人打仗的故事時，那些百姓不但不怕，反而是恨不得立即去奪日本人的槍……故而他斷定，那裡的老百姓不但不會跑，而且說不定會有對付鬼子的武裝。

曹萬全一說到不讓宮得富吃菜吃肉，宮得富可就不願和他賭了。宮得富只是說：

「好好好，這個賭我不跟你打，我情願相信你說得對。」

這時另一個兵販子說：

「買菜買肉我也願意去，只不曉得上司會同意不？」

宮得富立即說：

「去和排長講，排長和我們是一樣的。」

宮得富說的「排長和他們一樣」，是指排長也是個老兵販子。

排長一聽，果然大加贊同。只是說這事關係重大，還是得和連長說說。

排長帶著曹萬全、我叔爺幾個人，來到連長面前。

排長將此事一說，連長當即答曰：

「行啊，只要你們敢去，我就答允。不過，此舉須極端保密，若是被營長知道，不但去不成，還要挨罵。再則，到底去幾個人合適，要過那草河，去的人得有好水性……」

連長還未說完，曹萬全和我叔爺就說：

「連長，我的水性是百裡挑一。」

「連長，我老家就在扶夷江邊。」

連長笑了，說：

「要論水性，湖南兵多是在水邊玩大的。那區區草河，不在話下。問題是，採買回來時，每人都得攜帶幾十斤的物品，再遊過草河，就不那麼容易了。你們先和連上的弟兄們商量商量，拿出個萬無一失的辦法來。」

連長這麼一說後，全連的弟兄們都動開了腦子，三五一群如開會討論。其實，此時所謂的全連士兵，已經傷亡過半，只有幾十個人。

大家商量的最後結論是：去三個弟兄，不帶槍械，每人配三枚手榴彈，帶三個汽車內胎。物品採買好後，捆到打足氣的內胎上，從草河游回。

我叔爺說，這三個弟兄就是他、曹萬全，還有一個姓祝的。這姓祝的名字他記不清了，但外號他記得：祝大鼻，有個特大的朝天鼻。

當時他們三人決定，在偷越日軍防線時，如果被鬼子發現，則迅即游回；如果不能游回，則索性往外硬衝。萬一甩不掉鬼子時，用手榴彈與鬼子同歸於盡。

我叔爺說，這個決定，實際上就是祝大鼻決定的，他和曹萬全不過表示了同意。因為他和曹萬全都認為，鬼子不可能發現，不會有那個萬一。我叔爺又一次說了他的命大得很的話，說八字先生早就給他算過，他能活到七十三。在七十三歲之前，他屌事都不會有。而只要過了七十三，他就能活到八十四。「七十三、八十四，閻王不請自己去。」七十三歲有一「大跳」，就看他能否跳得過去。

當曹萬全和我叔爺、祝大鼻準備出發時，弟兄們又提出一個要求，要求給他們帶些香煙回來。說是很久沒有吸煙了，實在是熬不住了。我叔爺慷慨答應，伸手便接煙兄煙弟們的錢，連長卻發話了。連長說不准私人帶東西，採買全用公款，購回的物品不論多少，平均分配。我叔爺只得輕聲地對犯煙癮犯得最兇的說，那我就儘量多買些香煙。

連長說了不准私人帶東西，又有人提出，不准私人帶東西，那是說的採買回來的物品，我們託採買帶些家信寄出去，總該可以吧?!

連長點了點頭。

四十餘封家信，交到了我叔爺手裡。

我叔爺說，這些寄信的，多數是寄一點錢，給他們的父母、弟妹或子女。給子女的不多，因為弟兄們大多沒有子女。信的內容則是告訴家裡人，如果他們這次戰死在衡陽，盼家人節哀，盼弟妹或兒子長大後為他們報仇。

我叔爺原本也想過，他是不是也應該寫一封信呢？可他旋即否定。他即使寫了信也無處可寄。他沒有父母，沒有子女，沒有弟妹，只有哥嫂。那哥哥，當兵還是他頂替的……

黑夜。

曹萬全、我叔爺和祝大鼻三人，順利地游過草河，偷越日軍防線，進入了山區。

我叔爺說，他們之所以能順利地偷渡、偷越，是因為草河對岸的鬼子防線並不強大，陣地上的空隙不少。他們時刻與鬼子照面，知道鬼子的兵力部署位置、空隙之處，再說，他們早就將出進的路線偵察好了。

我叔爺他們在黑夜裡橫游草河時似乎毫不畏懼，陣地上的弟兄們卻緊張得摒住了呼吸。弟兄們的武器全處於準備發射狀態，只要對岸日軍一有察覺，便立即開火。

我叔爺他們進入山區不久，就覺得有點異樣。我叔爺說他是憑感覺，憑著當過偵察兵和兵販子逃跑時的感覺；曹萬全則說他是耳朵尖，他硬是聽得有樹葉刷刷地響；祝大鼻說他那鼻子一聞就聞出來了，周圍埋伏有人……當然，這些都是他們後來在誇耀自己時說的。當時的情景是，我叔爺、曹萬全、祝大鼻同時都感到有點不對頭，正要分散躲避時，只聽得一聲喊：「什麼人？站住，舉起手來，都不許動！」

接著便是「喀嚓」「喀嚓」的槍栓聲。

我叔爺他們三人都不得不舉起了手。

但是我叔爺他們都知道，這回碰上的絕不會是鬼子。因為那喊聲，是地道的衡陽話。

四支步槍，對準了我叔爺他們。

曹萬全第一個說話。曹萬全說：

「別開槍，別開槍，我們是衡陽老鄉。」

曹萬全用了口憋腳的衡陽話。

「什麼衡陽老鄉，一聽你這話就是假的！」持槍者中，一位像是頭兒的說。

在曹萬全和持槍人說話時，我叔爺那靈泛的腦殼轉開了。他估摸，如若碰上的是土匪，那土匪開口便會要錢財；如若是漢奸武裝，可還從沒聽說過衡陽附近有漢奸部隊。我叔爺便索性大膽地說：

「什麼假老鄉真老鄉，我們是第十軍的人！」

「第十軍?!你們是守衡陽的？」

我叔爺那話一出口，對方的話就變得不但驚訝，而且驚訝中帶有佩服。

「對！我們是第十軍的，剛從鬼子的防線穿過來。」曹萬全和祝大鼻同時說。

「你們，能證明自己的話嗎？」

我叔爺立即把藏在身上的第十軍的符號拿了出來。

「啊呀，你們真是第十軍的啊！對不起，對不起。誤會、誤會。」

四支對著我叔爺他們的槍，頓時收了回去。

我叔爺把偷渡草河，偷越鬼子防線，為的是去採買食品的事，說了一遍。

我叔爺後來說，他們在山裡碰上的，是當地的游擊隊。我在寫這本書時，專門去了衡陽草河，通過查找資料，證實在衡陽保衛戰期間，確實有一支游擊隊在草河至山區間，指揮這支游擊隊的是兩衡自衛區司令兼衡陽縣縣長王偉能。衡陽失守後，方先覺、葛先才、周慶祥、孫鳴玉等將領的逃脫，都與王偉能分不開。這些成功的營救，當時可謂舉世震驚。日軍也因此恨死了王偉能，必欲剿滅王偉能這支抗日武裝。

游擊隊確定我叔爺他們是第十軍的後，立即把他們領進一戶人家，那戶人立即燒火、做飯，好好地招待了他們一餐。

我叔爺說，那餐飯吃得來勁啊，好久好久沒有吃到那樣的飯了啊！那是天下第一號好吃的飯啊！

吃完飯，游擊隊又派人帶路，將他們帶到了集鎮。

我叔爺說他們的運氣硬是不錯，一到集鎮，天已大亮，正好碰上是趕場(集)。趕場的人一聽說是衡陽守軍，是冒死前來採買的，立即將自己的貨物丟下不管，將他們三人團團圍了起來，問長問短，問個不停，有人問著問著，哭了起來……

我叔爺曾感歎地說，真沒想到，在那個時候，還真有那樣的集鎮，還真有那樣的老百姓。我叔爺他們不知道，這個集鎮的存在，全是這支游擊隊的功勞，他們在集鎮二十多里外，派有武裝警戒，倘若鬼子真向集鎮進犯，他們除了進行騷擾狙擊外，還會立即通知集鎮的人疏散、躲藏。所以集鎮能夠照樣趕場，所以我叔爺他們一進山就被「抓獲」……

我叔爺他們三人正忙不迭地回答著熱情不已的人們，就連他們自己也被感動得要哭時，一位老人大聲喊道：

「你們不要問個沒完沒了，先讓三位休息一下。」老人指著一個婦女說，「你快到家裡去，拿三套衣褲來，將三位的濕軍衣換下，洗一洗，曬乾。看三位需要什麼，只要這裡有的，盡數供給；沒有的，我們派人去買。」

老人的話還沒說完，人群中響起一片哄叫之聲：

「我的東西請三位隨意拿取，我分文不要。」

「我的東西做為本人的慰勞品，並請轉達我對第十軍的敬意！」

老人又喊話了：

「大家靜一靜，靜一靜，聽我說，這樣不好，也不公平，我的意思是三位所需的物品，由地方公款開支，算是本地人民的慰勞品。」

老人這話一出，圍著的人齊聲叫好。緊接著便是鴉雀無聲，一雙雙眼睛，都望著我叔爺他們，等候答覆。

我叔爺本想搶著說話，可曹萬全比我叔爺還快，只見他刷地立正，向群眾敬了一個軍禮。

曹萬全說：

「各位父老鄉親、兄弟姊妹，你們愛護第十軍的熱情表現，我曹某，和這兩位弟兄，並代表第十軍全體官兵，特別是本連的官兵，表示衷心的感謝。此次，我們受本連官兵委派，前來貴地採買物品，是因為本連官兵，已經很久沒有吃到菜，天天是鹽水泡飯。其實，不但是本連官兵，我守衛衡陽的第十軍所有官兵，都是天天鹽水泡飯。本連仗了一條草河，我等三人才有可能偷越鬼子的防線來到貴處，為了全連官兵能吃上菜，打鬼子更有勁，我等三人冒生命之險是應該的。諸位要送慰勞品，我等不但深受感動，而且知道是在情理之中。只是，我實在不知該如何決定才好，若是接受諸位的禮物，回去後，連長會罵我『衡陽之戰，後果尚難預料，你們先去擾民』，我等三人如何承受得了?!我有一個蠢法子，不知大家以為如何？」

曹萬全停了一下，對那位老人說：

「我等三人，選取我們所需之物，予以登記，而我們帶來的公款，則全數交給你老人家結算，不足之數，再由諸位或地方公款貼補。這樣，情理兼顧也。我等回去也好交待，不知你老人家以為怎樣乎？」

我叔爺後來說，這個曹萬全，和老涂一樣，有打不現形，口才硬是比他好些。在這樣的大場合，若是由他來講，絕講不出這麼多道道來。這曹萬全一說起來，不但有點像個長官，而且夾雜著些之乎也哉。他原先可能真是個私塾先生，教過書的。只是這私塾先生，怎麼也吃糧，而且幹過兵販子吃糧那勾當?我叔爺說他這就想不清了。

我叔爺說他在回去的路上，還對曹萬全說，曹老兄啊曹老兄，沒想到你在大場合講話還能一套一套的，你怎麼不說你原來也當過兵販子呢?我叔爺說曹萬全只是笑了笑，不予回答。

我叔爺打算回到連裡後，好好地問一問曹萬全，套出他的話來，摸清他的底細。可還沒等到他套曹萬全的話，摸曹萬全的底，曹萬全就血染鬼子的重炮，死了。

當曹萬全說出他的法子來後，那位老人立即說：

「不必了，請三位千萬接受本地人民的這點微薄心意。自從衡陽開打，一個多月來，我們晝夜翹首，望衡陽，看火光，聞炮音，聽殺聲，無不感動涕零。祈禱上蒼，保佑第十軍將士身心安泰，得到最後勝利，數十天如一日。不但本地人民如此，其他各地百姓都是如此。我們在湘江東岸的人不時傳來消息，大批鬼子死屍傷兵，日夜不停地往北運，足見第十軍將士的英勇奮戰……我話已說明，請三位接納民意。何況三位還要偷越敵陣、游過草河，又能帶得多少東西呢！三位如仍有為難之處，我等可寫一信，由你們帶回，作為證明。別耽擱時間了，我們走，看東西去！」

老人吩咐準備兩隻空籮筐，好裝所選東西。然後對曹萬全和我叔爺、祝大鼻說：

「三位，將所需物品選好後，請到舍下午餐，雖無佳餚待客，卻可吃一餐安靜飯，再好好睡一覺。吃了晚飯，我派人送三位啟程。」

老人剛說完，另一位比這位老人年齡小一點的老者喊道：

「三爺，你不能將客人獨佔，晚飯我請，並請三爺作陪。送三位回城的事，由三爺安排。」

被喊作三爺的回道：

「好，一言為定，午飯請老弟到舍間陪客。」

我叔爺說，這位三爺，只怕真的是教過私塾的老先生，他說話辦事，「文中有武」，既講得頭頭是道，擺佈得有條不紊，又果斷乾脆。他還說能派人送我們回城，那就說明他和游擊隊有聯繫，大概是游擊隊將他從私塾裡請出，委託他主持地方事務。他是個被請出山的賢人。

我叔爺認為凡在鄉里能識文斷字、講話有些文調調的人，就是私塾先生。私塾先生在他心目中，不論年齡大小，就是尊者、了不起的人，所以他想弄清曹萬全是不是當過私塾先生，如果真的當過，他對曹萬全，就得另眼相看，得敬重了。

我叔爺他們正要跟著三爺走，祝大鼻說還有一件重要的事，問我叔爺是不是忘了。我叔爺說沒忘，得替弟兄們寄信寄錢。三爺一聽，說集鎮上只有個郵政代辦所，寄錢得到別處。我叔爺說，那就請你老人家代辦。三爺老人家立即滿口答應。

我叔爺將四十來封信和要寄的錢，統統交給三爺。三爺接過後，卻怎麼也不肯收那匯費和郵寄費。

在三爺家飽飽地吃了午飯，我叔爺他們美美地睡了一覺；這一睡下去，可就不知道醒了。還是三爺將他們喊醒，說實在是不忍心喊，但又不得不喊。三爺說他知道軍情緊迫。

此時，來請他們吃晚飯的老人已經到了很久。

三爺陪著他們到老人家吃完晚飯，已有人將他們帶來的汽車內胎打足氣，把選好的物品牢牢地捆在三個內胎上。這些物品中，有不少牛肉。

三爺派了兩個人，挑著物品，送我叔爺他們走。到得快出山時，又有游擊隊員接應。游擊隊員和兩個挑擔的，將他們一直送到草河附近，方辭別歸去。

我叔爺和曹萬全、祝大鼻三人分別帶著內胎，準備好手榴彈，小心翼翼地越過敵陣，游過草河，安全地回到了連上。

弟兄們一見三人安全歸來，圍著他們直喊萬歲。

我叔爺說，在山裡集鎮的所見所聞，所得到的優厚待遇，回來時被弟兄們喊萬歲的情景，是他一生中最得意、最風光、最露臉的一次，比師長將他派到炮兵營還要來勁。

我叔爺在快滿五十歲、於寒風凜冽之中、竭力睜開他那隻尚有些須餘光的眼睛、偷偷地在扶夷江邊賣五分錢一粒的甜酒餅藥時，還說過在山裡集鎮的所見所聞，只是他把時任兩衡自衛區司令兼衡陽縣縣長王偉能所組織的那支游擊隊說成是共產黨游擊隊。他說自從見了共產黨游擊隊，明白了許多事理，難怪把日本鬼子趕跑後，國軍跟共軍打仗時，多得不得了的國軍當共軍的俘虜，當了俘虜後又成了共軍。原來共軍和國軍的宣傳就是不一樣呵！當國軍的兵叫吃糧，當共軍的兵叫參軍；國軍徵兵叫徵丁，共軍徵兵叫支援前線、保衛勝利果實；當國軍的兵死了叫陣亡，當共軍的兵死了叫英勇犧牲；國軍的兵裡面像他原來一樣的兵販子多，共軍的兵裡面也有當過多次兵的，但說那是堅決要求上前線……我叔爺說他從遇見共產黨游擊隊和共產黨三爺那會起，就感覺到了那種不一樣。只可恨日本鬼子的炮炸瞎了他一隻眼睛，要不，他後來保準也成了共軍的俘虜。

「如果成了共軍的俘虜，我也就成了共軍哪！我成了共軍，那就是開國有功之臣，我再在這扶夷江邊賣甜酒餅藥，那公社幹部還敢抓我啊？」

我叔爺這話其實是一種自我寬慰，或者叫胡侃。在那個「割資本主義尾巴」的年代裡，幹部才不會因你當過什麼「軍」而網開一面，統統抓。

當我叔爺、曹萬全、祝大鼻被弟兄們圍著喊萬歲時，連長卻在苦笑。

連長為他們不但安全回來，而且完成了採買高興，但連長明白，這件事，營長團長甚至於師長，遲早都會知道。這是擅自派兵行動，嚴重違反了軍紀。

連長想，與其坐等挨處分，不如主動去請求處分，來他個先發制人。

連長遂帶了幾斤牛肉，直奔團指揮所。

一進團指揮所，連長筆直地敬了個軍禮，說道：

「我有兩事報告團長，一，這點牛肉送給團長；二，這牛肉是我私自決定派士兵三名，游過草河、偷越敵人防線，去三十里外集鎮採買，為百姓慰勞而得。我擅自派兵行動，特請求團長處分。」

團長要他把去集鎮採買的事再講清楚些。連長便又將曹萬全、林滿群、祝大鼻三人偷越出去、又偷越回來的經過、在集鎮的所聞所見，詳細報告了一番。團長見派出去的士兵安全返回，而那牛肉又著實讓人嘴饞，便說行了行了，下不為例；如再違犯，定嚴懲不貸。

團長將牛肉分成四份，送一份給軍長，一份給第三師師長周慶祥，一份給預十師師長葛先才，他自留一份。

葛先才收到牛肉後，詢問團長，牛肉從何而來？團長將來源說明，葛先才覺得事關軍紀，怕軍長發怒，便打電話給方先覺，請他不要追究，說三士兵攜鉅款而不逃，冒險歸來，共赴國難，忠義可嘉，實屬難得。

我叔爺自然不知道師長為他們說了話，若是知道，又會有一番炫耀。他記得最清楚的還是宮得富。

宮得富一見到我叔爺安全回來，用那隻好手狠狠地抓住我叔爺的肩膀，往前拽一把，又往後推一把，拽推得我叔爺連聲喊，宮得富你吃多了啊？那牛肉還是生的呢！宮得富則說，林滿群林滿群，你總算回來了，你不知道，你一下那草河，我老宮的心就跳到了嗓子眼上，我是怕你又成為老癟啊……我叔爺說，嘿，我的命大得很，你的命又是和我連在一起的，我死不了，你也死不了。宮得富又說，排長一見你們下草河，也和我一樣，心跳到了嗓子眼上。排長下了死命令，絕不能讓你和曹萬全有半點閃失！

我叔爺笑著，輕聲地說，排長和你我一樣，都是老兵販子，所以格外心疼嘛！排長心疼我，我這鐵硬的命也就連著他，他也是死不了的。

然而，吃完牛肉後不幾天，宮得富死了，排長也死了。

我叔爺所在的這個連，傷亡殆盡。

我叔爺所在這個連吃的幾餐牛肉，等於是「最後的晚餐」。而其他連的官兵，就連「最後的晚餐」也沒吃到。

第三十四章

日軍的第三次總攻開始了。

這一天，是八月四日。

橫山勇調集而來的第四十師團、第五十八師團以及第十三師團的一部，加上圍攻衡陽已整補完畢的第六十八師團、第一一六師團、第五十七旅團，共計五個完整師團，向衡陽發動了前所未有的全面進攻。

衡陽守軍——第十軍陣地上能迎戰的官兵，已經只有二千餘人。

日軍再一次宣稱，一天之內拿下衡陽。

八月四日拂曉，橫山勇命令五個師團所屬炮兵大隊並野戰炮兵第一二二聯隊的所有山野炮、重炮，齊向衡陽守軍陣地轟擊。

霎時間，炮火震得地動山搖。

橫山勇的這五個師團所屬炮兵大隊並野戰炮兵聯隊，擁有四萬多發炮彈。橫山勇不相信，他的這四萬多發炮彈，不能將第十軍的所有陣地夷為平地。

在炮彈如一陣又一陣暴風驟雨般轟擊後，日軍步兵展開重疊攻擊，連續衝擊，其勢如驚濤駭浪，一波接著一波。

衡陽，完全籠罩在煙塵之中，不見天日。這座雁城所發出的聲音，除了槍聲炮聲，還是槍聲炮聲，就連雙方傷員所發出的痛苦哀叫，也全被槍聲炮聲掩蓋。

日軍的攻勢儘管兇猛至極，但橫山勇再次聲稱要在一天之內拿下衡陽的預言，又沒有實現。留在第十軍陣地前的，是他那精銳皇軍成堆成堆的棄屍。

我叔爺說起衡陽這最後幾天的惡戰，依然有著對日軍的不屑。他說鬼子的步兵就算再多，衝得再猛，也根本不在他們的話下，他們吃虧就吃在鬼子的火炮上。

我叔爺這話，有日本帝國戰史的記載佐證。

日本帝國戰史載：

（第三次總攻開始後）敵第十軍之三個師，皆以必死決心負隅頑抗，寸土必守，其孤城奮戰之精神，實令人敬仰。我野戰炮兵第一二二聯隊第一大隊長，曾將其火炮推進於敵前百公尺以內，直接射擊敵人側防火力工事，其餘炮兵亦無不爭先進出於最前線，捨命破壞敵人之工事，以支援友軍衝近。

我叔爺說，他媽的鬼子的火炮，全變成了坦克一樣。你想想，你想想，六七十門山炮，全推進到了我們陣地前一百米左右，直接向我們轟擊，那不就是些坦克嗎？我們連躲都沒地方躲了啊！

就是這些坦克樣的火炮，使得我叔爺所在連裡的老兵，如排長、宮得富、曹萬全、祝大鼻等，全部死光。但他們不是被火炮直接炸死，而是去炸火炮時陣亡。

八月五日、八月六日，日軍的攻勢有增無減。第十軍外無援兵，糧彈漸盡，防線越縮越短。六千多重傷士兵無醫藥治療，垂死待斃。敵我戰死者已腐化的屍體，遍地膿血，引得紅頭蒼蠅遮天蓋地……

我叔爺所在的這個營，半天之內升了五個營長，連同原來的營長，幾乎一個鐘頭陣亡一個。

我叔爺說，營長死了，連長也死了，老兵販子排長代理連長。但這個連的實際人數，連原來的一個排都不到。這剩下的不到一個排的人，一個個面無血色，雙目深陷，眼眶發黑，眼珠發紅，滿臉滿身泥土，軍衣破爛不堪，渾身上下血跡斑斑……

他們都知道，最後關頭就要來了！當他們集中守到一起時，吊著一隻手、身邊放著兩枚手榴彈的宮得富突然說：

「弟兄們，像我一樣幹過兵販子的請開口，到了這個時候，也該把身份都亮出來了。」

我叔爺立即說：

「對啊，對啊，誰要是能活著出去，就把我們在這守衡陽的事告訴他的家鄉人，讓他家鄉人知道，幹過兵販子的，在衡陽也是好漢，是英雄！」

我叔爺說他和宮得富硬是心心相通，他知道宮得富突然說出的那話，就是要讓人能把他在衡陽的事帶出去。宮得富心裡，念念不忘的就是要讓家鄉人知道他在外面的功績。

我叔爺接著說：

「我林滿群當然是個老兵販子，這我就不要說了，大家都知道。」

我叔爺一說完，原來的排長、此時的代理連長就說他是一個！這是他第一次對部下說他原來是個兵販子。

代理連長一說完，曹萬全便說他也是一個，不過大家應該早就知道。

曹萬全說完，祝大鼻說自己是隱藏得最深的一個，他若自己不說，任人也不會想到。

祝大鼻一說自己是隱藏得最深的一個時，宮得富說：

「那老癟兄弟，我看也是。只可惜他已經不在了。」

立即有人說：

「豈止是老癟兄弟，我還知道好多……」

祝大鼻打斷他的話：

「不在了的還是別說為好，誰知道他們自己願不願意說呢？還是說我們自己，說自己。」

於是大家紛紛開口。代理連長、宮得富、我叔爺都笑了。代理連長說：

「這下就好了，剩下來的幾乎清一色全是兵販子。我說為什麼我們這些人能活到最後，原來我們都是能征善戰的傢伙，有豐富戰鬥經驗和躲槍炮子彈的本事。」

不知是誰喊道：

「連長，我們向上面請示，就命名我們連為兵販子連好了！」

所有的人，都被這話講樂了。

我叔爺跟我說的這場景，讓我想起了看過的一部電影，一個投靠日軍、當上偽軍司令的高大成高司令對他部下說，某某年跟著我幹的舉手。部下都舉起了手。高司令樂呵呵地說，呵，最小的都是連長了。連長連長，大炮一響，黃金萬兩。這裡是幹過兵販子的請開口，結果都是些兵販子。不過那些「最小的都是連長」們，幫著日本人殺中國人，而這些兵販子，卻是和鬼子血戰到底！

日軍的火炮在一陣炮轟後，向前推進了不少；又一陣炮轟後，又向前推進了不少。真如同坦克一樣推進。

老兵販子排長，或者已經可稱為兵販子連的連長急得大喊：

「必須幹掉鬼子的炮！幹掉鬼子的炮！」

然而，拿什麼去幹掉鬼子的炮呢？自己這方的炮火支援，早就沒有了；就連手榴彈，也不多了。

「轟、轟」鬼子的炮直射過來。

鬼子的炮剛一停，兵販子連長叫起來：

「老涂，老涂，老涂快扔手榴彈！」

兵販子連長似乎已經被炮火炸懵，他忘記老涂早已死了。

「連長，老涂不在了，老涂不在了。」我叔爺忙提醒他。

兵販子連長一喊老涂時，宮得富已經用那只僅剩的一隻好手抓起身邊的兩枚手榴彈。

宮得富直朝鬼子的火炮衝去。

我叔爺見宮得富一衝，抓起槍就跟在後面，他要掩護這位將命和他連在一起的兄弟。

我叔爺的槍不停地擊發，他如同在護送美式山炮進城時那樣，什麼也顧不得了，只是開槍，朝前衝；朝前衝，開槍。

宮得富伏下了。他放下一枚手榴彈，將手裡那枚手榴彈的弦用牙齒咬住，扯開，將手榴彈投了出去。

「炸得好！宮得富，比老涂沒差。」兵販子連長大喊。

我叔爺說他沒聽見兵販子連長興奮的喊聲，但宮得富在臨死前說他硬是聽見了連長的叫好。

鬼子的一門火炮被宮得富炸掉了，宮得富再用那只好手抓起放在地上的手榴彈，準備繼續投時，鬼子的另一門火炮射向了他所在的位置。

這回宮得富是真正的血肉模糊了。當我叔爺爬到他身邊時，他只說了兩句話。第一句是說連長為他叫好，第二句是：

「滿群老弟，快給我補一槍，快補一槍……」

我叔爺說他絕沒有向宮得富開槍。他無論如何也開不了那槍。但宮得富就是死了。就死在他的面前。我叔爺嗷嗷叫著，抱著槍，對著鬼子的一門火炮衝過去。他那架式，是要去將炮奪過來！他是炮兵，只要奪了鬼子的炮，只要有炮彈，他就能朝著鬼子開炮！

我叔爺衝得是那麼急，那麼快，轉眼間就衝到了距離鬼子火炮很近的地方，以致於對著他的火炮無法對他發射。我叔爺瞧見鬼子炮兵慌張了，不知要如何辦才好了，鬼子炮兵慌得趕忙去找槍了……我叔爺正要大喊老子奪炮來了，老子又有炮使了！鬼子的另一門火炮，對著他開炮了。鬼子顯然是連他們自己那門炮，連他們自己那門炮的炮兵也不打算要了。

「轟」的一聲巨響，我叔爺倒在地上。

我叔爺一倒地，兵販子連長抓著手榴彈衝了過來。兵販子連長和宮得富一樣，炸毀了鬼子的一門火炮後，被另一門火炮炸死。

曹萬全、祝大鼻那些兵販子，緊跟在連長後面，對著火炮衝……他們全都是死在火炮的直射中……

這個被他們自己戲稱為兵販子連的連，就這樣沒了，不存在了……

這一天，是八月六日。

兵販子連雖然沒有了，但他們這個團守衛的陣地依然沒有丟。團長手中早已無預備隊，他率領第二營營部僅存者及團部全部官兵二十六人前往增援；師長葛先才則帶領身邊的四個人趕來，做為團預備隊（連師長在內的五人做為團預備隊有多大作用呢？那穩定軍心，激勵鬥志的作用無可比擬）；軍長方先覺聞訊，也親率特務營僅有的一連兵力，急急趕到。

這塊陣地雖然保住，但方先覺和葛先才最擔心的事，還是發生了。

八月六日，守衛衡陽城西北方一九〇師的陣地被日軍突破一角，大量敵人竄入城內。第十軍全線陣地，陷入腹背受敵之勢。頓時，城內軍部、各師部等都變成了戰鬥單位，無論軍官、勤雜人員，皆自動利用斷垣殘壁，和敵決鬥，無人指揮，各自為戰。

衡陽，在激烈的近戰和白刃戰中，又堅持了兩晝夜並半天之久。

美國國會圖書館的資料記載：

……經四十七天的戰鬥，八月八日，衡陽失陷，四萬八千名日軍陣亡，傷亡共超過七萬。國軍陣亡七千四百名，傷亡共一萬五千人。

第三十五章

我叔爺就如他自己所說的，硬是命大。他沒有被炸死，只是他這個當過炮兵的人，被炮炸瞎了一隻眼睛。

我叔爺甦醒過來時，槍炮聲已漸稀疏。

我叔爺的第一反應是，怎麼沒有了劇烈的槍炮聲，是不是耳朵聾了？

我叔爺不相信，在他又活過來時，竟然會沒有震耳的槍炮聲！

我叔爺竭力睜開眼睛，這一睜，疼得他大叫起來。他這撕心裂肺的大叫，不僅是因被炸瞎的那只眼睛的疼痛，更主要的，是他感覺到自己的那只眼睛，什麼也看不見了。

「我的眼睛！我的眼睛！」

我叔爺不知所措，在地上摸來摸去，似乎是要尋找他那只什麼也看不見了的眼睛。但他還有光的那只眼睛，卻分明看見滿地都是死屍。

我叔爺終於抬起頭，因為他聽見了轟隆隆的響聲。他抬頭看見的，是幾架飛機——日本飛機。

日本飛機在低空盤旋，不斷從他們頭頂掠過，接著散下雪花般的紙片。

我叔爺再往四周瞧，這才發現，四周有不少像他一樣的傷兵。

有紙片落到了傷兵身上。有人抓起紙片輕聲一念：和平參加證。旋即像被燙著一般，趕緊扔掉。

緊接著，我叔爺那只還有光的眼睛發現，日軍從四面八方湧來。

日機繼續在低空盤旋，地面上的鬼子漸漸逼近。

漸漸逼近的鬼子既未開槍，也不喊話，只是端著上了刺刀的長槍，越逼越近，越逼越近。

有一個穿著日軍軍裝的中國人出面了。他大聲喊道：

「你們聽著，從現在起，你們自動列隊，離開戰場，聽皇軍的指揮！」

我叔爺這才突然明白，他，還有他四周的弟兄，都成了俘虜。

我叔爺跟著一列長長的傷兵隊伍走著。這個隊列中的弟兄，有殘腿的，有斷臂的，有用層層紗布包住腦袋的，也有用爛汗衫包住眼睛、耳朵、嘴巴，只留了一對鼻孔在外面的，還有用手托住自己露出肚腹的腸子的……路邊，更有奄奄一息躺在地下無法站起來的……我叔爺那只被炸瞎的眼睛，不知是哪位弟兄替他包紮了一下，到底被包紮得是個什麼樣，他自己不知道。

傷兵隊伍兩邊，是押送著他們的荷槍實彈的日本兵。日本兵眼裡都露著凶光，狠狠地盯著他們。

我叔爺後來說，日本兵之所以那麼兇狠地盯著他們，是因為他們把日本兵打得太慘了，日本兵在衡陽之戰中死得太多了，所以日本兵特別恨他們。我叔爺又說，當時他最擔心的就是日本兵會來一場集體屠殺。「你想，我們打死了他們那麼多人，他們能不報復嗎？日本兵殺俘虜，殺傷兵，又不是第一次！」

我叔爺他們被帶到城外，被趕上一座小山。這座小山就是第十軍預十師和日軍爭奪得最激烈的戰場之一——西禪寺。西禪寺本是一古老兩進房屋小廟，廟的四周原有參天大樹八十多棵，這些大樹已被炸得無一倖存，小山表層則被炸彈徹底翻了個個，孤零零光禿禿的山頭佈滿彈坑、散滿彈殼。寺廟僅存一片瓦礫。山下的池塘裡，浮滿了第十軍弟兄們的屍體。

我叔爺他們被趕上山頭後，押送他們的鬼子立即以好幾挺機槍，交叉對準他們。我叔爺心裡頓時一緊，他媽的，鬼子真的要大屠殺啊！他用那只還有光的眼睛四處睃巡，想找一個可以躲避的地方或者能逃的路徑。然而，光禿禿的山頭，無處可藏；即使是往山下跑，鬼子的機槍也能非常輕鬆地「點名」。

「完了，完了，他媽的這回只能做冤死鬼了！還不如像宮得富那樣死去……」

從不認為自己會死在鬼子槍口下的他，總是相信自己命大的他，立時沮喪到了極點。

正當我叔爺認為這次是死定了時，一陣轟隆隆的響聲從頭頂掠過。我叔爺抬頭一看，四架美製飛機在天空盤旋。

「我們的飛機！他媽的，我們的飛機！」我叔爺心裡不知是驚喜還是怨憤。驚喜的是，在他認為命懸一線的時候，竟然看見了自己的飛機；怨憤的是，自己的飛機怎麼不早點來呢？早點來，將鬼子的火炮統統炸毀，使鬼子的火炮不能像坦克一樣推進，他們那兵販子連，就還在陣地上……

不管是驚喜也好，怨憤也好，後來我叔爺認為，是這四架美製飛機救了他們。

美製飛機一臨空，押送他們的鬼子、以機槍槍口交叉對準他們的鬼子，就一個個慌得躲進了彈坑。

我叔爺說，這些鬼子也是在衡陽被打怕了，他們害怕我們的飛機炸。

美製飛機盤旋了一陣，往城區飛去，在城區上空繼續盤旋了幾周後，向西飛走了。

美製飛機一飛走，日本兵從彈坑裡爬出，但他們沒有開槍，也沒有再將機槍對準俘虜。

我叔爺說，日本兵是害怕我們的飛機報復。他們如果向我們這些手無寸鐵的俘虜開火，我們的飛機就要將他們全部炸死。因為我們的飛機已經偵察過了，發現了我們。

不管我叔爺的分析是不是準確，不管究竟是不是這個原因，總之，我叔爺他們被趕上西禪寺這個孤零零光禿禿的山頭，除了要對他們進行集體屠殺外，是沒有別的原由可以解釋的。因為那個孤零零光禿禿的山頭上，不可能關押俘虜。

我叔爺他們又被趕下山，進入城內，被關進湘江岸邊一座被炸得殘破不堪的大院裡。

衡陽城破的第二天，即八月九日上午，四架美製飛機又來了。看守我叔爺他們的日本兵又躲藏起來。這時，我叔爺那當兵販子潛逃的本事顯現出來了。他趁著混亂，迅速從殘破不堪的大院裡溜出，跑到江邊，躲藏在已被炸爛的一間破屋內。

我叔爺躲在那破屋內一動不動，他是要節省體能，他得等到天黑後再行動。而在這一天裡，他除了早上吃的那一點東西，將不會有任何食物進口。

天色暗下來了。我叔爺找來一根被炸斷的木頭，他正要行動，天空猛然下起了大雨。這大雨一下，我叔爺又在心裡叫好，說老天助他、助他。雨越下得大，鬼子出來搜尋的可能性就越小。可他突然又傷心起來，說這是老天為他那死亡的弟兄們哭泣，是老天在悼念命運悲慘的第十軍。

趁著大雨未停，四周漆黑，我叔爺抱著木頭跳入湘江，順水飄流而下。

我叔爺想著他又一次死裡逃生了。可很快，江東岸出現了大隊日軍。日軍打著火把，一邊向和我叔爺相同的方向行進，一邊朝江裡不斷開槍射擊。我叔爺不知鬼子究竟是發現了他，還是胡亂掃射，或許是在追找著別的人。反正，他不能再和鬼子同一個方向順水而漂了。如果逆流而上，他那空癟的肚子、渾身的傷痛，是無論如何也堅持不住的。

我叔爺不得不偷偷地爬上岸，又躲進一間被炸毀的民房。

天亮了，斷牆外傳來一陣陣的腳步聲。我叔爺探出那只有光的眼睛，一瞧，是一群俘虜被幾個日本兵押著。我叔爺想，如果躲在這裡不動，得等到夜裡才能再入湘江。兩天沒吃飯了，餓都會被餓死，還說下什麼湘江?!他決定，插入這支俘虜隊伍中，先混餐飯吃再說。

我叔爺一個挪騰，這支俘虜隊伍中多了個林滿群。

我叔爺沒想到的是，照他的說法又是老天相助，這些俘虜，竟是被押著去草河修建那座被炸掉的草橋的！那草河，不就是他和曹萬全、祝大鼻當採買所游過的那條河嗎？草河過去不遠的山裡，不就是他和曹萬全、祝大鼻遇見游擊隊的地方嗎？再往山裡走，不就是三爺捐獻慰勞品並請他和曹萬全、祝大鼻吃飯的集鎮嗎？我叔爺真正地興奮起來：天不滅我！天不滅我！當然，他只能在心裡叫。

我叔爺不知道的是，那條草橋，是連接長衡公路的橋，兩軍交戰時，草橋自然被第十軍炸毀，日軍一佔領衡陽，為了軍事補給的需要，自然得趕緊修復。

我叔爺說他當天夜裡，趁著更深人靜、看守的日本兵睡覺時，逃了出去。這一回，連草河都不用偷游，他沿著自己熟悉的小路，直奔集鎮。

我叔爺於清早逃到集鎮，又受到了游擊隊和集鎮百姓的熱情招待。他又飽飽地吃了兩餐飯（他這一輩子，為的就是吃飯、吃飽飯）。我叔爺說他想再見到那位三爺，可沒有見著；而游擊隊的人，也不是原來的人。但儘管沒見著三爺，儘管不是原來的人，一聽說他是從衡陽出來的，人們就都熱情得不得了。

這天夜裡，有人領著他越過日軍封鎖線，轉向南走，到達耒陽，然後經郴州、道縣、到達全州。一到全州，我叔爺就等於是到了家。從全州去新寧的路，他即使閉上那只還有光的眼睛，也不會走錯。

第三十六章

我叔爺回到了老家。街坊人都為他嘆惜，好好的一個人出去吃糧，回來時卻變成了瞎子。奇怪的是，我叔爺根本就不向人提及他在衡陽的血戰，也不提及師長將他派到軍炮兵營，和在集鎮受到熱情接待的榮耀……他什麼事也不幹，整天恍恍惚惚、若有所思，總覺得有一件什麼大事被他忘了。他努力記啊、記啊，還是記不起來。他只是彷彿覺得，那件事格外重要，如果不把那件事記起，不把那件事給辦了，他就會遭到報應。

於是街坊人又說，群滿爺是想成家了，是在想女人了。只是可惜啊可惜，出去吃糧前不找好女人，不成家，現在成了個瞎子，還會有哪個女人來呢？

街坊人說這些話本是在背地裡說的，當著面，能講他是個瞎子嗎？可那天我叔爺在街上如遊魂似地走著走著，偏讓他聽見了。

「女人！找女人！是啊是啊，是要找一個女人！」

我叔爺猛然記起來了。他記起了老瘋說過的那句話。老瘋是在老涂死後說的。老瘋說他媽的只要我們中間還有一個人活著出去，活著出去的這個人就得去照看老涂的女人！活著出去的人要是不去，他媽的就不是個人！

如今，這活著出去的人就是他林滿群！

我叔爺一記起老癟這句話，狠狠地捶了一下自己的腦殼。他轉身就跑到背地裡說他想找女人但如今已經找不到的人面前，一把抓住那人的衣衫領子，使勁搖。

我叔爺一邊使勁搖得那人東倒西晃，一邊說：

「搭幫你，搭幫你，搭幫你講我要找女人找不到……」

我叔爺一說完，鬆開抓住那人衣衫領子的手，卻又順勢將對方一推，推得那人踉踉蹌蹌，差點摔倒。

「我記起來了，記起來了，我要去找女人，我要去找那個女人了……」我叔爺叫喊著，走了。

我叔爺一走，被他弄得莫名其妙的那人嘀咕著：

「群滿爺，這下不得了，瞎了，又瘋了。」

我叔爺從街上消失了。他去找老涂的女人，找水姐去了。

水姐到底在哪裡，我叔爺並不知道。但他憑著自己當過兵販子的靈泛，相信不難找到。

我叔爺想得最多的，倒是如何跟水姐說老涂。

怎麼說呢？說老涂英勇戰死，可連個立功的牌牌都沒有……

老癟那句得照看水姐的話，更是讓他為難。怎麼照看呢？要地方上發撫恤金，那也得有個證書啊！

立功的牌牌沒有，戰死的證書也沒有……我叔爺突然覺得，他媽的，這衡陽之戰算白打了。因為他聯想到了自己，自己被打瞎了一隻眼，不也是什麼都沒有嗎？

我叔爺又想到了證人，自己倒是可以當老涂的證人，可誰來當老子的證人呢？況且，自己做老涂的證人，地方政府會相信嗎？弄不好，還會說老子依然是個兵販子。

我叔爺突然憤概起來，他媽的老子的這隻眼睛、這隻瞎了的眼睛就是證明！誰要是不相信，他媽的老子也打瞎他一隻眼睛！

我叔爺這麼憤慨了一陣後，還是被如何照看水姐困擾。如果不把水姐照看好，死了的老癟說過的話，是會時刻擾得他不得安寧的。

我叔爺猛地下了決心，實在沒有辦法時，老子就娶了她，讓她做老子的婆娘！她成了老子的婆娘，老子還能不好好照看她啊?!

我叔爺這麼想時，彷彿所有的問題都已經解決，他不無興奮起來。他一興奮，才覺出自己走路走得口渴了，他得找口水井喝水去。

我叔爺發現了一口好水井。水井在一座農戶院落外面，旁邊有一棵年邁的歪脖子大樹，歪脖子大樹濃郁的樹葉，正好在上空把水井遮掩。

我叔爺朝水井走去。院子裡猛地跑出一隻狗，兇狠地朝著他狂吠。我叔爺當然不會怕狗，他若無其事地繼續往前走，那狗卻真地惡狠狠地撲了過來。我叔爺彎下腰，佯裝著要撿石頭，那狗略略往後退了退，又朝他撲來。

我叔爺想，平常農戶的狗，只要一彎腰，就會被嚇走，這條狗就真的兇哪！於是他扯開嗓子喊：

「有主人嗎？快把你家的狗看住！」

院子裡出來了一個十來歲的孩子，一見我叔爺，竟驚訝地喊：

「瞎子、瞎子，好醜的叫化子！」

我叔爺聽了反而好笑，認為是小孩子口無遮攔。而那條惡狠狠的狗，原來也是把他當成叫化子了。「狗咬叫化子」，所以叫化子都要隨身帶根打狗棍。

我叔爺一邊說「我不是叫化子，我只是來喝口井水」，一邊走到了水井邊。

清冽冽的井水，鬱蔥蔥的歪脖子樹；有涼風爽爽地吹過，有井水流到小溝裡的「潺潺」；水井稍遠處，還有一棵桂花樹。桂花的香味，濃濃的直鑽鼻孔。

我叔爺蹲下，雙手正要捧水而喝，清冽冽的水面上，浮出了他的面影。

我叔爺簡直就不敢相信，水裡的那張臉，能是他的。

我叔爺使勁眨了眨那隻還有光的眼睛，再看——水裡的那張臉，的確是他的。水裡的那張臉，瞎了的那隻右眼，只有一個空癟的眼殼，還能看見水裡那張臉的左眼，也是往裡眍著……臉頰上，被彈片深深劃出而又結攏的疤，將整張臉綳得完全變了形……

我叔爺頹喪地、一屁股坐到地上。

我叔爺之所以會頹喪地一屁股坐到地上，是因為他那照看水姐的法子又會落空。他現在這個樣子，還能去娶水姐嗎？只要見著水姐時，別把水姐嚇著就算萬幸。他又記起了老癟說過的話，老癟說老涂那水姐是水仙，是像仙女一樣漂亮的女人……

我叔爺還是完成了老瘸的託付，他終於還是找到了水姐住的地方。只不過，水姐已經不要他照看了。水姐在老涂走後，竟然懷了孕。懷了孕的水姐不會照顧自己，她那瘋癲的毛病又犯了，她在外面胡亂地走，誰也不能止住……

水姐是在外面小產而死。

當地人說，老涂離開水姐的前一段日子，水姐並沒有發什麼瘋病。她總是異常地寧靜，就只愛一人悄悄地坐著，凝視著小小的煤油燈。不管煤油燈是點著還是沒有點著。然而在老涂走後兩個來月，水姐突然就到外面瘋走起來……

我叔爺說，如果仔細掐算一下水姐又開始在外面瘋走的日子，恰好和老涂死的日子差不多。

「哪裡有那麼巧呢？那麼巧呢？她彷彿知道，老涂已經不能回來、不能回來了……」我叔爺說，他當時身上不由地打了個冷噤。

我叔爺回到街上不幾天，又消失了。他又記起了宮得富的話。

他得到宮得富的老家去，把宮得富在衡陽的事說給他的家鄉人聽……

宮得富是被師長「請出山」的人，宮得富是在炸鬼子那像坦克一樣推進的火炮時被炸死的，會不會有人相信呢？

我叔爺，不知道。

二〇〇七年完稿於新寧舜皇山——長沙——衡陽草橋

後記

「抗戰三部曲」《老街的生命》《兵販子》《最後一戰》之問世，緣於我的故鄉。

我出生於湖南省新寧縣白沙——一條鋪有青石板路、擠攢著木板鋪門的長約數百米的街上，更確切地說是在下街——白沙下街——一家名為「盛興齋」的鋪房內。這家鋪子迄今猶在，「盛興齋」幾個字也在，且是原文，只是那字跡已經有點模糊。

白沙老街，不唯是我心目中最美的地方，更是一處實實在在的風景勝地。街前，是碧澄清澈的扶夷江，她永遠是那麼自由地、坦蕩地流著，儘管偶爾也會咆哮，但咆哮過後，依然是一個完整的自我；江對岸，沙灘如銀，老樹兀立，綠草連綿，紅花間綴；而如同被斧鑿的懸壁上，就是神秘莫測的神仙岩。江邊有「水漲墩也長，永遠不會被淹沒的」將軍墩，有惟妙惟肖欲渡江的「鼇魚」，有「棒打香爐聲聲脆」的香爐石，有一年四季鬱鬱蔥蔥的「柳山里」。這「柳山里」其實是一片大竹林，但不知為什麼不喊竹而稱柳。「柳山里」是白沙老街一代又一代孩兒們的樂園，放牛的伢子牽著牛，看鵝的女子趕著鵝，來到「柳山里」，任那牛兒去吃草，任那鵝兒去嬉水，伢子女子們或下石子棋，或捉迷藏，或者乾脆就躺著，嘴裏嚼根馬鞭子草，眯縫著小眼睛，望著天，曬那從竹林縫隙裏篩落下來的太陽。若有那已讀書、愛讀書的，則捧本書，靜靜地，看。……石階碼頭上，過渡的則相互講著禮性，尊稱著「你老人家」，問候著田裏的收成，家裏的安好……這一切，凡從老街走出去的人，無論他做到了多麼大的官，也無論他出了多麼大的名，要想忘記，大抵是不可能。

我四歲便隨母親離開了白沙老街，故鄉皆在母親對我講述的故事裏。後來母親受社會關係牽連被遣送回故里，十三歲便自立於社會的我，凡有機會回到老家，最愜意的仍是於夜裏，和母親坐在火櫃裏講白話。母親講白話總是語調平穩，不急不慢，唯有一講到「走日本」時，她便憤激起來，而在堂屋裏磨磨蹭蹭做些可做可不做事兒的父親也會趕忙走過來，忿忿地說：「那日本兵，不是人，硬不是些人哩！」

在日寇第一次侵入新寧（一九四四年），即老百姓俗稱「走日本」時，我母親，親眼看到就在我家「盛興齋」鋪子後面的菜園子裏，七個尚在摘辣椒的婦女被兩個日本兵用刺刀捅死在籬笆上，其中一個孕婦被日本兵用刺刀挑開肚子，將血淋淋的胎兒戳在刺刀尖上……我母親背著我二哥逃難，躲進一個破廟裏時，被一個日本兵用刺刀逼住，母子倆險些喪生……我那當時才十多歲的大哥，兩次被日本兵抓走，頭一次被抓，就是他去喊父親快走，卻被懵懵懂懂的父親將路擋住……白沙老街，被日本兵燒成廢墟……

自父母親去世後，每年清明，我都要回老家掃墓掛青。是日，我和一位老鄉在扶夷江邊漫步，我正陶醉於如畫的美景中時，老鄉忽然指著江面，說，「走日本」那年，被日本人打死的人，屍體將這條河都堵塞得水流不動呃！我被這突如其來的話震驚了，正要問個仔細，那老鄉又趕忙說，不過，被打死的大都是國民黨軍隊哩。說完，他還故意乾笑了幾聲，以用來遮掩似乎是無意中的失言。老鄉補充的這句話，老鄉的故意乾笑，使我的心巨痛不已。看著他那木訥的神情，我竟一時語塞，旋即只能在心裏呼喊：我的親愛的老鄉呵，那都是中國的抗日部隊呵！他們就是為了中國人而被打死的呵！繼而，我明白了，為什麼這麼一件重大的事，母親竟然在生前沒跟我說，那是因為母親不敢說；為什麼這位老鄉在說出來時還要趕緊「聲明」一句，那是他仍然怕說了有什麼麻煩。

我無言。我陷入了沉思。我開始了搜尋證據。

我沒想到，我大哥就是見證人之一，那滿江的屍體，我大哥親眼所見（之前他照樣沒講）。

大哥告訴我，一個從邵陽往廣西開拔的整團的國民軍，進入了在老街附近埋伏達六天六夜之久的日軍埋伏圈，全部被殺害，日軍不但連一個俘虜都不放過，就連事先進入伏擊圈內被拘禁的百姓也全部殺掉，白沙老街前那日夜流淌的扶夷江，被死屍堵塞得水流不動……

日軍就埋伏在距白沙老街僅幾裏路遠的觀橋一帶，老街上的人之所以全然不知，是因為日本兵對進入伏擊圈的老百姓，只准進，不准出。

我大哥還帶我去看了他被日本兵抓住的那個地方，並要我為他拍了照片。

緊接著，我在新修的《新寧縣誌》查到了這一記載。但只有一句話，即某月某日，國民軍某部在白沙遭日軍伏擊……究竟是國民軍的哪個團，什麼番號，依然沒有記載。但縣誌載明了在日軍侵入新寧這個偏僻山區時，被屠殺的民眾為兩千八百五十人，其他受害者一千兩百四十五人……

就以縣誌所載的這被屠殺的兩千八百五十人而言，他們生活在偏僻山區，死了也就死了，沒有人再去提起。不但連墓碑都找不到一塊，就連新修的家譜中，也最多只有一句：歿於某年某月。因為修家譜也有忌諱，被殺死的，被姦污而死的，總不能明載，那是凶死，得為死去的人避諱。

自這開始，我每年清明只要一回到故鄉，一站在扶夷江邊，就似乎看到了那滿江橫陳的慘景。而在一處被開發為旅遊洞景的地方，更使得我渾身戰慄，那就是在「走日本」時，躲藏在洞中的幾個村子的老百姓，被日寇封鎖住洞口，燒燃大火，用風車煽風，以煙全部熏死於其中……

我無法再沉默下去，我決定把這一切都寫出來。

當我決定把這一切都寫出來時，我得知我的三叔，即被稱為群滿爺的一位「半邊瞎」（瞎了一隻眼睛，另一隻眼僅有些許餘光），竟是曾頂替我父親去當過壯丁的兵販子。他當兵販子正是抗戰期間！但他一直不說（同樣是不敢說），只是偶爾透露，他當年，可是挎過盒子炮和鬼子幹過仗的！他眼睛沒瞎時，也是英俊後生哩……而在衡陽保衛戰中，守衛衡陽的第十軍，便有眾多的兵販子……我的舅舅，抗戰期間是國民軍連長，參加過著名的昆侖關之仗……在我搜集資料時，又發現，我的老家新寧竟是中日大規模會戰之最後一仗——雪峰山會戰最先打響的南部戰場；我的一位以脾氣特好而為地方人稱道、被喊做和合先生的堂伯，曾和徐君虎（蔣經國同學）、陳壽恒（《一寸山河一寸血》中有對他的多次採訪）一起組織過抗日游擊隊，當時號稱「三駕馬車」。在雪峰山會戰中，正是由漢、瑤等多民族乃至土匪組成的抗日民眾武裝，令日軍在山區步步受阻……

由是，自二〇〇四年開始，我著力於《老街的生命》、《兵販子》與《最後一戰》（雪峰山）的創作，亦經八年，完成了「抗戰三部曲」，從山區百姓「既沒撩日本人，也沒惹日本人」無緣由地慘遭屠殺，以至於「兔子急了也咬人」，到頂替壯丁的「兵販子」在衡陽血戰中捨生忘死，義薄雲天；再到民眾主動參與雪峰山會戰，皆以客觀的歷史事件、真實的人物原形、實在的山民原狀、我老家——湘西南的鄉俗風情貫之始終，還原了抗戰之一段真實壯烈的歷史；打破傳統的抗日文學創作模式，從中日兩種文化的差異揭示戰爭所產生的心靈衝擊。《老街的生命》於二〇〇五年在美國獲首屆國際亞洲太平洋戰爭文學獎第一名，被評論家譽為「紀念反法西斯戰爭暨抗日戰爭勝利六十周年的典範之作」。二〇〇六年清明，當我又回故鄉掛青時，在扶夷江邊，我將獲獎的書稿焚燒、稿灰灑入江中，祭奠被殘殺的滿江冤魂，宣讀了我寫的祭文，告訴他們，我把他們被慘殺的事實，公諸於世了！之後的每年清明，我都到江邊進行祭奠。該書簡體中文版由解放軍文藝出版社出版後，獲第七屆茅盾文學獎提名，並被改編成電影《風水》，現已上映。改編的電影與原著相去甚遠，似乎又回到了抗日影劇的老套路上，大概是改編拍攝者有其不得已而為之處罷。《兵販子》簡體中文版亦由解放軍文藝出版社出版後，來聯繫欲改編為電視連續劇的不少，但因種種原因，擱淺。

感謝「秀威」，使得「抗戰三部曲」一併出版。誠如文史專家向繼東所言，「什麼時候日本首相不再參拜靖國神社，也能有德國總理在華沙那樣的一跪呢？這就要看我們……怎樣去努力了。」繼而不能不提及一下的是，有我的湖南老鄉編輯在得知我創作三部曲時說，抗戰勝利已經這麼多年了，再出抗戰題材的書已經沒有多大意思了。對於這樣的話，我又只能如同第一次聽到那位老鄉告訴我當年的扶夷江水被日寇殘殺的屍體堵塞那樣，無言（一時）。

二〇一二年九月二十日於湖南瀏陽市關口歸園賓館之「大瀏公寓」8122房。時釣魚台已為日本實施「國有化」。

附錄（一）

老街的生命——抗戰三部曲之一

內容摘要

本書根據歷史史實創作，以特有的紀實手法，再現了日軍「比德寇將猶太人滅絕於毒氣室有過之而無不及的」殘忍罪行。在湘西南那一幅幅美麗得驚人的畫面裏，被日寇殘殺的生靈，屍體將扶夷江水堵塞得水流不動；無以計數的、見面就是「您老人家好」的善良鄉村百姓，被日寇用煙活活薰死於洞中……作品以一個鄉鎮家庭在「走日本」中的親身經歷和悲慘遭遇，通過七歲的男孩和成長以後的理性審視的眼光，反思講述，為什麼「既沒撩日本人，也沒惹日本人」的偏僻山鄉同樣逃脫不了慘遭屠殺的命運?!

作品敍述之精妙，文筆之生動，人物性格對比之鮮明，事件之真實強烈，無不給人以巨大的震撼；更兼作者打破傳統的抗日文學創作模式，從中日兩種文化的差異揭示戰爭所產生的心靈衝擊，因而本書被評論家譽為「紀念反法西斯戰爭暨抗日戰爭勝利的典範之作」，獲首屆國際亞太戰爭文學獎首獎、第七屆茅盾文學獎提名，被改編拍攝成電影《風水》；書中史實發生地——白沙老街暨作者故居「盛興齋」被列為文物保護單位。

附錄（二）

最後一戰——抗戰三部曲終曲

內容摘要

民國三十四年季春，中日兩國數十萬軍隊在重巒疊嶂、溝壑縱橫、綿延七百餘里的雪峰山，展開了大規模會戰的最後一戰。喜好釣魚以「儒將」自稱的岡村寧茨孤注一擲欲直搗重慶，被稱為「親日派」的何應欽憑藉天險層層佈防；一個是剛被提拔的日軍侵華最高司令官，一個是被任命不久的中國陸軍總司令，這兩個幾乎同時上任的將軍，於雪峰山會戰見高低……愛打獵的陳納德將軍坐鎮芷江指揮空軍，有「鐵軍」之譽的七十四軍正面阻擊，一個營抵擋日軍一個旅團，堅守武岡十日，城池巋然不動……終於佔據空中優勢且有新裝備的國軍一吐多年晦氣，「以其人之道還治其人之身」。然而，幾十年後「戰地重遊」的日軍旅團長感喟的卻是，湖南山裡蠻子，厲害！……

釀小說26　PG0973

兵販子
──抗戰三部曲之二

作　　者	林家品
主　　編	蔡登山
責任編輯	廖妘甄
圖文排版	張慧雯
封面設計	王嵩賀

出版策劃	釀出版
製作發行	秀威資訊科技股份有限公司 114 台北市內湖區瑞光路76巷65號1樓 電話：+886-2-2796-3638　傳真：+886-2-2796-1377 服務信箱：service@showwe.com.tw http://www.showwe.com.tw
郵政劃撥	19563868　戶名：秀威資訊科技股份有限公司
展售門市	國家書店【松江門市】 104 台北市中山區松江路209號1樓 電話：+886-2-2518-0207　傳真：+886-2-2518-0778
網路訂購	秀威網路書店：http://www.bodbooks.com.tw 國家網路書店：http://www.govbooks.com.tw
法律顧問	毛國樑　律師
總 經 銷	聯合發行股份有限公司 231新北市新店區寶橋路235巷6弄6號4F 電話：+886-2-2917-8022　傳真：+886-2-2915-6275

出版日期	2013年6月　BOD一版
定　　價	450元

Printed in Taiwan

國家圖書館出版品預行編目

兵販子：抗戰三部曲之二 / 林家品著. -- 一版. -- 臺北市：釀出版, 2013.06
面； 公分.
BOD版
ISBN 978-986-5871-43-7 (平裝)

857.7 102006861

讀者回函卡

感謝您購買本書，為提升服務品質，請填妥以下資料，將讀者回函卡直接寄回或傳真本公司，收到您的寶貴意見後，我們會收藏記錄及檢討，謝謝！

如您需要了解本公司最新出版書目、購書優惠或企劃活動，歡迎您上網查詢或下載相關資料：http:// www.showwe.com.tw

您購買的書名：＿＿＿＿＿＿＿＿＿＿＿＿＿＿＿＿＿＿＿＿

出生日期：＿＿＿＿年＿＿＿＿月＿＿＿＿日

學歷：□高中（含）以下　□大專　□研究所（含）以上

職業：□製造業　□金融業　□資訊業　□軍警　□傳播業　□自由業

□服務業　□公務員　□教職　□學生　□家管　□其它＿＿＿

購書地點：□網路書店　□實體書店　□書展　□郵購　□贈閱　□其他

您從何得知本書的消息？

□網路書店　□實體書店　□網路搜尋　□電子報　□書訊　□雜誌

□傳播媒體　□親友推薦　□網站推薦　□部落格　□其他＿＿＿＿＿

您對本書的評價：（請填代號　1.非常滿意　2.滿意　3.尚可　4.再改進）

封面設計＿＿　版面編排＿＿　內容＿＿　文／譯筆＿＿　價格＿＿

讀完書後您覺得：

□很有收穫　□有收穫　□收穫不多　□沒收穫

對我們的建議：＿＿＿＿＿＿＿＿＿＿＿＿＿＿＿＿＿＿＿＿

＿＿＿＿＿＿＿＿＿＿＿＿＿＿＿＿＿＿＿＿＿＿＿＿＿＿

＿＿＿＿＿＿＿＿＿＿＿＿＿＿＿＿＿＿＿＿＿＿＿＿＿＿

＿＿＿＿＿＿＿＿＿＿＿＿＿＿＿＿＿＿＿＿＿＿＿＿＿＿

請貼
郵票

11466
台北市內湖區瑞光路 76 巷 65 號 1 樓
秀威資訊科技股份有限公司 收
BOD 數位出版事業部

(請沿線對折寄回，謝謝！)

姓　　名：________________ 年齡：________ 性別：□女　□男

郵遞區號：□□□□□

地　　址：____

聯絡電話：(日)________________ (夜)________________

E-mail：____